JN140918

南山大学学術叢書

フラナリー・オコナーの受動性と暴力

——文学と神学の狭間で

山辺省太 著

読書するフラナリー・オコナー、3歳

Courtesy of the Flannery O'Connor Collection, Russell Library, Georgia College & State University

彩流社

目次

フラナリー・オコナーの受動性と暴力——文学と神学の狭間で

◉凡例

・引用文中の〔　〕は引用者による補足であり、〔……〕は引用者による省略である。
・本書におけるオコナーの作品には以下の略記号を用いる。

CS　*The Complete Stories of Flannery O'Connor*
HB　*The Habit of Being: Letters*
MM　*Mystery and Manners: Occasional Prose*
PJ　*A Prayer Journal*
VB　*The Violent Bear It Away*
WB　*Wise Blood*

序章　文学と神学の狭間で

◉受動性と主体

フラナリー・オコナー（Flannery O'Connor）は、一九二五年にジョージア州のサヴァンナ（Savannah）で生まれ一九六四年に三十九歳の若さで亡くなった、アメリカ南部を代表するカソリック作家である。カソリック作家であるにもかかわらず――あるいは、むしろだからこそかもしれないが――彼女の文学世界はグロテスクで暴力的な光景に満ちている。たとえば、短編「善人はなかなかいない」（"A Good Man Is Hard to Find," 1953）のように、とある一家が車で出かけたときに脱獄犯に会い、赤ん坊を含めた家族全員が何事もなかったように撃ち殺されてしまう話といった、非常に血なまぐさい物語と読者は向かい合わなければならない。このことは、もちろん、オコナー自身が二十五歳のときに罹患した紅斑性狼瘡と無関係ではないだろう。父親の命を奪った宿痾を身体に抱え込むことで、オコナーは確実に迫り来る死と向き合う運命にあったがゆえに、その文学世界は抒情性の欠落した、無味乾燥なアメリカ南部の風景にならざるを得なかったと指摘することはできる。

それでは、オコナーが描こうとしたのは、暴力的な南部の世界に過ぎないのか。あるいは、その文学性は、彼女自身が言うような「絶望を飼いならした現代」(*MM* 159)の——それこそ、神の名のもとで為される宗教的テロリズムやそれを封じ込める国家的な暴力に代表される——状況を例示するだけなのか。オコナーの文学を解釈する際に、これまでも議論され今後も考えざるを得ないのは、彼女が求めて止まなかった神の恩寵とその到来を喚起する暴力的な現実世界との乖離である。彼女の文学の精華ともいえるこの二律背反性は、超越と現実、宗教と文学の違いに置き換えてもいいだろう。つまり、オコナーは宗教を描こうとしたのか、それとも文学に身を捧げていたのかという問いを読者は避けることができないし、そのことについて彼女自身思惟し続けた作家でもあった。

その答えを本書が提示することはできないが、とりあえずは以下のように言うことはできるだろう——オコナーは超越的な世界への必要不可欠な道標として、現実世界を描いた作家であると。誤解を恐れず言えば、オコナーの文学において神の啓示が表出するのは、彼女が形而上ではなく形而下の世界を描いたため、つまり神を表象しようとはしなかったためだと言える。『賢い血』(*Wise Blood*, 1952)の主人公ヘイゼル・モーツ(Hazel Motes)が神の表象を否定するように——もちろん、それはニーチェ的な意味での神は死んだ現代の諸相を示してもいるのだが——オコナーは神についての私見を作中で明示することなく、眼前の現実世界を淡々と描いた作家である。しかし、これはきわめて宗教的な営みであることを、宗教哲学者マルティン・ブーバー(Martin Buber)の以下の指摘は我々に教えてくれる。

人間が神と出合うのは、神と恍惚（エクスタシス）にはいるためではなく、この世界の意味を確証するためである。すべての啓示は神への召命であるとともに神からの派遣でもある。ところが、人間は啓示の存在者の意志を実現せず、むしろこの存在者のもとに帰りたがる。人間は世界と関わりをもつかわりに、神との関わりのみ求めたがる。〔……〕神のもとに帰ることのみ願う者は、神を対象としてしまう。引き返すことは一見して、根源的存在者にたいし、帰依しているように見えるが、じつは、神から離れてゆく運動にすぎない。これに比べ、神から〈つかわされた〉使命を実現しようとする者は、一見して神から隔たっているように見えながら、じつは、神に帰依するこの世界の運動に属しているのである。[1]（一四五―一四六：傍線は筆者）

オコナーの文学では登場人物が神の教義を悟り崇高な感情を抱くといった大団円にはなっておらず、むしろ何かに打ちのめされ、その結果新たな世界が開かれて終わるものが多い。そのことは、オコナーの作風が、個人の内奥（ないおう）を情緒的に描くロマンティシズムではなく、リアリズムと親和的な関係にあることを示している。彼女の文学は、登場人物が神のもとに帰還するような癒しの物語ではないし、迷える子羊たちを救済する慈愛に満ちた神が降臨することもない――神が「対象化される」ことはないのだ。しかし、神の世界とは懸隔しているように見える南部の現実世界 (reality) を舞台に、身体を用いながら行動・知覚 (act) することで、その彼岸の世界を登場人物は垣間見ることになる。"real" の語源がラテン語の "res"（もの）であることを考えれば、オコナーにとっての現実とは、神の創造世界を身体で体験すること、言うなればリアルとアクチュアルが交錯することにより超越的な世界が表出する可能性を孕んだトポスなのである。

オコナーには、現実世界を嫌悪し別の世界を安直に求める登場人物を奈落の底に突き落とす傾向があるが、それは結果的に、彼女をして、南部文学のある特徴的な要素を排除せしめることになる――記憶である。[2] 彼女の文学世界において、たとえば「旧敵との出会い」("A Late Encounter with the Enemy," 1953)のサリー・ポーカー・サッシュ(Sally Poker Sash)のように、南部の過去に崇敬の念を抱く登場人物がパロディカルに映ることがあるが、これは奴隷制という捻じれた胎盤から生まれた過去を壮大な時空の中で描いたウィリアム・フォークナー(William Faulkner)との決定的な違いである。「それでも僕は空間的には時間に結び付けられ、それによって存在が支えられてきたのだ」(『野生の棕櫚』[*The Wild Palms*, 1939] 116)というフォークナー文学を象徴するような、空間の時間化――つまり、時間(過去)が空間を支配する――という詩学とは裏腹に、オコナーの文学において重要なのは眼前の現実空間であり、それを体験して初めて、彼女が敬愛した神学者ピエール・テイヤール・ド・シャルダン(Pierre Teilhard de Chardin)の言う「オメガ点」への道筋、つまり、創造が終わり神の国が到来する未来への時空が開かれることになる。

以上のことは、オコナーにとって文学と宗教を同時に表象する上で重要な美学ともなる。小説家がすべきことは、現実世界を細見して神の創造物である物質の実在を描くことであり――だから、彼女が尊敬する作家としてたびたび言及するのが、キリスト教色の強い作家よりも、ヘンリー・ジェイムズ(Henry James)やジョゼフ・コンラッド(Joseph Conrad)のような見ることを重要視する作家なのだが――神の啓示は現実世界以外から生まれることはないというのが、オコナーの文学的・神学的信条である。ただし、それは人間の知覚を称揚し、主体を誇示することではない。たとえば、自身のレンズの色を介して神聖化された物とは偶像に他ならない、と述べる思想家ジャン＝リュック・マリオン (Jean-Luc Marion) の指摘を踏まえるなら、このような偶像的な視線を持つオコナーの登場人物は最終的に神の啓示の刃(やいば)を受けることになる。その刹那(せつな)、彼ら／彼女らの目に映るのは、「見ることから生じるのではなく、見ることを生じさせる」(マリオン 二三) ――人間主体の能動的視線ではなく受動的視線によって浮上する――イコンの形象である。たとえ人間の五感が強調されようとも、それこそラルフ・ウォルド・エマスン (Ralph Waldo Emerson) が提唱するような視覚の強度が超越的主体を生成する現象は、オコナーの文学世界では成立しない。もちろん、ポストモダニズムにおける自己の消失した文学とは異なり、彼女が人間の主体性を否定することはないが、それは受動性を基盤にして構築されたものである。つまり、オコナーの登場人物が現実世界に対して開眼するのは、啓示に対して能動的でも実存的でもない、受動的な存在と化した瞬間なのだ。

受動性は主体の矮小化(わいしょうか)に繋がるようにも見えるが、必ずしもそうではない。主体を意味する英語 "subject" は「服従させる」という他動詞だが、同時に「影響を受けやすい」という形容詞でも使われることから、主体とは能動的だけではなく受動的な意味合いも包蔵する言葉である。オコナー文学における啓示の瞬間とは、登場人物が何かを見るというより何かを見るよう仕向け*られる*という受動的瞬間であり、啓示を体験することで初めて彼ら／彼女らの主体――現実と超現実を同時に見ることのできる力――は形成されることになる。そのように仮定するなら、主体に受動性を覚えさせる他者の存在、さらには一つの背景に過ぎない物質の重要性は作品においていやまし、逆に能動的主体は卑小なものへと転落する可能性を持つ。実際、オコナーの作品を読むとき、人間が物質と並置の関係に、さらには人間の感情や倫理感さえも物質と同じ部類に属しているような感覚に陥ることがある。それが冷徹な雰囲気を醸し出す要因ともなっているのだが、人間が物質と同列に置かれるからこそ、登場人物の過度な感情表現は抑えられ、神の恩寵へと帰結する暴力が何事もないかのように彼ら／彼女らに行使されることになる。オコナーが何よりも批判するのは、自らの主体的判断に基づいて他者を裁定する倫理的態度であり、啓示を受ける瞬間に主体の価値観は瓦解することで新たな世界が浮上するというのが、彼女の文学世界の特徴である。逆に言えば、そして閑却すべきでないことは、啓示を授ける人物においても能動的な要素が希薄なことである。たとえば、「啓示」("Revelation," 1964) において、自身の道徳観を誇示するターピン夫人 (Mrs. Turpin) に啓示をもたらすメアリー・グレイス (Mary Grace) にはどこか人間的要素が感じられず、「皮のむけた顔が吼えながら向かってきて、その指が夫人の首の柔らかな肉に食い込む」(CS 499) 様相は、道徳性とはかけ離れた獰猛な動物の姿を漂わせる。彼女の行動は自身の倫理感によって現出するというよりも、ターピン夫人による倫理感の顕示によって生み出された反動なのである。また、「善良な田舎者」("Good Country People," 1955) でハルガ (Hulga) の義足を盗み取る聖書売りも、意図的にではなく偶然彼女に啓示を与えていることから、啓示を授ける者はその行動の意義を理解している能動的な存在ではなく、むしろそれを生み出す媒体に過ぎないように思われる。少なくとも、キャサリン・プラウン (Katherine Prown) が指摘する、「田舎を歩き回る自由を謳歌し、妊娠の心配なくセックスを楽しむ」(49) ごとき人間性はこの聖書売りから窺えないし、マイケル・ルメイユ (Michael

LeMahieu) が主張する「力への意志を抱く虚無的な実存主義者」(80) というカテゴリーにもあてはまらない。

その「善良な田舎者」では、ニコラ・ド・マルブランシュ (Nicolas de Malebranche) という神学者の名前が引かれているが、彼の「機会偶因論」という考え方、つまりこの世のすべては神の啓示が発動するための装置にすぎないという考え方は、オコナーの世界と密接に結び付いているようだ。ある物体Aが他の物体Bに衝突してBを動かしたように見える場合でも、本当の原因は神であって、物体Aはただ、神の力が働く機会（機会原因）になったにすぎない、という「機会偶因論」に照らし合わせれば、この世のすべての事象は神が作用するための受動的な下地となる。そうなると、オコナーにとってこの世の物質すべて、あらゆる人間感情の揺れ動き、そして暴力、あるいは人間の死さえも、神の恩寵が発動する要因となる。ゆえに、オコナーの小説では——たとえ些細なものの蠢動（しゅんどう）であっても——必ず何かが起こり神の発動の契機となる。それは、オコナー自身が言うような、「予期されるものではないが、必ず神の恩寵と結び付く」(*MM* 111) 動きであり、この世のすべての存在は神の啓示の発動装置を宿していることになる。たとえいかなる物質でも、あるいはいかなるグロテスクな形象を纏（まと）った人物でも、神の恩寵の担い手となる可能性を孕んでいるのだ。たとえば、「グリーンリーフ」("Greenleaf," 1956) では、主人公に神の恩寵をもたらすのは雄牛であり、「作り物の黒人」("The Artificial Nigger," 1955) では、黒人の像が祖父と孫に恩寵の感覚をもたらすことになるが、興味深いのは、これらの動物や物質が先ほど名前を挙げたメアリー・グレイスや聖書売りとあまり相違ないように思えることである。オコナーはリアリズムの枠組みの中で、人間も物質も神の創造物として類似の関係にあることを示しているが、これが彼女の文学の冷たさと同時に温かさを育む要因である。この相反する印象は、人間とは畢竟、神の創造物に過ぎないとしてその特権的な地位を剥奪される戦慄の感覚であると同時に、「自己認識において、最初に出てくる謙譲の感覚」(*MM* 35)、倨傲の影の消えた倫理的感覚に出来するものであろう。

事物は単に事物であるのみならず、それ自体を超越する可能性を秘めている、という考えがオコナーの思想の核にはある。人間とは世界の物質の一つ、神性が発動するための一要因に過ぎないと考えるからこそ、感傷的な場面は抑制され冷徹でグロテスクな描写が可能となり、それでいて神の啓示の瞬間においては不思議な浄化の感覚――精神が昇華するような崇高な感情ではなく、啓示を受け入れることで自己は矮小化されるが、同時に何か大きなものに参与するような感覚――を読み手に起こすことになる。これは、それまで顧みることもなかった存在の懐に――多くの場合、暴力的にではあるが――抱かれること、それこそ他者に歓待されるというより他者や物質に身を委ねることである。しかし、その暴力的な啓示にもかかわらず、それこそ日本でよく知られている芥川龍之介の悪魔的な世界と比較するとき、彼女の文学は救済の輪が物語全体を包み込んでいるように思える。具体的に、彼の短編「黒衣聖母」(一九二〇)を瞥見してみよう。

この物語は、稲見という家の老婆が孫の茂作という世継ぎの病を治してもらうため、キリシタン禁制の時代に密かに祀られていたマリア観音に祈禱することに端を発する。老婆は家名の存続のため、せめて自分が生きている間だけは茂作の命を助けてほしい、そうすれば茂作の姉のお栄が婿養子を取る年になるだろうからと言って嘆願する。その祈りを聞いたマリア観音は(その場にいたお栄の眼には）微笑を浮かべたようにも見え、その後すぐに茂作の容体は回復するが、それもつかの間、老婆は眠ったまま不帰の客となり、その直後、約束は果たされたとばかりに茂作の命も奪われてしまう、この上なく冷徹な神の話である。

「黒衣聖母」を読んでまず感じることは、神の悪意を帯びた暴力性とそれに対する人間の無力である。ただし、それはオコナーの文学にも時折垣間見られる要素――「善人はなかなかいない」などは、その内容だけを考えれば、この上なく無慈悲で暴力的な話――でもある。そうでありながら、両者の決定的な違いは、マリア観音像に刻まれた以下の文字、「汝の祈禱、神々の定めたまうところを動かすべしと望む勿れ」（八二）がいみじくも示すように、「黒衣聖母」には人間的な願いや思いの入り込む余地がないように見えるのに対し、オコナーの文学からはたとえ冷酷な暴力の物語であろうと、読後に浄化や恩寵の作用が働くように感じられることである。これがどこから生起するのかを考えるなら、何かに包まれることでその一部となる感覚、つまり受動的に何か大きなものに参与する感覚だと筆者は思うのである。主体とは影響を受けやすいという意味を包含する言葉であることは先ほども言及したが、さらに敷衍するなら、「主体性とはつまり、含みこむことが可能である以上のものを含みこむ」（レヴィナス　上巻　二六）とも言える。オコナーの物語にも祈りの場面はあるが、それが思ったとおりに叶えられることはあまりない――能動的な思いは打ち消されてしまうのだ。しかし、思いがけない他者の存在を媒介にして、最終的に神の恩寵は現われ、読後にこれまで感じたことのない温かさを覚えるのである。

そう考えるなら、同じ短編作家でも、どちらかと言うと彼女の作品は宮沢賢治の世界に近いのかもしれない。もちろんそれは、両者とも人間と物質・動物との融合をライトモチーフの一つにしていることに出来するが、彼の文学にはオコナー同様に、生死を巡りきわめて受動的な世界が描かれているように思えるのである。「なめとこ山の熊」（一九三四）を例に取ってみよう。主人公の淵沢小十郎（ふちざわこじゅうろう）はなめとこ山周辺の熊を狩り、その皮と胆（きも）を売って生計を立てているマタギであるが、彼は生計のためそれを「仕方なく」行なっている。実際、小十郎は自らの意志に反して狩猟を行なっていることを強調するのだが、この作品において最も受動的な瞬間が凝縮されるのは、熊が小十郎を殺すときに呟く台詞――「おお小十郎おまえを殺すつもりはなかった」（九九）――であろう。この熊と対峙したとき、小十郎は鉄砲を数発撃つが熊にはまったく効かず、引用した言葉と共に熊の爪を身に引き受けながら死を迎える。この物語において描かれるのは、熊とマタギの類似性であり、また熊を媒介にした小十郎の贖罪（しょくざい）であるが、注目すべきは彼が熊の暴力に対して完全に受動的であると同時に、熊も小十郎への復讐心などなく、それこそ彼が「仕方なく」熊を狩っていたことをなぞらえるかのように、自らの意志に反して彼を殺すのである。この相互に受動性を帯びた暴力性の終着点は、救済など見出せない地獄の世界ではなく、熊たちに囲まれながら、「思いなしかその死んで凍えてしまった小十郎の顔はまるで生きてるときのように冴え冴えして何か笑っているよう」（一〇〇）な光景であり、それは「グリーンリーフ」においてメイ夫人 (Mrs. May) がグリーンリーフ家の雄牛に体を貫かれながらも、その死の瞬間雄牛に「今しがた発見したことをささやいている」**(CS 334)** 場面を喚想（かんそう）させてくれる。

オコナーが作品を書いた一九五〇年代から六〇年代の初頭、多くのアメリカ作家が荒廃した個人の救済を実存的な手法で描こうとした。たとえば、J・D・サリンジャー（J. D. Salinger）の『ライ麦畑でつかまえて』（*The Catcher in the Rye*, 1951）やジェイムズ・ボールドウィン（James Baldwin）の『山にのぼりて告げよ』（*Go Tell It on the Mountain*, 1953）など、アメリカ文学史にもその名を連ねる作品からは、国家や社会に対する個人の孤高を感じ取ることができる。これらの作品の主人公たちが各々の苦難の中でもその主体性を力強く顕示するのとは対照的に、オコナーの作品は、全体的な雰囲気として男性的な荒々しさを醸し出しながらも、神の啓示が浮上する結尾部分においては、主人公たちはどこか人間の脆弱性を表徴しているように見える。しかし、その脆さを知ること、あるいは人間が受動的な存在へと化すことは、先ほどオコナー自身の言葉として引用した「謙譲の感覚」へと繋がる可能性を持つがゆえに、決して否定的な意味合いを持つものではない。同じカソリック作家である遠藤周作の『沈黙』（一九六六）の大団円において、主人公の司祭セバスチャン・ロドリゴが踏み絵をした瞬間、神の啓示を受けたことによる「激しい悦びと感情」（二四〇）をオコナーの作品から感じることはないが、崇高な感情の欠如こそが逆にオコナー文学の神学と倫理の磁場となり、佐伯彰一が指摘したように、血なまぐさくグロテスクな話ではあっても、底なるやさしさが読者の心に染み入るのである（二〇一）。

●オコナー文学と新批評

オコナーの文学と宗教を考える上で受動性は等閑視できない。彼女が重要視する視覚を例に取ってみても、それは「見る」というよりも「見るように仕向けられる」という受動性を母体としたものであることはすでに触れたが、この特質は、文学と宗教の関係について考える際、フラナリー・オコナーという作家をユニークな存在としてアメリカ文学史に配置することになるだろう。
現在、アメリカ文学を読解する際に、人種、ジェンダー、階級などの要素と比して宗教的な解釈が前面に打ち出されることは多くない。しかし、もちろん文学と宗教は互いに無縁なものではなく、むしろ後者の影響力の衰退を受けて前者は台頭してきた、と文芸批評家のテリー・イーグルトン（Terry Eagleton）は指摘する。まずはオコナーの宗教性を考える伏線として、宗教とイデオロギーの連動性についての彼の見解を引いてみよう。

成功したイデオロギーがみなそうであるように、宗教もまた、明晰な概念とか論理的原則にもとづくことなく、象徴、慣習、儀礼、神話といったものによってはたらきかける。それは、情緒的なもの、経験的なものであって、人間の心の奥底にある無意識の領域にしっかりと根をおろす。人間の心の奥底にある非合理的な恐怖や欲求に訴えかけることのできない社会的イデオロギーは、どんなものにせよ、T・S・エリオットが正しくみぬいていたように、イデオロギーとしてはまず生き残れない。〔……〕宗教の伝える究極的真理とは、文学的象徴によって媒介される真理と同じように、合理的論証をよせつけぬものであって、それによって自らの主義主張が絶対であることを強調する。（三七―三八）

宗教と文学が軌を一にするのは、両者とも人間の非合理の領域に訴えかける、つまり名付けられないものを名付けられないものとして提示することにある。これが文学と宗教の親和的関係を作り出し、また論理性がその基盤である哲学との径庭が生じる要因であろう。宗教という国民の魂を支えるイデオロギーが衰退したとき、それに代わり国民の魂を癒すことになったのが、聖書に代わり国民に道徳を植え付ける役目を果たしたのが、文学であるとイーグルトンは指摘する。

　現代においても文学と宗教は、良くも悪くも、底流部分において未だに深く繋がっている。二十世紀最大の詩人で文芸批評家の一人、T・S・エリオット(T. S. Eliot)の「文学批評はしっかりとした倫理的・神学的見地から批評しなければならない。どの時代でも、倫理的なことと神学的なことで皆の意見が一致する限り、文学批評はしっかりしている」("Religion and Literature" 97)という見解は、文学批評とは宗教や倫理と結び付いていなければ成立しないことを示唆するものである。ただし、筆者はこの意見に同調するため右の文章を引用した訳ではない。カソリックの見地から文学を見るというオコナーの見解は、エリオットと同じ立場に属しているようにも見えるが、彼女の文学における宗教性・倫理性はすでに述べたように、人間の能動性が否定された受動的な領域に発生するものであり、エリオットの提唱とは幾分乖離しているように思える。なるほど、「詩は情緒の解放ではなくて情緒からの逃避であり、個性の表現ではなくて個性からの逃避である」("Tradition and the Individual Talent" 43)、という人間の個性や感情を排除して伝統を重視するエリオットの詩学は、オコナーの作品が人間個人の崇高性を抑える傾向にあることを考慮すれば、彼女の芸術観と融和的ではある。しかし、「文化は宗教なしには生じることはないし、発展することもない」(*Notes Towards the Definition of Culture* 15)として、宗教を国家アイデンティティの源泉である文化と結び付けてダイナミックに論じる積極性は、少なくともオコナーの作品からは散見されない。先ほど引用したエリオットの言葉を再度用いれば、「倫理的なことと神学的なことで皆の意見が一致する」こと、つまり文学批評における倫理や神学の制度化をオコナーは考えている訳ではないし、それに与(くみ)しているようには思えない。エリオットの夢見た「現代人やヨーロッパ精神の集合的人格」(Graff 140)という人間精神、国家精神の拡張、そして収斂(しゅうれん)は、彼女の文学から読み取ることはできないのである。以上の議論をもう少し考える上でも、彼女に文学の手解きをした新批評の詩人・批評家たちとの関係についても一瞥(いちべつ)しておきたい。

エリオットは、神は死んだと言われる二十世紀においてキリスト教の見地から詩や批評を生み出した巨匠であるが、その影響を大いに受けたのがアメリカ南部の農本主義にその水源を持つ新批評のグループだった。(3) 南北戦争以後、北部資本の流入により伝統的な南部世界が瓦解するのを、南部の精神に訴えながら歯止めをかけようとした彼らが考えたのは、以下のようなことである。

> 科学的合理主義が、古き南部の「芸術的生活」を破壊しつつある、人間の経験は、感覚的、具体的側面を喪失しつつある、これを救うことができるのは、詩だけである。詩的態度(ポエティックレスポンス)は、科学的態度と異なり、対象の感覚性、純一性を重視する。それは合理的認識の問題ではなくて感性の問題であり、この感性こそが、「世界の肉体」へと私たちを宗教的絆と大差ないやり方でしっかりとつなぎとめてくれる。(イーグルトン　七二)

新批評は文学の自律性——文学テキストを文学テキスト内だけで読解すること——を謳うものであるから、宗教的な読みはその異端として映ってしまうが、元々彼らが抱いていた心情は「階級的なキリスト教の秩序」(King 62)であり、また実際のところ、彼らの読みはエリオットが言う「倫理的・神学的な文学批評」を地で行っているように思えるところがある。「新批評とは、批評のシステムというより精神的な姿勢や教育的指導の集合体として理解した方がよい」(12)とジョン・サイクス・ジュニア(John Sykes, Jr.)が述べるように、それは「倫理的・神学的な文学批評」を頭で解釈するというより、身体を通して実践する行為と言える。詩という完成された形式の中で矛盾に満ちた多層的な意味を考察すること、これは認識不可能な神を合理性ではなく感性により体験することと合い重なる。(4) つまり、「詩は全能の神のごとく、合理的追求では知りつくせぬ不透明なもの」であり、これを他の思想・概念を使って闡明することは「瀆神行為」(イーグルトン　七三)であるがゆえに、詩は神と同じく頭で理解するのではなく体を通して経験すべきものとなる(5)(Graff 135, 139)。

以上の新批評の姿勢は、オコナーの作風と連関しているようにも思える。彼女が描く神は決して「知りつくせぬ」もの、「対象化できぬ」ものであり、作品の細部は互いに呼応しながら新批評の神髄である「複雑な有機体的統一」(イーグルトン　七三)を形成するが、それこそオコナーが描く神の恩寵の顕現という作品の終点に他ならない。ともあれ、禁欲的なまでに言語と対峙し、神話を読み解き、崇高性を求める批評的営みこそ新批評が目指した「倫理的・神学的な」テキストの読みであり、結果としてそれは当時の俗的な政治的事象から距離を置いたがゆえに——いや、そうではなく、距離を置こうとしたその政治性ゆえに——五〇年代のアメリカにおける文学批評の中心に躍り出たのである。

アイオワ大学大学院においてポール・エングル (Paul Engle) やアンドリュー・ライトル[6] (Andrew Lytle) の下で新批評の薫陶を受けたオコナーは、その手法を自身の散文作品に結晶化したことは間違いないだろうし、友人に宛てた手紙でもクリアンス・ブルックス (Cleanth Brooks) とロバート・ペン・ウォレン (Robert Penn Warren) 編纂の『小説の理解』(*Understanding Fiction*, 1943) ――これは、オコナーが大学院生だったとき、エングルが使用したテキストでもある――を推薦していたことから (*HB* 83, 192, 283)、彼女の文学における新批評の影響を否定することは難しい。その影響を端的に示すものとして挙げられるのが、政治問題、とりわけ公民権運動に代表される人種問題の忌避である。もちろん、彼女が人種問題を徹頭徹尾回避していたと断罪することは適当ではない。アイオワ大学から芸術修士号（ＭＦＡ）を得るため提出した短編の一つ「ゼラニウム」(“The Geranium,” 1947) は、南部の田舎から娘を頼ってニューヨークに来た白人の父が、そこで白人と黒人が対等に暮らすことにカルチャー・ショックを受け故郷の南部に懐旧の念を抱く話である。それが、「東部の亡命者」(“An Exile in the East,” 1978) として途中改訂され（死後出版）、若くして白玉楼中の人となる前に「裁きの日」(“Judgement Day,” 1965) と都合三度も加筆・修正されたことを考慮しても、オコナーにとっても黒人問題がどれほど閑却できない事項であったのかは容易に想像できる。

その一方で、彼女が文学の芸術性を尊重する立場から、そして南部の伝統を完全に捨象することができない心情から、人種に対して一定の距離を取ったこともまた間違いない。テキスト全体を俯瞰したとき、黒人の内面が描かれていないという奇妙にも映る特徴は、オコナーが人種差別主義者ではないにせよ、当時の熾烈極まる政治闘争と向き合ってこなかったのではないかと批判を受ける余地を作ったと言える。もちろん、黒人に対する白人の人種差別の罪を意識させる作品は、先述したもの以外でも、「作り物の黒人」や「高く昇って一点へ」("Everything That Rises Must Converge," 1961) のような代表作に見受けられるが、それこそフォークナーの「黒衣の道化師」("Pantaloon in Black," 1940) におけるライダー (Rider) のように、凄愴たる黒人の運命が前景化される場面はオコナーの作品には見当たらない。また、伝記的な事柄に着目しても、同時代の黒人作家、ジェイムズ・ボールドウィンとの対面の可能性を、「ジョージアで彼と会うことは、大きな騒動を引き起こしてしまう。ニューヨークなら問題ないが。私を育んだ社会の伝統に背きたくないのだ。ここでボールドウィンと会うより、驟馬が空を飛ぶのを期待する方がよい」(*HB* 329) と退け、あえて火中に身を投じる姿勢などは窺えない。さらに、一九六三年、公民権運動の黒人指導者の一人、メドガー・エヴァーズ (Medgar Evers) が白人至上主義者のバイロン・デ・ラ・ベックウィズ (Byron De La Beckwith) に殺された事件を受け、同じ南部作家のユードラ・ウェルティ (Eudora Welty) が短編「声はどこから」("Where Is the Voice Coming From?," 1963) を雑誌『ニューヨーカー』(*The New Yorker*) に載せたことに痛烈な批判を示し、南部の人種問題が北部のリベラルな人々によって議論されることへの嫌悪感とそれが文学的にロマンティサイズされることへの危惧を手紙で綴っている (*HB* 537)。

文学は政治と一線を画してこそその芸術性が担保される——この新批評的なエキスはオコナーに十分行き渡っているようにも見えるが、彼女の文学全体、とりわけその要諦である神的な啓示の表象も新批評の枠組みに収まるのかと考えるとき、どこか抵抗を感じてしまうのは私だけだろうか。たとえば、オコナーが新批評の男性的なジェンダー・コードをいかに自らの作品に埋め込んでいったかを論じるキャサリン・ブラウンの極端な内容[7]を読むにつけ、オコナーのジェンダーレスの感覚は新批評の男性性に由来することは首肯できるにせよ、現実世界を通して神の啓示を「受動的」に体験するオコナーの詩学が、伝統的・神話的な南部世界の維持をその共同幻想として出発した新批評家の詩学と完全に合致するとは思えないのである。

新批評の教え——肉体的な痛みが付随するような創作の訓練——がオコナーの創作にとっていかに大きなものだったかを論じるマーク・マクガール (Mark McGurl) は、カソリック教会に従うことを重要視していた敬虔なオコナーにとって思索や創作の血脈になっていたのは、全能たる神の前で人間の限界を受け入れる信仰のみならず、規律の遵守も大きな要素であったことを指摘する。つまり、オコナーが従うべき規律として、カソリックと新批評のそれは同等であるがゆえに、両者の権威は彼女の中で「置き換え可能なもの」("transposable") だったと彼は結論付ける (534–535)。マクガールは具体的に、アイオワ大学大学院における初年度の創作「収穫」("Crop," 1947) を取り上げ、これは自分の思いの丈を綴る作家志望の人物を非人格的な語りの鞭で矯正していくメタフィクション的な作品であり、オコナーの創作における新批評の教義——「非人格化」("impersonality")、技法 ("technique")、規律 ("discipline")」、そして「知っていることを書き、語るのではなく示せ」("write what you know, show don't tell")——を、あたかも宗教的な規律のように会得した痕跡が残る作品だと論じている (541)。

それに対し、マクガールに異議を唱える形で同じ『アメリカン・リテラリー・ヒストリー』(*American Literary History*) 誌上に掲載されたその論文において、アイリーン・ポラック (Eileen Pollack) は、「知っていることを書き、語るのではなく示せ」という規律は、新批評以前の文学界に存在していたとその独自性を退ける (547)。ポラックは、その論文全体を通して、一見新批評的な規律に思える条項は、オコナーの文学的主題――神の啓示・恩寵の表象――を基軸に選択されたものであり、両者はイコールの関係ではなく飽くまで後者があって初めて前者が存在するのだとして、オコナーが新批評の影響下にあったと説くマクガールに強く反論する。

筆者の立場はポラックに近いのだが、それでもいくつかの補足をしておきたい。新批評の教条はオコナーがカソリックの秘義を文学に受肉化する上での僥倖(ぎょうこう)であり、作品の「有機体的統一」――すなわち神の啓示の瞬間――に至るための必要不可欠な道標であったことは否定できない。その一方で、神話や伝統に重きを置きながら自らの文学的教養を主体的に明示する彼らのスタンスと、オコナー文学の受動的な詩学はどこか懸隔しているように思える。個別のテキストに目を移すなら、それまで培ってきた教義や規律が崩壊する一瞬において浮上する啓示の顕現こそオコナー文学の極致であることに異論を挟む者はいないだろう。つまり、芸術、文化、宗教に関する信条が苦しみの果てに高らかに飛翔するのではなく、拠り所となる信条が瓦解することで謙譲の念が生まれ魂が昇華されていく感覚、これが新批評のドグマと最も異なる点である。彼女の作品の主人公たちは、オコナー自身がアイオワ大学大学院にて創作途中に苦悩の中で綴った、「私は、自分が理解していることを実はわかってはいない、ということを知った」(*PJ* 10)、という自己の無力さと向き合うことになる。もちろん、自身のエゴイスティックな信条が崩れるとき、新批評的な没個性化の感覚を主人公たちは啓示として獲得したのだという反駁も聞こえてきそうだが、オコナーが描こうとして止まないのは、その瞬間における神秘的なものの現前であり、俗なるものから聖なるものへの繋がりである。新批評の詩人・批評家たちが南部の神話、人間的な神話を堅持しようとしたのに対し、「善人はなかなかいない」においてかつて訪れた南部の大農園屋敷を追懐する祖母や、「高く昇って一点へ」において二百人もの奴隷を所有していた祖先の繁栄ぶりを自慢する母親に例証されるように、オコナーの文学世界において過去の神話は神の啓示により闇に葬り去られることになるのだ。

オコナーの作品は、主体が受動的な存在と化したときに神の恩寵を経験する、何かを作り出す(creation)のではなく何かが到来する(arrival)物語である。「神よ、私の弱き心を満たすための信仰を持ちたくはないのです。精神科医が好んで言うような、自分のイメージに合わせた神など考えたくはない」(*PJ* 16)——このオコナーの秘めた思いは、神への強い信仰を示しながらも、それが彼女にとって都合の良いものでしかないことへの恐怖であり、若き日の心情は後々の作品の細部に受肉化されていく。不条理で希望のない南部の世界を舞台として設定しながらも、彼女の文学は特定の価値観を作り出すのではなく、そこで知らず知らずの内に湧き上がる何かと対峙する物語であり、それは現代の頽廃した世界に抗して過去の牧歌的な世界をノスタルジックに想起するのではなく、頽廃的な世界と対峙することにより神の啓示を獲得するものである。たとえ本人の中に南部人の意識が残っていようとも、彼女の文学には歴史という過去は存在せず、苦々しいほどの現在が目の前に横たわっているが、そこにやがて到来する超越的世界が潜んでいるのである。

◉暴力、受動性、レヴィナス

オコナーの受動性は、二十世紀アメリカ文学において彼女を特異な位置へと押し上げるのみならず、現代の倫理的な問題と大きく関わっているように思える。主体表象の枠内に収まらない他者の思索を通して、倫理の問題を考え続けたフランスの思想家エマニュエル・レヴィナス (Emmanuel Lévinas) は、家の比喩を使いながら、「自己とはべつのもののうちにうちにありながらもわが家にあること、自己自身とはべつのものによって生きながら自己自身であること、つまりは〜によって生きることが、身体的に現実存在することにおいて具体化される」(上巻 三三六) と言い、主体とは自身ではないものによって規定されること、つまり受動的存在に他ならないと主張する。レヴィナスの思想をここで多少なりとも引いてみることは、あながち無駄な作業ではあるまい。とりわけ、それが人間同士にせよ、あるいは人間と動物・物質にせよ、面と面を合わせることとの多い彼女の文学世界を吟味(ぎんみ)する際、レヴィナスの顔の理論は、肯定的にあるいは否定的に引用するかは別にして、オコナーの文学批評にある奥行きを与えてくれる。

顔の理論で注意すべきことは、顔とは具体的な内容ではなく超越であり、他者の顔が知覚的に現われるというよりも、他者の他者性――主体の捕捉できない他者性――が顔において顕現することである。[8] 他者の顔が具体的な内容を持つものとして認識されるなら、それは「我―汝」の関係性に収まってしまうことで、私の表象の枠組みを超えるものではなくなってしまう。また、他者の顔とは能動的な視覚で捉えられるものではなく、また触角において把握されるものでもない――知覚において包括される他者は、主体の表象の内に収まってしまうからであり、それはすでに超越性、無限性と連関する他者ではなくなってしまうからだ。レヴィナスが言わんとすることは、顔と対峙するとき、主体は自身の同一性を基盤にした関係が崩され、新たな次元の関係へと参与することである。あまりにも脆くはかない他者――レヴィナスはこれを「飢え」、「貧困」、「孤児」、「異邦人」などで表現するが――と向き合い、他者の根源的な訴えが「汝殺すなかれ」として発せられるとき、それまでの思考様式が崩れることで、初めて人は主体として成立すると述べる。レヴィナスはこの懇願を、「我―汝」の相互補完的な関係ではない他者からの絶対的命令であり、これを領掌(りょうしょう)して初めて主体と他者の倫理的な関係性、つまり、他者に従属する受動的な主体の目覚めが生じると言う[9]。ここで浮上する他者―主体の関係性は、「私を裁く正義の厳格さのうちにあるのであって、私を許す愛のうちにあるのではない」（レヴィナス　下巻　二六七）。また、それは平等の関係にあるのでもない。主体は常に他者に裁かれ命令を受ける存在なのだ。

オコナーの文学において神の啓示を授ける媒介者は、どこかレヴィナスの言う他者と似ていなくもない。作品の主人公が他者と向き合うとき、その顔はもちろんオコナーの文学的な教義に即して具体的に描かれており、他者としての彼ら／彼女らはれっきとした一人のキャラクターとして存在しているため、他者の顔は個別の内容ではなく公共的な次元にあるとするレヴィナスの思想とは幾分乖離しているのは事実である。そうでありながら、序章の前半部分ですでに言及したように、啓示の媒介者たちはどこか世俗的な人間性が欠如している、言い方を変えれば人間の生活の匂いが希薄であるのもまた確かであろう。もう少し言えば、媒介者たちの顔は具体的に描かれているとしても、その実体は啓示を受ける主人公たちと比して不鮮明な感がある。その媒介者たる他者は、「善良な田舎者」における聖書売りのような人間であれ、「グリーンリーフ」における動物であれ、あるいは「作り物の黒人」における物質であれ、現実的存在でありながらも、現実を超えたところに主人公を、そして読者を誘うことから、媒介者は具体性と超越性が混在した存在といえる。ブーバーが神についてそう述べたように、オコナーの他者は主体の対象にはならず[10]、その言動は現実世界の下で為されると同時に、超越的な世界の下地を育むことになる。主体が他者と向き合うとき、前者の閉ざされた内部的な主観性は崩れ落ち、その外部的な存在の他者に対して責務を負った一箇の存在となってみずからを提供する（レヴィナス　上巻　三七八）のであるが、それは具体的に「善人はなかなかいない」における祖母とミスフィット (the Misfit) のコミュニケーションになっていない言葉のやり取りに現われているだろう。

ただし、受動性を巡るオコナーの詩学にレヴィナスの他者の思想が完全に合致するわけではなく、それなりに齟齬（そご）もまた存在する。レヴィナスは、主体がその身を委ねる他者を非暴力な存在として捉えており、後者が前者を平和のうちに迎え入れると主張している。その一方で、彼は、人間的な他者ではなく主体が融即（ゆうそく）できない他者として来るべき死を挙げ、「私に暴力をふるい、私をとらえる存在はまだ私に到来しておらず、それはなお未来から私を脅かしつづけている」（下巻　一三六）として、超越的な他者に暴力性を付随させてもいる[11]。しかし、続けてレヴィナスは、死の最大の恐怖である苦しみを「私がだれかによって、またまだれかのために死ぬ」ことで耐えることができるとし、死を主体の実存として捉えるのではなく、他者とその苦しみを分有することで、「死が新たなコンテクストに置かれ、死の概念が変容する」と述べる――もちろん、これは死を主体の運命的な属性として捉えたマルティン・ハイデガー（Martin Heidegger）に抗してのことだが。つまり、レヴィナスは、死と対峙するとき、苦しみを他者と分け合うことで主体のエゴイズムが喪失し、主体の外部へと向かうことが可能になると説くことで、倫理的な側面から死を別様に捉えようとする（下巻一三八：傍点はオリジナル）。

対照的に、オコナーの他者は、レヴィナスの思想同様に神性と結び付けられてはいるが、主人公たちに啓示をもたらしても、それは平和裏に行なわれるわけではない。周知のように、神の恩寵を体験しながらも、主人公が他者の暴力により頓死することはオコナーの作品において特に珍しいことではないし、死の苦しみを他者と分有するという場面が描かれている訳ではない。あるいは、たとえ主体が死に至らないとしても、暴力的ではない他者を探すほうが難しい。これは、彼女が死という彼岸を、現実世界と連続するリアルなものとして捉えていたからかもしれない——もちろん、この感覚は、彼女が十五年もの長きにわたり不治の病である紅斑性狼瘡と向き合ってきたことから派生したものだが。そのような伝記的事実以外から彼女の暴力性を考えるとき、オコナーは人間道徳から懸絶した場を措定し、そこから倫理の問題を考えていたように思える。それが、序章の前半部分で述べた、オコナー文学の冷たさと温かさという撞着を生み出す要因であるが、これこそが彼女の文学を稀有な存在にせしめているのではなかろうか。

暴力は神的世界への道標ではあるが、文学上において暴力を超越的に昇華させることはしない。現実世界の暴力を描くことで異なる世界の窓を開くこと、そしてそこから改めて暴力を考えてみること、オコナーの暴力のエッセンスとはかくなるものであり、またそれは文学の特権でもあるように思える――つまり、文学は、暴力という倫理的に忌避される現象をフィクションにより突き詰めて書くことで、その実体に分け入っていくことが許される領域なのである。しかし実際、人は、たとえ文学作品であっても、暴力的な光景と向き合うときそれに対し身構え、暴力の称賛ではないかとしてその作品を非難することが多い。事実、オコナーの作品もそのような批判を受けてきたのだが、「善人はなかなかいない」を巡り暴力について以下の見解をオコナーは記しているので、少し長いが引用したい。

現代は、ほとんど知覚できない恩寵を感じる鋭敏さを失っているばかりか、恩寵の瞬間に先行し、そして後に続く暴力の性質についてもはやあまり考えることもない。ボードレールが言ったように、悪魔のもっとも狡猾(こうかつ)な企みは、悪魔が存在しないとうまくわれわれに信じこませることなのだ。〔……〕現代小説にひろまった暴力について、多くの不満を耳にする。そこで描かれる暴力とは悪しきものであり、暴力自体が目的となっている、と常に考えられている。真剣な作家にとって、暴力は決して目的にはなりえない。〔……〕暴力は、善にも悪にも使える力であり、もちろん神の国も暴力によって奪い取られるものの中に入っている。しかし、何が奪われるにせよ、暴力に満ちた状況にある人間は、自身にとって絶対に欠かせぬ特質を必ず示すものだ。死後の永遠の世界に必ず持っていく特質である。(*MM* 113–114)

暴力的な世界の中で暴力を見ようとしないこと、倫理的な行為として暴力の吟味を避けること、暴力を不可視なものにすること、そうしたことは「悪魔のもっとも狡猾な企み」への陥穽（かんせい）を併せ持つ、と彼女は指摘する。オコナーが言わんとすることは、文学とは暴力を具体的に描きつつも、その志向するところは決して暴力の内部に留まるものではないこと、そして、暴力とは良くも悪くも、人間の性質を明らかにする側面を持つことである。暴力によって奪い取るものの中に神の国があると説くオコナーの私見は、昨今のテロの行動と共振するとして非難の対象になるかもしれないが、前者の暴力は神の国を開示させる手段であると同時に、その世界から改めて人間の暴力を批判的に再考する可能性を内蔵している。これがオコナー特有の倫理を胚胎（はいたい）するのであるが、その倫理は温かさ以上に耐えるべき冷たさを併せ持っている——人間の心情では把捉（はそく）できない倫理、ヒューマニズムとは異なる倫理は、人に底知れぬ冷たさをもたらすのではないだろうか。

以上、暴力の問題とも絡めながら、オコナー文学の倫理性や受動性について考えてきたが、もう少しこの点に関して思索を深めるため、竹西寛子の人口に膾炙（かいしゃ）したエッセイ「広島が言わせる言葉」（一九七〇）を取り上げることにする。フラナリー・オコナーという個別の作家についての本書の中で、原爆というあまりにも大きな政治的出来事に纏わるエッセイを引用するのは不謹慎との誹（そし）りを受けそうだが、そうでありながらも人間では把握できない何か大きなものと対峙するときに感じる主体の矮小さ、人間とは何かを能動的に発する存在ではなく、何かに対し受動的になることから生まれる謙譲の感覚において、両者の詩学は——もちろん、原爆を巡るアメリカと日本の政治的関係を閑却してはいけないのだが——どこか深いところで繋がっているようにも思えるのである。

被爆した広島を言う言葉がある。

被爆した広島が言わせる言葉がある。

論理的な根拠があっての区別ではなく。強いて言えば、自分の直感による区別である。間違っているかもしれない。間違っているかもしれないけれど、それはこの二十五年の間に、強まることはあっても弱まることのなかった私の事実である。

〔……〕

広島が言わせる言葉は、しかしいつも私を悲しみの淵に誘う。その淵の際に立つ時の、私の内部の冷たく強い収縮と、収縮のきわみにひそかに温かく滲み出るものの感覚が、この言葉を自覚する私のバロメーターである。

広島が言わせる言葉のあることを感じ、知った時、その広島は広島であって広島でなく、限りない事物の名におきかえられてより拡がりをもつものであることを私は感じ、知った。（八八―八九）

原爆加害国の国民であったオコナーと被害者の竹西を同じ土俵で論じることには無理があるかもしれないし、またたとえオコナーが原爆という出来事は自身の創作に大きく影響すると言及しているにせよ（*MM* 134）、引用した言葉の重みを完全に理解することはできないだろう。しかし、竹西にとって、「広島」とは私が能動的にそれを経験していない人に向かって主張する存在、つまり私の語りの対象であると同時に、「広島」自体が何かを訴えようとするのであり、そのとき私はそれを語るのではなくそれに耳を傾ける存在になると述べている――この二つの語りの間に大きな径庭があることは、等閑視してはならないだろう。この序章で、オコナー文学の特質として触れてきたのは後者の語りであり、言葉を換えて言うなら、主体性が瓦解する恐怖故の冷たさと何か別の大きな存在に従属することに由来するいくばくかの温かさという、相矛盾する思いの交錯である。竹西が「広島」という自身の表象を超える存在と向き合うときに覚える「冷たく強い収縮と、収縮のきわみにひそかに温かく滲み出るものの感覚」は、たとえその起源はオコナーが信仰する神とは違うにせよ、作品の主人公たちが啓示の瞬間に感じるものと、心の源泉の基底部分において合い重なっているように思えるのである。神にせよ、他者にせよ、物にせよ、何かに裁かれることで生まれる主体性、それを内に抱え込むことは困難を伴うことでもあるが、「より大きな拡がり」を主体にもたらすことも間違いないのであろう。受動的な存在とは何かに従属、参与することの謂(い)いではあるが、竹西のエッセイから、そこには弱さではなく何か力強さ――主体の意志とは異なる力強さ――が窺え、これこそがまさにフラナリー・オコナーの文学の神髄と言えるのではないかと思うのである。

◉日本のオコナー研究と本書の位置づけ

本書は四部構成で九つの章から成り立っている。第Ⅰ部「秘義における物質と知覚」の第一章「彷徨の身体」では、『賢い血』における主人公ヘイゼル・モーツの不安定な知覚作用と神の表象の関係性について論じ、第二章の「物質と秘跡のリアリティ」では、結婚や洗礼といったカソリックの秘跡(サクラメント)を文学において受肉化する際にオコナーが重要視したのは、精神性ではなくどこにでもある卑近な神の創造物であることを確認する。第Ⅱ部「受動性という倫理」は本書の核であるが、第三章「倫理、暴力、非在」においてはオコナーの暴力性がどのように神の倫理と結び付くかを、そして主人公が他者の暴力を受動的に受けることでどのような神的可能性が開示されるかを、レヴィナスと哲学者ジャック・デリダ (Jacques Derrida) の思想を下地にしながら考察した。また、もう一つの論考、第四章「アクチュアリティ、グロテスク、『パーカーの背中』」では、意に反して子供を授かった放恣な主人公がその事実を受動的に受け止めることで浮上する啓示の内実について論じた。第Ⅲ部「オコナーの終末的光景」では『ヨハネの黙示録』で描かれる神の国の降臨を、オコナーは現実世界においてどのように描いたかを分析した。第五章は終末と時間の関係をフランク・カーモード (Frank Kermode) の議論に照射しながら、第六章は現実世界を無視して安易に超越的世界を希求することの危うさをオコナーの伝記的事実を絡めながら論じた。第Ⅳ部「共同体／国家における政治と宗教」は三つの章から成り立っている。神学的な議論から少し離れ、第二次世界大戦後アメリカの政治的力学とオコナーの文学テキストがどのように交錯するかを、第七章「農園から共同体へ」ではマルティン・ハイデガーとアイデンティティの議論枠を用いながら、第八章の「生の政治と死の宗教」ではロバート・ベラ (Robert Bellah) が提示した「市民宗教」を補助線にしながら精査した。最後の章ではリンカンの「奴隷解放宣言」に潜む偽善とオコナーの作品に描かれる偽善を比較し、デリダが『法の力』（一九九四）で論じている「神話的暴力」の概念を援用しながら、単に偽善を批判的に捉えるのではなく、その宗教的／政治的可能性について論じた。

また本書はフラナリー・オコナーという単独の作家についての著作であるが、日本語でこれまで出版されたオコナーの批評書は他の作家と比較してそれほど多い訳ではない。ここでは二人の研究者の論調のみ簡約に紹介したいが、中でも際立った数の研究書を出しているのは野口肇である。野口の論考はテキストの読解にとどまらず、たとえば『日本におけるフラナリー・オコナー文献書誌』（二〇〇七）というタイトルからも窺えるように、その研究範囲は多岐にわたっており、氏の著作を一度紐解けばオコナーへの比類なき情熱が十分に伝わってくる。実際、アイオワ大学大学院でオコナーに創作の手解きをしたポール・エングルや彼女の友人で書簡集『存在の習慣』(*The Habit of Being*, 1979) を編纂したサリー・フィッツジェラルド (Sally Fitzgerald) などにインタヴューした日本のオコナー研究者はあまり存在せず、死後五十年以上経過しているフラナリー・オコナーの作家像を膨らませることができるのが野口の研究の秀逸なところである。また、氏のオコナー研究はキリスト教を基軸に展開しているので、その文学世界の何気ない言動や風景、そして奇抜な結末が、聖書の具体的なコンテキストとどう共振しているかについて、丹念に分析されている。以上に挙げた点から、野口の批評書はオコナー研究をする上での必読の文献なのだが、オコナーの生涯や聖書への詳細な言及がある一方、神的世界の扉を開くことを可能にするオコナーの文学力への洞察にやや欠ける面があるように思われる。

　野口の著作以外に目配りしたいのが、近年出版された南部文学の批評書の中でオコナーを大きく取り上げた、井上一郎の研究である。独特の比喩で描写される森と太陽の表象作用に着目し、前者に象徴される人間の脆弱な防御線が、神の啓示を顕現する太陽によって終末的に焼き尽くされることを指摘した氏の考察は、間違いなくオコナー文学の精髄を捉えているし、また「沈む夕日についての言及が圧倒的に多く、それに比較して昇る朝日についての言及はきわめて少ない」（一二四）といった指摘は、テキストを精緻に読んでいないとできないものだ。ただ、井上の読みは、本人が各所で強調するように実存主義をその基軸とするのだが、過度の人間倫理や道徳が抑えられながら、神の創造物を媒介にそれまで能動的だった主体が受動的になることで生み出されるオコナー独特の秘義が、果たして実存主義の文学と言えるのだろうかという疑問が、どうしても頭をもたげてくる。たとえば、井上が何度も名前を出すドストエフスキーの魅力は、人間の善悪の可能性を極限まで追求し突き抜けたところにあり、神と人間の闘争／乖離／融合が圧倒的な分量と文体で描かれているのに対し、オコナーにとって人間主体の実存は、一見卑近に見える創造物同様、神の啓示を生じさせる契機に過ぎない――契機に過ぎないという卑小さこそ重要であることを本書は強調したいのだが――ように思えるのである。

最後に本書の批評的枠組みを今一度確認しておきたい。オコナー文学の大体の特徴は、すでに多くの批評家によって指摘されているように、風刺の精神を伴いながら、暴力的でグロテスクな創造世界の形象を通して、神の啓示を照射するところにある。ただ、その秘義の世界に深く入る批評は当然のことながらいくつかの道筋に分かれており、（一）人間世界の聖／俗、善／悪の二分法の見地から考察する、（二）本書でもたびたび引用するアンソニー・ディ・レンゾ（Anthony Di Renzo）のように（一）で挙げた二分法を止揚（しよう）する、（三）オコナーが描く暴力を新約聖書的な救済の、あるいは旧約的な復讐のものとして捉える、またはテロに代表されるような原理主義的暴力と比較して論じる、（四）南部の地域的コンテキストから読む、（五）冷戦に代表される五〇年代、六〇年代の地政学的見地から分析する、(六) カソリシズムの教義と照らし合わせて、オコナー文学が内包する宗教性を吟味する、(七) オコナーにとって生活の支柱であり、また良くも悪くも彼女に大きな影響を及ぼした母親のレジーナ・オコナー (Regina O'Connor) や、フラナリーと同じ病に若くして倒れた父親のエドワード・オコナー (Edward O'Connor) との親子関係が作品上どのように表われているか、精神分析あるいは伝記や手紙を基に研究する、以上が、もちろんそれぞれ重なる点もあるが、オコナー文学批評の大まかな項目として挙げてよいだろう。

(一) から (七) までの批評動向において批評の対象として大きく取り上げられてはおらず、かつオコナー文学の要諦と考えられるのが、受動性という倫理である。たとえば、中世の建築物に施されたガーゴイルに着目し、そのコミカルで悪魔的な形象がそれまでの伝統的なキリスト教の概念をいかに転覆したかを当時のテキストを引きながら論証し、キリスト教の教義を攪乱(かくらん)するオコナーのグロテスクで暴力的な文学世界とどのように交錯するかを比較分析したディ・レンゾの『アメリカのガーゴイルズ』(*American Gargoyles*, 1993) は、オコナー批評のパラダイムを変えた重要な研究書だと筆者は考える。足場は飽くまで文学研究に置きつつ、トマス・アルタイザー (Thomas Altizer) などの現代思想の動向も取り入れたキリスト教文学批評家の論を引きながら、文学と宗教の垣根をスリリングに行き来するディ・レンゾの著作は、本書を書く上でも大きな刺激を与えてくれた書物だが、オコナーが描く暴力とグロテスクの深潭(しんたん)に光を当てつつも、それがオコナー文学に潜む倫理とどのように結び付くかまでは論じるに至っていない。本書の大枠の目的は、人間主体の内面を支える道徳が他者や物質によって破壊されるときに感じる冷たさと、主体は創造物の一つに過ぎない、自己は塵芥（じんかい）に過ぎないことを知る謙虚さ、そして破壊されたスペースを埋めるかのような何か大きな存在に参与することで生まれる温もりが、オコナーの中で同一の倫理であることを示すことにある。

筆者が元々オコナー研究に誘起されたのは、暴力と倫理という相矛盾するものがどこかで収斂する、独特の文学的精華にある。オコナーの中でそれが可能なのは、暴力を人間の属性として、人間が主体的に行使するものとして描いていないという自説が、本書の分析を支えている。宗教的な訓戒を示唆する文学作品において暴力が描かれるなら、それは神による懲罰的な傾向を帯びるだろうが、同時に懲罰を執行する人間倫理や道徳が美徳化されることから、オコナーのようなリアリズムのスタイルとはならない。彼女の世界において、たとえば「火の中の輪」("A Circle in the Fire," 1954)のコープ夫人(Mrs. Cope)のように、避難民を想起させる少年たちに嫌悪感を示すことで私的境界を守ろうとするキャラクターにもたらされるのは、神の啓示や恩寵であっても懲罰ではない——懲罰という名の暴力は、それを訴える人間の倫理と結び付くからだ。かるがゆえに、啓示が顕現する結末において、宗教的な気配を漂わす人物や、神父や牧師などの聖職者が啓示の直接の媒介者になることはない。それは飽くまで、人間的な内面の欠如したキャラクター／動物／物質の役目なのである。

これまでにも、オコナー文学における倫理的要素に着目した批評はあったが、キリスト教の教義を前景化することで、どこか冷たさを感じる独特のリアリズムがなぜ出現するのか、という文学的問いが後景化されてしまっている印象がある。人間的倫理や道徳が否定される世界、つまりそれらが神を対象化することを阻む冷たいリアリズムの世界は、逆に何らかの非人間的な倫理を浮上させる磁界となる。しかし、これは何もオコナーが人間を否定していることを意味しない。オコナーの文学的／宗教的特徴の一つとして挙げられるのは、たとえ人間倫理や道徳を否定するように見えても、それを経由しなければ秘義とともに沸き起こる何らかの倫理に辿り着くことはないということである。つまり、人間の身体が動物や自然の物質と同じく神の創造物であり、何らかの啓示を宿すなら、人間の倫理も同様に神性をもたらす何かをその内に秘めることになる。つまり、人間の倫理（ヒューマニズム）も神の啓示の媒介物に過ぎないのだが、この摂理を知る・経験することもオコナーにとっての倫理なのである。いずれにせよ、彼女にとってキリスト教の秘義は、人間を描く文学 (*MM* 68) を通過しないと浮上しないのであり、文学と宗教、どちらかに優位を与えず、唇歯輔車（しんしほしゃ）の関係にあることを示したところにフランナリー・オコナーの文学力があるのだ。

◉注

（1）オコナー自身も『祈りの日記』(*A Prayer Journal*, 2013) の中で、神への近接を切望しながら、そのような願いに対する戒めとして、「私はあなた〔神〕の近くにいたい。しかし、そう願うことですら、罪なのかもしれない。おそらく聖体拝領も私が望む近しさを与えてはくれない。たぶん死の後にそれは訪れるのだろう」(*PJ* 13)、と述べている。

（2）たとえば、John Sykes Jr, *Flannery O'Connor, Walker Percy, and the Aesthetic of Revelation* の 1, 9 を参照さ

れたい。

（3）エリオットと新批評の関係性については、越智　五四―六二を参照されたい。

（4）サイクスは、詩がある種の錬金術的なやり方で、愛や死などの矛盾した要素を象徴や比喩を通して繋ぎ合せ、他の言語媒体では不可能な宗教的な意味合いへと読者を導くと指摘する（16）。

（5）ジェラルド・グラフ（Gerald Graff）は、「個性を排した科学的客観主義」（impersonal scientific objectivism）という新批評への概評に対し、それは実際のところ身体的な経験を重視する主体的な批評の営みであることを、当の新批評の詩人たちの引用を用いながら解説している。つまり、新批評にとって、文学とは知識でもなく解釈でもない、それは経験であり反解釈であるがゆえに、矛盾を孕んだ要素は新批評において大いに評価されるものとなる。ゆえに、グラフは新批評の考え方から、以下のような言明を述べるに至る――「文学的意味の経験が概念的な見解ではないなら、最終的に、批評が文学を論じることなどできない、という結論に行き着く」（144）。

（6）他にも、ジョン・クロウ・ランサム（John Crowe Ransom）、ロバート・ペン・ウォレン、アレン・テイト（Allen Tate）などの新批評の中心人物たちが、アイオワ大学の創作ワークショップに招かれていた。

（7）ブラウンは、オコナーが新批評の教義に染まっていったことで、作中の女性は男性の暴力を受ける対象となり（これは、男性的な新批評の教えに従う女性の姿を暗示している）、作品に描かれるグロテスクな女性の身体性は男性の知性・精神性の下位へと貶（おとし）められ、さらに女性は男性の登場人物が神の救済を受けるための媒体に過ぎないと、ジェンダーの視点から痛烈な批判を試みている。しかし、オコナーの作品を普通に読めば理解できるのだが、たとえば「パーカーの背中」（"Parker's Back," 1965）や「障害者優先」("The Lame Shall Enter First," 1962) に例証されるように、女性だけでなく男性も同じく暴力を受ける。また、肉体と精神を区分することはマニ教的であるとオコナーが厳しく断罪したことを考えれば、心身二元論の議論枠はそもそも彼女の文学を論じる上で適切な方法ではないし、暴力を経由して主人公たちは神の啓示・恩寵を受けていること——たとえば、「善人はなかなかいない」の祖母や「グリーンリーフ」のメイ夫人、そして「啓示」のタ―ピン夫人——を見ても、女性は男性が獲得する啓示の道具に過ぎないというプラウンの議論は、謬見（びゅうけん）と言われても仕方ないように思われる。以上の批判は、母―娘の関係を重視するユードラ・ウェルティの作品と比較しつつ、父的存在への憧れとそれへのアイデンティティの同一化に対する代償こそが、オコナーの作品群で描かれる暴力的な実相だと指摘するルイーズ・ウェストリング (Louise Westling) の論 ("Fathers and Daughters in Welty and O'Connor") にもあてはまる。

（8）レヴィナスの顔の定義の一つを引用するなら、「顔は、内容となることを拒絶することでなお現前している。その意味で顔は、理解されえない、言い換えれば包括されることが不可能なのである」（下巻 二九）。

（9）認識できない他者との受動的な関係性を、レヴィナスは知覚ではなく言葉に——言葉と言うより、窮地に瀕している他者の切実な訴え、そして一方的な訴え——に託している。彼にとって、他者から発せられる言葉とは、主体との相互補完的なコミュニケーションを暗示しているのではない。それは他者からの命令なのである。実際レヴィナスは次のように言う——「ことばとはむしろ隔たりをかいした接触（コンタクト）であり、触れあわないものとの、空虚をかいした関係なのである」（上巻 三五三）。

(10) レヴィナス『全体性と無限』下巻 七一を参照されたい。

(11) 他の箇所で、レヴィナスは、「〈他者〉は、超越というできごとそのものと分かちがたいものとして、死が、場合によっては殺人が、そこから到来するような領域に位置している」(下巻 一一三)として、他者、超越、死を直接結び付けている。

第Ⅰ部　秘義における物質と知覚

第一章　彷徨の身体
――『賢い血』と不安定な神の表象

◉神聖と冒瀆

オコナー文学の際立った特質の一つとしてグロテスクな形象が挙げられるが、『賢い血』の主人公ヘイゼル・モーツ（以下ヘイズ）は、その代表的な人物と言っていいだろう。最後の場面でアパートの女主人フラッド夫人（Mrs. Flood）が垣間見たように、「深く焼けただれた眼窩（がんか）」を持つヘイズが「一点の光」（*WB* 232）となったことは、彼のグロテスクな身体が神性を帯びたことの証左と言っていい。オコナーの究極の関心事とは、常に神的なものとの「融合」（259）であるというシンシア・シール（Cynthia Seel）の言を俟（ま）つまでもなく、彼女が文学の世界に受肉しようとしたのは、たとえ暴力的な結末であろうとも、神の恩寵の具現化であることに間違いない。主人公が神性とは相容れない不気味な形象を纏っても、彼／彼女は最終的に神の啓示を体験することになるという、ある種の予定調和的な前提がオコナー文学の批評を支えている。

だが、実際のところ、ヘイズが最終的に神の光に包まれたかどうかについて分析するとき、批評家の見解は分かれる。マイルス・オーヴェル (Miles Orvell) は、ヘイズの「一点の光」を神と融合した象徴的な形 (80) だと捉えているが、ロバート・ブリンクメイヤー (Robert Brinkmeyer) はその論全体において、「精神の家の安定、それは我々の死を意味する」(*HB* 354) というオコナー本人の言葉を引用しつつ、彼女の文学は神との融合がいかに困難であるかを問いているのだと指摘する ("Asceticism and the Imaginative Vision")。さらにフレデリック・アサルズ (Frederick Asals) は、オコナーの文学が伝統的な神学世界とは一線を画すと指摘しながら、登場人物たちが啓示に直面するとき、「調和」ではなく超越的な意識を呼び込む伏線としての「分裂」(231) が描かれると述べる。こうした批評は、オコナーが神は死んだと見なしていたとは言わなくとも、神は同一性ではなく差異であり、理解不能なものとして考えていたことを示唆するものだ。

多くの批評家は、オコナーが敬虔なカソリックの信者であること、さらには神のロゴスを小説に受肉化しようと願って止まないことに異見を唱えることはしないが、それでも彼女の文学世界が不敬かあるいは神性を帯びたものかについて議論を繰り返してきた。そのような傾向に対し、アンソニー・ディ・レンゾは、煉獄(れんごく)的な中間領域にこそ彼女の文学の精髄が凝縮されているとし、神聖と冒瀆、教会と広場、天国と地獄の狭間に存在する、不気味で捩(ねじ)れた形象にその目を向ける (14–15)。ディ・レンゾは、オコナー文学においては天国も地獄も神の顕現の必要条件であり、批評がどちらかの世界を選択することに警鐘を鳴らす (15) が、仮にヘイズの「真実への唯一の道は冒瀆である」(*WB* 148) という言明を是とするなら、瀆神は捨象されるべきものではなく、少なくともオコナーの文学世界において神性が炙り出されるための必要条件となる。

『賢い血』を考察する本章においては、「精神の家の安定」が破壊され神の啓示が浮上する様を、ヘイズの不安定な知覚やグロテスクな身体から精査していくと共に、それらが現代における神性の属性であることを確認する。その過程で、ディ・レンゾの議論枠が提示する聖/俗の中間領域の意義を、現代人の故郷喪失という思想的文脈と絡めつつ考えてみたい。また、ヘイズの言動は、作中の他の説教師やヘイズを取り巻く人々とどのように異なるのか、キリストを否定しながらもキリストに精神的な救いを求めるヘイズの物語は、キリストへの探求もないところにキリストが浮上する、オコナーの円熟期のリアリズムの世界と比べてどのような瑕疵があるのか、という問いも併せて考察していく。故郷が消滅した空間で実存的に苦悶するヘイズの姿こそ読者を惹きつけるのだろうが、『賢い血』が示すのはカミュ的な自己実存の苦悩が最後に変容することであり、その意味で『賢い血』という小説の位置はオコナーの創作における後の短編への修練の場でもあり、この第一章も後の章へと続く具体的分析の導入部分と捉えてもらえればと思う。

◉浮遊する眼差しとグロテスクな形象

四年間の兵役を終えたヘイズが故郷のテネシー州イーストロッド(Eastrod)に帰ってきたときに目にしたのは、無人と化した村であった。廃墟となった自分の家でひと晩過ごした後、自ら考案した「キリストのいない教会」("The Church Without Christ")の教えを広めるべく、列車でトーキンハム(Taulkinham)という市に向かう。彼の祖父は説教師であり、もちろんヘイズ自身は否定しているが、彼の行為はかつての祖父のそれと重合する――違いは、ヘイズが魂も、罪も、キリストも何も信じていないことだ。彼の説く宗教は、人間には「堕落」などないし、ゆえに「救済」も「神の裁き」もない、イエスは単なる「ペテン師」(*WB* 105) に他ならず、人間には罪などないがゆえにイエスなど必要ないという、ある種ニーチェ的な臭いのする教えだ。その一方で、彼がどこか神性を捨てきれないことは、エイサ・ホークス (Asa Hawks) というキリストの贖罪に殉(じゅん)ずるため、自ら目の光を失くした説教師を追い求めるところに表われている。ヘイズは彼を真の聖者かもしれないと考え、彼のアパートの上の階に移り住み、あたかも彼の神性を試すかのように冒瀆的な言葉を吐き続けるが、ホークス自身は盲目を偽り人から金をだまし取る詐欺師だったことが判明する。彼の正体を知った後、ヘイズは「真理はひとつしかない、それは真理など存在しないことだ」(*WB* 165) と述べ、わずかながら持っていた神性の望みを完全に否定する。他にも、ラジオ説教師として「キリストのいない聖なるキリストの教会」("the Holy Church of Christ Without Christ") を立ち上げ、金をかき集めることしか興味のないフーヴァー・ショーツ (Hoover Shoats)――別名、オニー・ジェイ・ホーリー (Onnie Jay Holy)――や、ヘイズを現代の預言者として崇拝し、なぜかミイラを新しいイエスと考えるイーノック・エメリー (Enoch Emery)、ヘイズの性欲を満たす娼婦レオラ・ワッツ (Leora Watts)、ホークスの子供でヘイゼルを誘惑するサバス・リリー・ホークス (Sabbath Lily Hawks) たちとの邂逅(かいこう)から、現代における神の啓示の不可能性を実感する。あたかも現実世界を否定するかのように、あるいはその罪を自身の身体で引き受けるかのように、石灰を使って盲目となり、最終的には物質的世界を否定することで神の国への入り口を見出すことになるのが、この小説の大まかな粗筋である。

ヘイズを特徴付けるものはいくつかあるが、とりわけ関心を払うべきは彼の不安定な視線であり、そのことは批評家のマーシャル・ブルース・ジェントリ(Marshall Bruce Gentry)も言及している(125)。『賢い血』の草稿段階で、友人で作家のキャロライン・ゴードン(Caroline Gordon)から「技術的に不十分」であるという指摘を受け、ヘイゼルの目をより際立ったものへと変えたという事実から、オコナーがその知覚器官に特別な意識を持っていたことが窺える(1)(Gentry 120)。実際、サバス・リリーの、「私は彼の目が好きだ。目に映るものを見ているようには思えないが、それでも常に何かを見続けている」(*WB* 109)という台詞(せりふ)は、彼の目の性質の一端を表わしているだろう。彼の視線の対象は、詰まるところ俗的な世界に隠蔽(いんぺい)されている神性だろうが、娼婦レオラ・ワッツの「しっかりと安定した、物事を貫き通すような凝視」(*WB* 33)と比較するとき、その漂流しているかのような彼の眼差しは、神の脆弱さを表わしているようにも見える(2)。

ヘイズの不安定な眼差しは開巻ですでに示されている――「ヘイズ・モーツは緑のビロードの列車の座席に前かがみで座り、あたかもそこから飛び出るかのように窓を見つめていたかと思うと、次の瞬間には車両の端の通路を見ていた」(*WB* 9)。客車の中でヘイゼルと向き合っているヒッチコック夫人(Mrs. Hitchcock)は彼の彷徨(ほうこう)する眼差し、「ピーカン〔クルミ〕の殻(から)の色をして深い眼窩に入っている目」から意識を逸らすことができない。ここで「どこかに繋がる通路」(*WB* 10)と形容されている彼の目は、もちろん作品の最後の場面の「彼が消えていった暗いトンネルへと続くように見える、深く焼けただれた眼孔(がんこう)」(*WB* 231)の伏線となっている。ヘイズの目が最も重要性を帯びるのは、啓示を受けるため目の光を失くした最後の場面だが、偽りの盲目を隠そうとしたホークスとは異なり、ヘイズは焼けただれたその目に黒眼鏡をかけることもしない。焼けただれた目、どこかに繋がっているトンネルのような目の中で彼は一点の光になったということから、目が神性と連関していることは疑いないが、そうであるならなぜオコナーはヘイズの目をグロテスクにし、視線をどこか落ち着かない、不安定なものにする必要があったのであろうか。

ヴォルフガング・カイザー (Wolfgang Kayser) によるグロテスクの議論を引きながら、デイル・ジョーンズ (Dale Jones) はメルヴィル (Herman Melville)、ナサニエル・ウエスト (Nathanael West)、オコナー、ピンチョン (Thomas Pynchon) の文学に共通するグロテスクさを述べる際、以下の三つの特質を挙げている。(一) グロテスクは疎外された世界を示す、(二) グロテスクは不条理なものとの戯れである、(三) グロテスクは世界の悪魔的な側面を炙り出すと同時に抑え込む (13)。マーシャル・ジェントリが指摘するように、オコナーの描く精神的に堕落した、そして身体的な不気味さを漂わす登場人物は、批評家の間でとかくネガティヴな印象を植え付ける[3] (Gentry 10)。その否定的な声に反駁するかのように、オコナー自身「今日の世界において、キリスト教の信仰により物事を見る人は、「グロテスクなもの、邪悪なもの、そして受け入れ難いものに最もその注意を向ける」(*MM* 33) と述べ、さらに以下のようにグロテスクなものについての見解を示している。

十九世紀のアメリカにおいて、フロンティアから派生した単に滑稽に映る多くのグロテスクな文学が生み出された。しかし、我々の時代のグロテスクな登場人物は、たとえ滑稽に映っても、少なくともそれは第一義的な特質ではない。彼ら／彼女らは、目に見えない責務を背負っているのである。登場人物の狂信的行為はある批判を示すのであって、単に風変わりな様相を醸し出しているのではない。思うにそうした人々は、私が描こうとする関心事を共有する作家に特有な、預言的洞察から生まれ出るのである。そのような小説家において、預言とは近くにあるものを意味の拡張とともに見ることであり、遠くのものを近くに映し出すことなのである。預言者とは距離を支配するリアリストであり、現代の良きグロテスクの姿に見出されるのは、この種のリアリズムなのである。（*MM* 44）

十九世紀のアメリカ文学に描かれるグロテスクとは異なり、現代文学のグロテスクな形象は神的な預言を孕んでいるとオコナーは言う。しかし、彼女がここで指摘する「目に見えない責務」とは一体何であろうか。ヘイズは彼のグロテスクな身体と不安定な視線により、何を読者に提示しようとしているのか。

マーク・テイラー（Mark Taylor）は、神の死以降の神学をポストモダン非／神学と名付け、神の啓示の不在は冒瀆的な言説を生み出しながら、神に向かう希求を終わることのない彷徨に変容させると述べているが、ヘイズの振る舞いはどこかテイラーの思想と共振するところがある。作中、ヘイズは「俺はイエスなど必要としない、イエスに何を求めるというのか、俺にはレオラ・ワッツがいる」（*WB* 56）と不敬な言葉を吐き、また「キリストのいない教会」に必要なものを説くとき、「新しいイエス、血を無駄に流すことのない完全な人であるイエス」（*WB* 140–141）としてイエスの神性を否定する。「キリストのいない教会」の名前が文字どおり示すように、ヘイズは伝統的なイエス像を完全に否定し、現代に必要なイエスは精神的な深みのない人間であると主張する。そのような考えが昂じ、少し前までは救済の道として冒瀆を信じていたが、今は冒瀆すらも信じることはできない、なぜなら冒瀆すべき存在を信じることになるからだと述べ、神に至るあらゆる道を遮断しようとする。

以上の彼の言明は、『ヨハネの黙示録』において神の国が到来する前に君臨するアンチキリスト的な存在を彷彿とさせる。『賢い血』のなかには、ヘイズを除外して、アンチキリストを象徴するような人物が少なくとも二人いるが、両者とも表面的にせよ、キリストの神性と存在意義を説いている。一人はエイサ・ホークスで、もう一人はフーヴァー・ショーツ、特に後者は聖書の教えに基づいた「キリストのいない聖なるキリストの教会」の設立を訴え、人から金を巻き上げることに奔走している。中世の神学者フィオーレのヨアキム (Abbot Joachim of Fiore) の思想を援用しながら、

> すべての歴史の内なる意味は霊的理解の成長にあることから、外面的な奇跡の技を行なう偽りの教師アンチキリストは、キリストとは対照的な位置にいる。なぜなら、キリストは、精霊の到来によって完成される内的で霊的な理解を明らかにするからである (142)

と言うバーナッド・マッギン (Bernard McGinn) の説明は、彼らの存在をより鮮明にしてくれるかもしれない。『ヨハネの黙示録』は、終末が近づくとアンチキリストが現われ、キリストを装った

意味のない言葉を吐き、そして表面的な倫理の教えを人々に説くと記している。このような反キリスト的な姿はオコナーの他の作品にも見られ、たとえば後の章でも触れる「強制追放者」("The Displaced Person," 1954) のショートレイ夫人 (Mrs. Shortley) は、自身が神の計画のために召集され終末の預言者として特別な任務を背負っていると考える (*CS* 217-218)。それに対して、ヘイズはグロテスクで悪魔的であっても、表面的に取り繕った言葉を聴衆に聞かせたりはしない。彼がフーヴァー・ショーツに雇われた似非(えせ)預言者ソレス・レイフィールド (Solace Layfield) を殺すとき、「二つ許せないことがある——一つは真実を言わない人で、もう一つは真実を欺(あざむ)く人間だ」(*WB* 204) と言うが、ヘイズの内実はアンチキリストのそれとは異質であり、偽りの言葉で人を誘惑することがない。グロテスクな要素はアンチキリストの特質の一つかもしれないが、ヘイズのグロテスクさは人々が隠そうとする堕落した内面・真相を映し出しており、そのことがオコナー自身も言述するようにヘイズをして預言者的存在へと仕立て上げるのである。

◉故郷の喪失と不気味なもの

ヘイズの不安定な視線とグロテスクな身体は、故郷喪失に端を発していると言えるかもしれない。兵役を終えた彼が故郷に戻ったとき、廃村と化していたことは先に触れたが、トーキンハムに向かう車中で故郷の記憶はキリストの姿と複雑に絡み合いながら彼の脳裏に去来する。

ヘイズは心の奥底で木から木へと移動するイエスを見た。狂気じみた、ぼろの格好のイエスにヘイズに暗い所に来るように手招きしていたが、そこの足場はしっかりしているか分からない。彼はよく分からないまま水の上を歩き、それを知った瞬間に溺れてしまうかもしれない。彼がいたい場所はイーストロッドで、そこでは二つの目をしっかりと開けることができ、手は慣れ親しんだものを摑むことができ、足は勝手知った道を歩くことができ、口は不要なことを語ることもない。(4) (*WB* 22)

しかしながら、彼の知覚が十全に機能していた故郷はもはや存在しないので、安定した感覚を取り戻すことはできない。ヘイズはイエスが手招きする誰もいない暗闇を永遠に彷徨する運命にあり、そこはかつての故郷とは異なり足がおぼつかない沼地のようなところで、気が付いたら泥水に呑みこまれているかもしれない。『賢い血』が前景化するのは、「慣れ親しんだ」故郷、感覚も正常に働く故郷は消失し、すべては死の匂いが漂う場所と化していることである。

ヘイズが故郷を思う際に棺(ひつぎ)の記憶がついて回るのは、故郷が死と暗闇に結び付いているからだろう。彼がトーキンハム行きの列車の寝台で眠っていたとき、葬儀で母の死体が置かれた棺のことを回想し、あたかも自身が死んだ母親と一体になったような錯覚を覚え、棺の中に閉じこまれる恐怖を感じる場面がある (*WB* 27)。ヘイズが最も恐れたのは棺の暗闇の中へと呑み込まれることだが、それは亡くなった母親だけでなく、なくなった故郷に吸い込まれていくことでもある。彼にとって母親と故郷は重合するが、重要なことは両者が亡霊のごとく常にヘイズに取り憑いて離れないことである――ちょうどイエスがヘイズから遊離しないように。

棺に象徴される閉じ込められた空間と故郷喪失の連関は、思想家のジェルジ・ルカーチ（György Lukács）が指摘した現代社会における故郷喪失というテーマを彷彿とさせる。小説という文学ジャンルの特質は、ギリシアの叙事詩が内包していた自我と世界の融合、啓示や恩寵といった超越的なものが常に生に根付いている状態、人間があるべき／帰るべき故郷、から疎外された状況を示しながら、失われた超越、融合、総体を主観的に——周りの世界と調和することなく——追い求めることにあるとルカーチは指摘する。つまり、「近代的な感傷的自然感情は、自らの作り出した環境が人間にとってもはや生家ではなくて牢獄」（七一）という事態から生まれ出るという訳だ。冒頭部分においてルカーチは、ドイツのロマン主義作家ノヴァーリス（Novalis）の「哲学は本来、郷愁であり、あらゆる場所においてわが家にあるがごとくにあろうとする衝迫である」という言葉から、「幸福な時代はすべて哲学をもたない」（一〇）と逆説的に述べるが、これは次のように応用して言えるのではなかろうか——「幸福な時代は小説も持たないし、狂信的な宗教も持たない」と。

　ヘイズの故郷の喪失と暗闇においてのあてもない彷徨は、ルカーチが主張するように、堕落も恩寵もすべて円に収まるような総体性から切り離された人の宿命であり、「キリストのいない教会」とは故郷を失った人が集結する場所である。その意味で、ヘイズは何も新しい宗教を訴えている訳ではなく、現代に生きる人間の「真実」を以下のように揚言（ようげん）するだけである。——「あなたの故郷はもうない、あなたが行こうと考えているところももはや存在しない、今いるところから離れることができないとすれば、そこは何の意味もない。どこにあなたがいるべき場所があろうか。どこにもないのだ。あなたの外の世界は、あなたにいかなる場所も提供してくれない」（*WB* 165）。主体の生が外界、さらには神という超越的な存在と融合するような場所、いわゆる起源としての故郷は、ヘイズのそれに例証されるように消失したがゆえに、神の救済など不可能であると力説する。フラッド夫人は、「自身の場所を持たないなんてことが誰にもあってはならない」(*WB* 227) と言うが、ヘイズの茫洋とした視線とあてのない彷徨は、自身がいるべき場所などすでに存在しないことを示しているのだ。

目と故郷のコンテキストから『賢い血』をさらに解釈するなら、ジークムント・フロイト (Sigmund Freud) の「不気味なもの」(一九一九) に触れたい衝動に駆られる。[5] ドイツ語でそれは "unheimlich" だが、字面だけ見れば「故郷でないもの」であり、表面上は「不気味なもの」とは故郷から切り離されたときに浮上する感情だと言える。しかしながら、「不気味なもの」とは、元々「家のような」とか「家に属している」などの意味を持っており、故郷と乖離した意味を持っている訳ではない。さまざまな「不気味なもの」についての用法の中でもフロイトが重きを置いているのが、ドイツの哲学者フリードリヒ・シェリング (Friedrich Schelling) の、不気味なものとは、心の中でヴェールをかけられ抑圧された馴染みのものが突然表に浮き出てくるときに出来する、という定義である (三三六)。ヘイズが彼の故郷、祖父や父、母、そしてイエスからたとえ距離を保とうとも、それらは決して彼から遊離することなく取り憑き、不気味な感情を掻き立てる。ただし、『賢い血』の不気味さは、ヘイズが忌避したい故郷に付随するものが彼の心の内に浮かんでくることだけではなく、自身を抑圧する故郷が実は空虚なものであることに端を発する。つまり、自身の起源とは虚無であることを認めることへの恐怖でもある。その不気味さは、ヘイズが神性を表わす最後の頼みの綱と考えていたエイサ・ホークスの盲目が偽りであったことを知ったとき、つまりイエスの代弁者だったホークスの内実が空虚なものであったことを知ったときの空ろな表情に表われているかもしれない――「ヘイズの表情は、より深い虚無に開き、何かを映し、そして再び閉じたようであった」(*WB* 162)。

故郷の喪失と不気味なもの、そして不安定な視線は母親の眼鏡を通して複雑に絡み合う。イーストロッドを後にしてから、ヘイズは黒い表紙の聖書と母親の眼鏡をなぜか携帯していたが、その眼鏡を付けたとき、忘却の片隅に置かれた母親のイメージが急に沸き起こってきた。

それは母親の眼鏡が入っている箱であった。彼は眼鏡のことを忘れていた。彼がそれを付けてみると、目の前の壁がより近づいてきて、揺れ動いた。ドアの裏側に小さな白い額縁の鏡が掛かっていて、彼はそちらに行って自分の姿を見た。ぼやけた顔は感情の高ぶりのせいか薄黒く、顔の皺は深く曲がっていた。小さな銀縁の眼鏡は彼の顔に鋭く曲がった印象を与えた。あたかも裸眼に現われる不正な企みを眼鏡が隠すかのように。〔……〕彼は自分の顔に母親の顔が映し出されているのを見て、すぐに後ずさりして片手で眼鏡をはずそうとしたが、ドアが開いて二つの顔が視線に浮かんできた。その顔の一つが彼に言った、「お母さんと呼びな」と。(*WB* 186–187)

彼の母親の眼鏡を媒介にして秘匿されていたものが明るみになり、不気味な感情を呼び起こす。しかし、ここで注目すべきは、「目の前の壁がより近づいてきて、揺れ動いた」とあるように、母親の眼鏡を付けたことにより、彼の知覚が不安定になり、顔の表情がグロテスクに歪曲されることである。故郷はもはや両目をしっかりと開けることができず、「ぼろの格好をしたイエスが木から木へと不安定に渡り歩く」暗闇の場所であり、ヘイズの視覚を彼の名前（"haze" 靄、霞の意）が示すとおりぼんやりとしたものへと変えてしまう。母の眼鏡は超越や故郷の真の状況、自らの起源の状況、を炙り出すと言っていいだろう。

オコナーは出版企画書の中で、『賢い血』における故郷とは、「ヘイズに安らぎの場所を与えるだろう絶対的な信仰を表わすが、それはすでに失われている」(qtd. in Lorine Getz, *Flannery O'Connor* 21) と述べるが、結果として、故郷はヘイズが溺れてしまうかもしれない沼地となり、「流砂のようにすべてを呑み込んでしまうレオラ・ワッツの目」(60) へと変容する。ヘイズが最初にワッツの「売春宿」に足を踏み入れたとき、彼女が特に尋ねたわけでもないのに「俺は説教師ではない」と言い、それに対して彼女は、「ママはあなたが説教師でなくても気にしないよ」(*WB* 34) という返事をしている。彼女は自身のことを「ママ」と呼称するが、これは堕落の象徴でもある娼婦が故郷で死んだヘイズの母親に取って代わったことを暗示している。ヘイズが両目を開けていられると考える故郷は不気味なものの水源に他ならない。誰もいない空虚な故郷、神の啓示の空洞化は、道化としての役割を背負うヘイズに不安定な振る舞いと不気味な要素を付与し、彼の彷徨を生み出すことになる。つまり、彼は現代の故郷喪失を、もちろん意図的ではないにせよ、その言動や知覚を通して表現しているのである。

◉善としての彷徨

以上、ヘイズの不安定な視線が故郷喪失と連動していることを見てきた。このような状況において、神的なものを希求する彼の振る舞いはどこか落ち着きがなく、その様相には不気味さが付随するが、そうでありながらオコナーはヘイズの行為を誠実だと考えている。

読者にとってヘイゼル・モーツの誠実とは、相当な情熱で心の奥にある木から木へと移動するぼろをまとった人物を消し去ろうとしたことにある。筆者にとって、彼の誠実さはそれができないことにある。人の誠実さがその人のできないところにあるなどと言えるだろうか？　私は普通そうであると考える。なぜなら、自由意志とは一つの意志を意味するのではなく、一人の中にさまざまな意志が争っていることを言うのである。[6]（*WB 5*）

オコナーによれば、ヘイズの誠実さは彼の意志に反してキリストを彼から放逐(ほうちく)できないことにある。たとえ彼がそれを欲したとしても、彼の内にある多くの意志がそうすることを認めない。結局のところ、たとえ冒瀆的な行ないをし、聞こえのいいキリスト教の言葉を否定しても、彼は神を追い求めることは止めなかった。不安定でグロテスクな神の表象は、ヘイズの内の葛藤する／分裂した意志と連動したものであるが、この状況でも神性を捨てないところにオコナーが文学を通して描く宗教の可能性がある。現代の虚無の深淵に深く入り込み、隠蔽された神の痕跡を求めるところに彼の誠実さがあるのだ。[7]

ヘイズが最後に変容した一点の光は安定したものでもなければ、同一的な確固たるものでもない。それはまだ神の国に到達しておらず、未だトンネルの中を彷徨(さまよ)っている。故郷を喪失した現代人の宿命であろう。幻想において垣間見た木から木へと移動するキリストのように、ヘイズもまた流離(さすら)いながらも目的の地へと向かっていく。その重要性について、エドワード・ケスラー (Edward Kessler) は以下のように指摘する。

オコナーの善とはこの世の現象の中で、あるいはその背後で作用する力のように見えるが、それはまた我々の中にあって自己を再生し、そして言語では説明することができず、それとなく方向性が示されるに過ぎない精神的な進化において、人と自然の融合を作り出すものだ。他方、悪とは、そのような変容を否定するか止めてしまう。ウィリアム・ブレイクのように、オコナーはあらゆる行為は美徳であり、悪はただ否定し、「他のものの行為を妨げるもの」だと考える。構築されていく善とは対照的に、悪は構築されたものであり、固定されたものであり、あるがままの事実を受け入れ、秘義に対して盲目である〔……〕。(96)

彼が表象する「一点の光」とは「完成されたもの」ではなく「構築の途中」であり、ロシアの思想家ミハイル・バフチン (Mikhail Bakhtin) がグロテスクの特質と呼んだもの――安定した世界ではなく、存在の内なる動き、存在の未完成な性質 (32) ――である。ヘイズが通過した暗いトンネルとは、帰るべき故郷を失った人々が彷徨する場所でもある。フラッド夫人はヘイズに、「いるべき自分自身の場所がないなどということがあってはいけない」(*WB* 227)と言うが、彼は不安定な彷徨を生前も死後も行なっている。しかし、それは現代における神性を浮上させる行為であり、神との結合を目指すのではない、終わりのない永遠の神の読みであり、それを止めないヘイズはオコナーにとって誠実であり善と映る。神に到達しない彷徨こそ、神との近接を可能にするのだ。

神が存在した中心的な場所はすでに虚ろで暗いトンネルになってしまっているが、それは神の消失を完全に意味する訳ではない。オコナー自身、「南部はキリストが中心にいる世界ではないが、間違いなくキリストが徘徊するところである」(*MM* 44)と述べている。現代において、キリストはぼろを纏った亡霊として木から木へと彷徨するが、それは『賢い血』におけるヘイズの不気味で不安定な行動と軌を一にしている。終わりのない神の表象について、マーク・テイラーは「予期しない捩れや思いがけない旋回を通して、蛇のような我々の彷徨(erring)は常にテキストの境界を再び書き記す」(93)と言うが、『賢い血』というテキストが生み出す神性は、ヘイズの蛇のような彷徨、冒瀆的な彷徨によって書き直され、紡ぎ出されてゆく。そのヘイズの行為は、中世の神秘思想家、マイスター・エックハルト(Meister Eckhart)が述べた以下の箴言(しんげん)を筆者に思い起こさせる――「神はここにいるとかそこにいるとか言う人があれば、その人の言葉は信ずることができない。神である光は闇の中で輝いている(ヨハネ一・五)。神はひとつの真の光である。この光を見ようと思う人は、盲目とならなければならない」(一八三)。『ヨハネの福音書』が示すように神の光が闇にあるならば、その光を求める人は闇に深く入っていかなければならない、つまり「盲目とならなければならない」。ヘイズが生きる時代の闇は、故郷喪失の闇であり、預言者とアンチキリストの区別がつかない闇、何が神性で何が瀆神か分からない闇である。このような聖と俗が混合する煉獄的な世界を通じて、ヘイズは神の国に入る切符を手に入れるが、実のところそれはオコナーにもあてはまる。

『賢い血』という作品は､虚無の中にあって神的な光を求めるヘイズの振る舞いから窺えるように、実存的な神の探求を描いている。彼は徹底的に冒瀆的かつ暴力的な行為をすることで、その果てに出現する神性を垣間見ようとした訳だが、彼の行為は当然能動的な色彩を帯びることになる。ヘイズは闇に潜む神への希求を、怒りとともに他者に、そして自分自身の身体に――石灰で盲目となり、有刺鉄線を体に巻き、砂利や砕けたガラスを靴の底に置いて歩く――ぶつけるが、他者からそのような暴力や怒りを受けることはない。その意味で、彼は実存的・能動的なキャラクターであり、オコナーの後の秀逸な作品ではあまり見られない性質、どちらかと言えばオコナーが後々忌避した性格である。サバス・リリーが言うようにヘイズは常に何かを見ている、だが全体的な印象として彼は受動的に見られる存在ではないようだ。それに関連して、『賢い血』はヘイズの視覚の強度を前面に出すが、他の五感にあまり意識が払われておらず、自然などの神の創造物が次章で吟味するオコナー独特の技法で描かれているようには思えない。もう少しはっきり言えば、創造物を具現的に体験することで秘義を獲得する「グリーンリーフ」や「川」("The River," 1953) などと比べると､ディ・レンゾも『賢い血』のキリストは「幻影であり、観念であり、浮上され得ないもの」(26) と指摘するように、それは明らかに抽象的な小説である。[8] そう考えると、オコナーの作家人生の初期に書かれたこの小説にはあまりオコナー的とは言えない瑕瑾があり、神の啓示が浮上するまでのプロセス（ナラティヴ）は評価の高い短編作品と比べて見劣りするという印象は拭えない。

しかし、そうは言いながらも、神の啓示によって生み出される受動性をヘイズが体験する場面は確かに存在する。交通手段および説教の演壇として使用していた車を警察官によって破壊されたとき、彼は周りの風景を茫洋（ぼうよう）と見ていた。その顔は「開けた場所、さらにその彼方の空間を示しているようであり、彼の目から空虚な灰色の空、さらには宇宙まで延びる空間全体を表わしているようだ」（*WB* 209）と書かれているが、これは彼が説教の間に遍歴してきた虚無的な空間を示すものではない。むしろ神の無限性を顔で映しているのであり、彼は神の啓示に対し完全に受動的であり、実際に死後の世界に向かうトンネルの中で「一点の光」という神性を獲得している。そうであるなら、『賢い血』は頼るべき神も故郷もない現代世界でヘイズは自らの実存を立ち上げ、最終的にその実存を捨て去った作品であり、主人公たちが暴力的な神の恩寵をその体で受動的に受け入れる、後々の短編群の起点でもある。神の啓示は決して能動的に摑むことができないこと、それを示すかのようにフラッド夫人はヘイズがどこに向かうのかを想像しながら以下のような受動的啓示をわずかながらも体験することになる——「彼女はあたかも何かの入り口でブロックされたように感じた。彼女は目を閉じたまま座って、彼の目の中を凝視した。そして、彼女自身が始めることのできない何かの始まりに到達したような気がした。そうすると彼が遠くへ遠くへと移動していき、遂には一点の光となるのを見たのである」（*WB* 232、傍線は筆者）。作品のこの結尾が示す受動性こそ『賢い血』が獲得した神学的境地であり、ヘイズが放つ「一点の光」は後のオコナー文学の方向性を示す道標の役割を担っているようでもある。

◉注

（1）『賢い血』の第一章部分、つまりヘイズが列車に乗っている箇所は、「列車」("The Train," 1947)という短編を発展させたものだが、その時点ではまだ彼の視線はそれほど強調されていない。

（2）マーガレット・ホイット(Margaret Whitt)は、ヘイゼル・モーツ(Hazel Motes)という名前から、『列王記下』に出てくるシリアの王、ハザエル（Hazael――神は見たという意味）が連想されると言い、名前以外の類似点として、両者とも暴力を使って神や神に仕える人を追い出そうとすると指摘している(17)。

（3）ロバート・ブリンクメイヤーは、『賢い血』に対する初期の批評を以下のように端的に述べている。

元々出版の権利を所有していたラインハート社は、奇妙で極端な性質のため『賢い血』を出さないことにしたが、その決定は作品が出版されたときの賛否両論の書評や後の批評家たちの解釈を巡る論争を予期していたのである。当然かもしれないが、オコナーの宗教的な背景を知らない初期の批評家は、専ら作品の風変わりな特質に目を向ける――グロテスクな世界、嫌悪を催させる登場人物、野蛮な振る舞い、明らかに意味のないその世界。("Jesus, Stab Me in the Heart" 71)

（4）ジェイムズ・メラード(James Mellard)が指摘するように、木は十字架を意味するのだろう(53)。

（5）フロイトが「不気味なもの」の中で解釈を試みたドイツ人作家E・T・A・ホフマン(E. T. A. Hoffman)の『砂男』(*Sandman*, 1817)は、主人公のナタニエルが目がくりぬかれるという妄想を抱き、最後は自殺をしてしまう物語。目というコンテキストから、『砂男』と『賢い血』は何らかの共通点を持っていると思われる。

（6）「善良な田舎者」に出てくる聖書売りは、ヘイズに潜む悪の形が具現化された、ヘイズの悪をさらに発展させた男ではないかというキャロライン・ゴードンの指摘を受け、オコナーは「ヘイズを一種の聖者と考えており、彼の大きな美徳はその誠実さにある」(*HB* 89) と書簡集で述べている。

（7）ヘイズは神の認識の不可能性をグロテスクな身体を通して表現するが、その身体自体も彼にとって認識不可能なものである。『身体から考える』(*Thinking through the Body*, 1988) の著者ジェイン・ギャロップ **(Jane Gallop)** は、身体とはそれを所有する人もその意味を理解することができないものであり、身体の理論化とは、身体という著者不明のテキスト、魅惑的で説得力のある意味が詰まったテキスト、の永遠の読みであると同時に、その意味は最終的には明確にはならないもの、と定義している **(13)**。ここで括目すべきは、ギャロップが身体の理解不可能な読みと神を読む行為を並置していることだ。彼女は、イエズス会創設者の一人であるイグナチオ・デ・ロヨラ **(Ignacio de Loyola)** の神を認識しようとするが、それができないことにより流した涙、つまり身体の表徴が神の痕跡と連関すると述べる――肉体的な情熱と説明のつかない涙の流れ、それは神の沈黙の記念碑であり、神の謎を解くことの禁止、跡を辿ることはできても解釈はできないものを示している **(14)**。身体から流れ出る涙も神の表象も、ロヨラが意志により支配することのできないものなのだ。

（8）ディ・レンゾの『賢い血』への批判については、**25–30** を参照されたい。

第二章　物質と秘跡のリアリティ

――「グリーンリーフ」と「川」にみられる文学の美学と創造世界の表象

◉秘跡と受肉の芸術

序章でも触れたように、オコナーの作品には物質や動物、あるいは自然といった人間以外の存在が神の恩寵の媒体となるケースが多い。たとえば、「作り物の黒人」では、アトランタ郊外の家に置かれた黒人人形、「善良な田舎者」ではハルガの木の義足、「グリーンリーフ」では使用人であるグリーンリーフ家の雄牛、そして「川」ではあたかもそれが聖水であるかのように川を介して、主人公は神の啓示と恩寵を体験する。オコナーの小説においては、時に風景や物質は登場人物以上に重要であり、それが彼女独特のリアリズムの世界を形成しているが、彼女の文学作品が「受肉の芸術」("an incarnational art")と呼ばれる所以(ゆえん)は、恩寵が具象的な物や自然を通して生じるところにあるのだろう。

もちろん、オコナーは人物形象にも多大な注意を払うが、それは神の恩寵が生まれる原因の一つに過ぎず、人間が彼女の文学世界の中枢に位置するとは限らない。その結果、彼女の描く人間は物質的な側面を持つと同時に人間的な感情が欠如しているように映るのは、彼女と同時代の南部のカソリック作家、ウォーカー・パーシー (Walker Percy) と比較すれば明瞭だろう。パーシーの作風とは異なり、オコナーは現代人の精神的苦悩を描くキリスト教実存主義者ではないし、キャラクターに必要以上の会話や問答を行なわせることはせず、批評家のジョアン・マクマレン (Joanne McMullen) もこうした特質をオコナーの「登場人物の非人格化」("Christian but Not Catholic" 177) と名付けている。実際、「牧草地は〔メイ夫人〕をとても落ち着かせた。家のどの窓から外を見ても、自分の性格の反映に見える」(*CS* 321) という「グリーンリーフ」の文章は、周りの風景を用いながら人物の性格を示すオコナー独特の技法が窺える（井上　一一四―一一五）。人を描くのに感情的な表現はいらない、日常の風景やどこにでもある物、つまり質量や長さを伴う物理的世界が人の「同情」、「感情」、「思考」といった内面を映し出すというのがオコナーの文学を書く上での美学である (*MM* 92)。ヘンリー・ジェイムズがいみじくも指摘するように、どこにでもありそうな光景——たとえば、女性が手をテーブルに置いて立ち上がり、ある一定の見方で外のあなたを見ている光景——こそ、その人の性格を映し出す鏡なのだ (197)。「芸術において可能な興味深いいくつかの試みは、日常的な物事の中に潜んでいる」(198) というジェイムズの小説に対する考え方は、そのままオコナーの創作態度にもあてはまる。

ジェイムズといえば、オコナーが『秘義と習俗』(*Mystery and Manners*, 1969) の中で敬意を表しながら時折言及している作家だが、彼同様に日常的な物事に関心を向けるのは、そこに神聖なものが宿ると考えたからである（Desmond, *Risen Sons* 8; Hardy 10; Martin 14）。それゆえ彼女の芸術的信条は、心理的・情緒的描写ではなく、地味で卑近な物質を丹念に描くことにある。実際彼女は、人間は土から生まれたという『創世記』第二章七節の話に触れつつ、「我々は土からできており、土にまみれるのが嫌な人は小説など書かない方がよい」（*MM* 68）と述べ、最も地味な創造物——土やほこり——と人間との類似性に言及している。[1] オコナーからすれば、たとえ人間の本質を描こうとも、いや人間の本質を描こうとするなら、どんな些細な物質も軽視すべきではないのである。つまり、人間個人に焦点を当てすぎると我々が属している全体性への関心が希薄となり、自然の崩壊や世界の複雑な相互関係を黙視することに繋がる（Teilhard de Chardin, *The Phenomenon of Man* 35）という訳だ。オコナーが『秘義と習俗』の中で引用した神学者バロン・フォン・ヒューゲル（Baron von Hugel）の以下の言明は、最も平凡な物こそ神の恩寵の媒体となり得るがゆえに、決して等閑視すべきではないという戒めである——「最も高い次元のリアリティと最も深い次元の応答を、より低い次元や最も低い次元の物の中で、あるいはそれとの接触を通して、我々は体験する」（*MM* 176）。このヒューゲルの主張は、人がより崇高なるものを希求するなら、人が向かうベクトルは高みではなく逆に低みへと、地味な塵埃（じんあい）へと深く入っていかなければならないことを示している。[2]

神の恩寵はこの世の具象的な創造物を通して表面化するという宗教的な心情と、小説家は抽象的な概念を描くのではなく日常の物事を描くべきだという美学の融合が、オコナーをして些細な物質への関心を駆り立てる。マニ教の二元論的な教義に反駁しながら物質の重要性を説く以下の一節は、芸術とカソリックの信仰を結び付けるオコナー文学の要諦を示唆している。

人間の知識はまず感覚を通してくるのだから、知覚の始まるところが作家の出発点である。作家は感覚を通して訴えるが、抽象概念で感覚に訴えることはできない。実際に見ている対象物を描写し、再創造することより、抽象思想を述べることの方がはるかにやさしい。だが作家の世界は物質に満ちており、駆け出しの作家が描くのを非常に嫌うのが、この物質なのである〔……〕。

マニ教徒は、霊と肉を分けて考えた。彼らにとっては物質すべてが悪であった。純粋な霊を追求した彼らは、物質の仲介を排して直接に無限なるものに近づこうとした。この考え方は現代精神にとても似たところがあって、これに染まった感性の人が小説を書くことは不可能だと言わないが、とても困難である。なぜなら、小説は具体的な肉付けの、いわゆる受肉の芸術 (an incarnational art) だからである。(*MM* 67–68)

右の引用はオコナーの宗教と美学の見方を端的に明示している。人は現実において知覚できる物質を通して「非物質的な実在 ("reality")」(Montgomery 132) を体験し、無限なるものに近接することが可能となるという彼女の思想は、物質を排するマニ教の思想から明らかに遊離している。彼女が言う「受肉の芸術」が示すのはもちろんキリストの受肉であり、また作家が直接見る物事の具体的な表象なのである。

受肉の芸術の本質はその具象化 ("reification") にあり (Srigley 10, 17)、セアラ・ゴードン (Sarah

Gordon）も神学における具象的な物質や自然の重要性を、オコナーに影響を及ぼした思想家ジャック・マリタン（Jacques Maritain）や哲学者アンリ・ベルクソン（Henri Bergson）の思想を用いながら論じている。オコナーが恩寵を描くとき、その具体的な代理物を描くことが彼女の芸術の目的であり、「人にとって恩寵は自然を介して（"*through*"）、そして自然の中（"*within*"）にのみ存在し得る」（Gordon, "Seeking Beauty in Darkness" 76; イタリックスはオリジナル）からである。[3] 形而下の物質をリアルに描くこともせず、キリスト教の教義を明敏に論じるカソリック作家は、オコナーからすれば芸術家としての資格を満たしていない。彼女は言う――「本当の作家は直接に無限なる存在に近づけないこと、現実にある人間世界を通っていかなければならないことを知っている。その人の神学がより秘跡を帯びたものになればなるほど（"the more sacramental"）、目の前にある現実に注意が向けられていく」（*MM* 163）。以上の指摘から、文学作品が秘跡を表象しようと試みるなら、作家は現実世界を深く貫く知覚の持ち主でなければならず、その能力を獲得して初めて現実世界に潜在する神的存在と対峙することができる、ということが了解される。オコナーの「秘跡の美学と受肉の芸術」[4]（"sacramental aesthetic and an incarnational art" Hardy 1–2）は、「秘義のイメージ」（"hierophantic image" Desmond, *Risen Sons* 46）を内包する知覚可能な物質、人と神を媒介する物質、なくしては生まれない。オコナーは事あるごとにマニ教の考え――不可視な魂を善とする一方で、目に見える肉体や自然を悪と見なし、両者を乖離する二項対立的な信仰――を舌鋒（ぜっぽう）鋭く批判し、図らずも現代人の心情はこのように不可視な存在を崇拝するマニ教的な思想へと傾き、キリスト教本来の考えから懸隔していると指摘する。[5] こうした人々の信条は、無限な存在に近づくための媒介項の可能性、肉体や物質の意義を無視し精神を重視するがゆえにオコナーが批判の矛先を向ける、「パンと葡萄酒の奉献なしに聖餐式を行なおうとした」ラルフ・ウォルド・エマスンの思想と重なるのだろう（*MM* 161–162）。

美学的な観点からも、また秘義を示す上でも、抽象的な概念に関心を向けるのではなく飽くまで日常的な物事を凝視すること、その意味でオコナーにとって文学とキリスト教の教義は融合している。「救うのはあなたの命かも」（"The Life You Save May Be Your Own," 1953）においてシフトレット氏（Mr. Shiftlet）が言う以下の台詞――「身体は家のようなものだ、それはどこにも行かない。だが精神は車のようなもので、常に移動している」（*CS* 152）は、精神がなければ人間の体は空っぽであるが、逆に体がなければ精神が落ち着くところもないという、心身の相補関係を説いているようにも見える。どちらかが欠けても、神の啓示は現実世界で浮上しないという訳だ。創造物の具象の力、それは以下の聖書の一節にも記されている――「神の見えない性質、すなわち、神の永遠の力と神性とは、天地創造このかた、被造物において知られていて、明らかに認められるからである」（『ローマ人への手紙』一・二〇）。

◉リアリティと知覚

オコナーの小説やエッセイを精読すると分かることだが、現実、本物、実在などの意味と結び付く"real"や"reality"といった語が頻繁に使用されている事実は、恩寵や啓示を抽象的な概念ではなく、知覚可能な創造世界を丹念に描くことで炙り出そうとするオコナーの美的・宗教的態度を明示している。「森の風景」（"A View of Woods," 1957）に登場するフォーチュン氏（"Mr. Fortune"）は自然を見てはいるが、その超越的な力を信じない老人である。彼が売り払おうとする森を大事に思う孫娘のメアリー・フォーチュン・ピッツ (Mary Fortune Pitts) とは異なり、それは単なる物質に過ぎず何か秘めたものを内包するとは考えていない。彼からすれば、「森は山ではなく、滝でもなく、植え込みの茂みや花でもない、単に森なのだ。〔……〕松の幹は松の幹でしかない」(CS 348)。自然の神秘的な力を理解しようとはしない彼も、しかしながら、自分の命に従わなかった娘を殺した直後、「湖を超え遠くへと行進していく」(CS 356) 森の変容と共に生じる秘義を体験する。オコナーが信仰を寄せたジャック・マリタンは、「物は単なる物ではない、それは絶え間なくそれ自体を超え、それ自体が持っている以上のものを与える」(79) と述べている。この言葉はオコナーの作品における物質や自然が秘める力を裏書きするが、卑近な物がまったく別様な物へと変容する出来事と対峙することが、オコナーの言うリアリティなのである。

秘跡が可見的で具体的なしるしを通して隠された恩寵が表出することであるように、オコナーの「秘跡の芸術」とは登場人物が物質を通して神の恩寵を経験することを意味する。たとえば、洗礼において水は単なる水ではない、洗礼を受ける人に精神の再生を授ける媒介の役目を担うが、これは逆に精神的な再生には水という物質、聖なるしるしとなる可視的な物質を必要とするのである。だから、精神の再生のみに関心が向かい、水という物質が持つ秘跡の役目を軽視するとき、オコナーが批判した現代人の負の側面、精神のみを重視するマニ教的な信仰への陥穽が現われる。物質や自然のない世界では彼女の描くリアリティ——神の啓示や恩寵——は生まれないのである。序章でも言及したように、「リアル」("real") という語は「物」を意味するラテン語の "res" から派生している。

ただ、それは単なる物を意味する言葉ではなく、『オックスフォード英語辞典』(*OED*)にも「リアル」が聖なるものと関係していることが記述されており、一例として「現前」("real presence")とは「聖体拝領の秘跡におけるキリストの肉と血」を意味すると書かれている。[6]「リアル」とは物の外見的事象と内在的本質、換言すればサクラメント的な要素を含意する言葉なのである。

物に埋め込まれた聖なるものを体験するためオコナーは知覚作用を最大限に行使するが、それは物が視覚、聴覚、嗅覚、味覚、触覚という五感(*MM* 91)を通して把握されるからだ。地上の物質を長い間知覚すると、登場人物たちは予期せぬところで神的な世界へと誘われることが、『激しく攻める者はこれを奪う』(*The Violent Bear It Away*, 1960)の主人公フランシス・マリオン・ターウォーター(Francis Marion Tarwater)によって語られている。

> 彼は視線を同じ高さに保ち、顔の前にあるものだけ見てその表面に視線を落とそうと努めた。彼はとても恐れているようだった。というのは、彼が一瞬でも必要以上に長く視線を落とすなら、鋤、鍬、彼の鋤の前にいるラバの後姿、足下の赤くなった畝、こうしたものが彼の前に突然、奇妙な恐ろしい面持ちで現われ、正しく名前を付けるよう、彼が与えた名前が適切かどうか精査されるよう要求してくるように思えたからだ。彼はこのように恐怖を感じる創造物との親密な関係をなるべく避けようとした。(21–22)

引用した文章はターウォーターが創造物との親密な関係を持つことへの恐怖を示しているが、それは物との深い関係が神の実在をもたらすことを彼が無意識に感じているからかもしれない。物質が彼に正しく命名するよう要求するのは、聖なるものの精髄を正しく把握するのを要求することと同義である。鍬や鋤などのありふれた世俗的な物でも、彼の意志とは裏腹に、神の啓示を浮き立たせる装置となり得ることをオコナーは右の一節で示しており、聖なるものの現前の瞬間を避けるため、フランシス・ターウォーターは必要以上に物質の内奥に入ることはせず、ただ表面を一瞥するだけに留まろうとする。批評家のマリオン・モントゴメリー (Marion Montgomery) が指摘するように、「目を通して見ることは、見られている物との交流に身を任せること」(126) であり、ターウォーターが恐れているのは、神と密かに結び付いた物との深い関係である。

オコナーの登場人物が神の恩寵を手に入れるとき、彼ら／彼女らは目に映るものを通して不可視なものを垣間見る力を獲得しているに違いない。その刹那、登場人物の眼前にある物質は、外見とは異なる姿を顕示することになる。物理的で知覚可能な物質は神聖な源に端を発しており、見る者に「その起源のイメージ、究極のリアリティのイメージ」(*MM* 157) を与える可能性を持つ。神が現実世界の創造物を生成したとするなら、それらは神の属性を内包するのだ。オコナーの登場人物がより深く現実世界に分け入っていくなら、より奥深いリアリティを体験することになり、「より奥深い未知なる秘義の世界」(*MM* 184) が開示されることになる。卑近な物質を介して不可視なもの、つまり究極のリアリティへの近接を可能にするのが、オコナーの秘跡の芸術の神髄であり、その豊かさを理解するのであれば、彼女が描く物質の具象性にさらなる関心が向けられるべきであろう。概して批評家は、オコナーの描くサクラメントが正統なカソリックのカテキズムと整合しているたに注意を払うが、創造物の深奥へと入っていく具体的な描写、オコナーの文学的な秘義の味読がどこか散漫になっている傾向も否めない。本章においては「グリーンリーフ」と「川」の読解を通して、物質と彼女が好んで使用する言語、リアリティとの関係性を吟味する。オコナーが文学上で受肉しようとするリアリティとは、目に見える物質を十全に知覚すると同時にそこに伏在する不可視の神的な力を感じ取る二重性を示唆するが、精神性とは物質性を経験した後に到来することを以下の節で詳述していきたい。重要なのは、オコナーが映し出す物質をまずは経験することである。

◉「グリーンリーフ」と「川」におけるリアリティ

「グリーンリーフ」と「川」は結婚と洗礼に関わる物語で、オコナーの作品の中でも、物質や自然――具体的には雄牛と川――に宿る秘義の力をより前景化している。「グリーンリーフ」に出てくる雄牛は、グリーンリーフ氏(Mr. Greenleaf)の息子、O・TとE・Tが所有しており、しばしばメイ夫人の牧草地に入って草を食み、彼女が育てている雌牛に求愛している。グリーンリーフ氏はメイ夫人の下で働いている使用人だが、彼も、彼の家族も、さらには、豚や騾馬や雄牛といった彼の敷地内で飼育している動物たちも彼女の嫌悪の対象である。(7) メイ夫人は繰り返しグリーンリーフ氏に彼の雄牛を制御して彼女の敷地に入れないように頼んでいるが、彼はその願いを特に気に留める風でもなく、我慢の限界に達したメイ夫人は彼に雄牛を殺すよう命じる。雇い主の命に従うため、渋々雄牛を探していたグリーンリーフ氏だが、視界にメイ夫人が入った瞬間、雄牛は探し求めた恋人を見つけたかのように彼女の方に猛然と向かい、角で心臓と脇腹を突き刺して殺してしまう。雄牛がメイ夫人を突き殺した直後、追いかけてきたグリーンリーフ氏は雄牛を撃ち殺すが、彼女が今しがた発見したことを雄牛の耳に囁くように死んでいるのを示しつつ、この物語の幕は閉じる。

最後の光景が象徴するのは、グリーンリーフ氏が見守る中執り行なわれる、メイ夫人と雄牛の融合、結婚であるが (Westling, *Sacred Groves and Ravaged Gardens* 164)、結婚のテーマはテキストのさまざまな箇所に散りばめられている。メイ夫人は独身の二人の息子、スコフィールドとウェズリー (Scofield and Wesley) が良き伴侶を見つけられるか気を揉んでおり、その一方で使用人のグリーンリーフ氏の二人の息子が外国で兵役中に知り合ったフランス人と結婚したことに対し、妬みと羨望が入り混じった感情を抱いている。だが、物語において注目すべき結婚は、やはりメイ夫人と雄牛の融合に象徴されており[8]、そこにおいて暴力的／能動的な愛とそれを迎え入れる受動的な愛が同時に浮上する。テキストには、我慢強い神がメイ夫人に求愛に来ているようだ (CS 311) と書かれており、物語の末尾では「我慢強い神」である雄牛が彼女への愛情を表現している――「陽気な、体を揺さぶる様な足取りで、彼女を再び見つけたことを雄牛はとても喜んでいるかのようだった。〔……〕雄牛は、苦しんできた荒々しい恋人のように、彼女の膝にその頭を埋めた」(CS 333)。オコナーが第二作目の長編のタイトルとしても使用した聖書の文言、「激しく攻める者はこれを奪う」(『マタイの福音書』一一・一二) が示すように、メイ夫人に対する雄牛の猛々しい攻撃は、彼女の愛を勝ち取ること、彼女に受け入れてもらうことを目的としている。雄牛の角はファリック・シンボルであり、両者は「官能的な抱擁」(Giannone, *Flannery O'Connor and the Mystery of Love* 172) をしているのかもしれないが、融合のシーンはキリスト教が忌避してきた獣姦を暗示する訳ではない、表層的なセクシュアルのイメージに留まるものではない。両者の結合は「センティメンタルな」性の行為などではなく、結婚を通して他者との関係性を構築する、「しっかりとした目的」を孕むものだ[9](*MM* 148)。誰からも疎んじられる、完全な他者の雄牛を思いがけずその身体で迎え入れたメイ夫人（彼女もまた、二人の息子から嫌われる母親だ）は、結婚の恩寵——神が人を愛するように他者を愛すること——を経験した結果、「森の風景」のフォーチュン氏のように眼前の光景は完全に変容し、彼女の顔は「突然視覚が戻ったのだが、光に耐えられないでいるような表情」(*CS* 333)を帯びることになる。オコナー特有の秘義の描き方だ。

ジャック・マリタンの言葉を再度引くなら、メイ夫人に愛という恩寵をもたらした雄牛は、その遣いとして物質に宿る潜在的な力を改めて考えさせてくれる。オコナーは雄牛がメイ夫人に突進していく場面を詳細に描いているが、その暴力は彼女に「リアリティとは何かを発見」（*CS* 320; 傍点は原文イタリックス）させることになる。死に至るまで雄牛を凝視したことで、メイ夫人は肉体的にも精神的にも雄牛との融合を果たし、神の恩寵を手に入れる。『賢い血』の章でも紹介した『秘義と習俗』の一節だが、オコナーにとって預言者とは「距離を支配するリアリスト」であり、預言とは「近くにあるものを意味の拡張とともに見ることであり、遠くのものを近くに映し出すこと」(*MM* 44)を意味する。この指摘を「グリーンリーフ」にあてはめるなら、雄牛を「意味の拡張とともに」、もしそれが遠くにあるなら「近くに映し出す」ことこそ、神の恩寵を手に入れる条件となる。

物語の途中、グリーンリーフ夫人が狂信的な祈りを捧げているのをメイ夫人が偶然目にする場面があるが、この祈りはメイ夫人に神の恩寵を獲得する手法を示しているのかもしれない。「イエスよ、私の心臓を貫いてください」というグリーンリーフ夫人の祈りは、掉尾においてメイ夫人にそのまま降りかかってくる言葉である。しかし、より注目すべきは、グリーンリーフ夫人が「土の上に仰向けでばったりと倒れ〔……〕彼女の足と腕はまるで大地を包み込もうと手足を広げ」、「彼女の顔は土と涙のパッチワークのように」(CS 316–317) なっていることだ。グリーンリーフ夫人が土を握りしめている光景は、天啓を得るための必要条件である物質の重要性を再考させ、「我々は土からできており、土にまみれるのが嫌な人は小説など書かない方がよい」(*MM* 68) というオコナーの信念を改めて彷彿とさせる。メイ夫人と雄牛の融合の場面は、グリーンリーフ夫人が土を抱擁するところを準(なずら)えていると見なすなら、後者の祈りは図らずも前者に恩寵の受け入れ方を顕示していると言える。自然の中で行なうグリーンリーフ夫人の祈りは「大地とイエスが重なり合っている」(Westling, *Sacred Groves and Ravaged Gardens* 164) ことを暗示するがゆえに、その祈りの場面において、メイ夫人は形容し難い不思議な力が大地から自身に襲いかかってくる錯覚を覚える——「耳を劈(つんざ)く ("piercing") ような音が聞こえてきたので、彼女はまるで解き放たれた暴力的な力が大地から発せられ、彼女の方に向かってくるように感じた」(CS 316)。

彼女に襲いかかる荒々しい力とは後に雄牛となって具現化し ("reification")、メイ夫人の心を貫いた祈りの言葉は雄牛となって彼女の体を貫くことで神の恩寵は完遂する。リチャード・ジャンノーネ (Richard Giannone) が述べるように、最後に達成される「融合は天から降りてくるだけでなく、地中からも生まれ出る」(*Flannery O'Connor and the Mystery of Love* 174) のであり、自然に埋め込まれた秘められた力は天啓を引き出す必要不可欠なものなのである。「グリーンリーフ」において、雄牛同様に土も恩寵の媒介物であり、その物質との近さ／遠さが啓示というリアリティを体験するための決定的な要因なのである。オコナーの秘跡の芸術とは、愛という結婚の抽象的エッセンスを、雄牛という物理的・具象的な存在を媒介にして炙り出すところにある。メイ夫人が雄牛との「距離をまったく感じない」ときに初めて、「荒ぶる黒い筋」という雄牛の隠された内面が現われ、その道筋を伝わって神の恩寵が彼女のもとにもたらされるのである（CS 333）。

「グリーンリーフ」と並んで、物質や自然と恩寵の密接な関係を「川」においても確認することができる。この短編の主要なテーマも秘跡であり、具体的には洗礼の表象である。ベビーシッターで熱狂的なクリスチャンのコニン夫人（Mrs. Connin）はハリー・アッシュフィールド（Harry Ashfield）という名の子供の世話をするが、彼の母親の病気――実際はアルコールに耽溺しているだけ――を癒してもらうため、ハリーを連れてベヴェル・サマーズ（Bevel Summers）という名の若き説教師に会いに行く。面白いことに、コニン夫人から説教師の名前を聞いたとき、ハリーは何かの冗談か自分のことを説教師と同じベヴェルという名前で呼び始める。[10] コニン夫人がハリーを説教師の下に連れて行ったとき、説教師は泥で汚れた川のほとりで周りの人に神の教えを説いていたが、その内容は神を信じるならこの川が痛みや罪を解放し、キリストの王国に入ることを可能にするというものであった。しかし、自身の教えに反するかのように、神の救済は「この泥の川」（“this muddy water”）から生じるのではなく、「信仰の川」（“the River of Faith”）、「生命の川」（“the River of Life”）、「愛の川」（“the River of Love”）、そして「キリストの豊かな赤い血の川」（“the rich red river of Jesus’

Blood") と繋がっていると説教師は言う (CS 165–166)。別言すれば、救済の場として強調されているのは、飽くまで人間の知覚を超越した目に見えない川であり、現実にある「この泥の川」ではない (Wood, "The Scandalous Baptism of Harry Ashfield" 195)。サマーズが説教を終え、コニン夫人が彼にハリーのことを紹介したとき、説教師は彼に洗礼は受けたのか尋ねる。ハリーが受けていないと答えると、説教師は泥の川で彼に洗礼を授け、これでキリスト教信者になったと告げる (CS 168)。洗礼を受けたハリーだったが、説教師が授けた秘跡に満足する風でもなく、最終的に自分自身で洗礼を施すため同じ泥の川に深く身を沈め、川の流れに身を任せたところで物語は閉じる。

マクマレンが指摘するように、この物語の最大の謎はなぜオコナーがハリーに洗礼を二度行なわせたのかということであろう。もし説教師による最初の洗礼が問題なければ、なぜハリーは自分で洗礼を施さなければならなかったのか ("Christian but Not Catholic" 180)。興味深いことに、『フラナリー・オコナーの教会の中で』(*Inside the Church of Flannery O'Connor*, 2007) という論集は、対照的な二つの論文を掲載している。一つはマクマレンのもので、彼女はカソリックの教義に照らし合わせても最初のバプティズムは問題なく、二回目の自身で行なった洗礼は正当なものではないと主張する。なぜオコナーが二つ目の洗礼を描いたのかという理由については、カソリックの伝統的な洗礼の形式を壊し、ハリーをして「世界統一教会の川」("ecumenical river") に参入させるためであったという論を展開する (McMullen, "Christian but Not Catholic" 188)。それに対してラルフ・ウッド (Ralph Wood) は、最初の洗礼は正当性を持つものであるが、二度目の洗礼はハリーの心の態度を裏書きしたものであると言う。つまり、最初の洗礼は彼に一時的な救済を与えたが、ハリーは完全かつ永遠にキリストの王国に入ることを望んだと言う (Wood, “The Scandalous Baptism of Harry Ashfield” 201)。この点についての筆者の立場は両者どちらの見解にも与さない。カソリックの堅い信仰を生涯持ち続けたオコナーは、もし最初のバプティズムが正当性を持つものであるなら、あえてそれに対立するような形で再度秘跡を書くことはしないだろう。

思うに、彼が今一度自分で洗礼を行なおうとする理由は、説教師によって為された洗礼では恩寵のリアリティを感じなかったからである。「リアリティ」(“reality”) という言葉は作中で使用されていないが、その真逆の言葉である「冗談」(“a joke”) が際立って見られる事実[11]は、逆にこの物語におけるリアリティの意味を逆照射しているようにも思える。つまるところ、この短編は「冗談」と「本当」(リアリティ) の緊張関係を描いているのだ。ウッドもこの関係性に言及しており、ハリーの両親が彼を冗談のような存在と考えているので、彼は「本当の意義 (“real significance”) を、人生における真の重要性 (“real importance”) を体験したいと望む」(Wood, “The Scandalous Baptism of Harry Ashfield” 199)。当初ハリーが説教師から洗礼を授かったとき、それは冗談ではなく (CS 167)、家で体験することよりもはるかにリアルだと感じるが、説教師が与えた秘跡は「冗談の世界」から彼を完全に解放するには至っていない[12]。説教師の洗礼がハリーに秘跡の感覚を与えなかった理由として考えられるのは、現実の泥の川が持つ物質的な力に十分な敬意を払わず、「信仰の川」、「生命の川」、「愛の川」などの表現に例示される、川の抽象的で精神的な側面にのみ傾注していたことである。前の箇所でも触れたが、説教師は現実の泥の川が神の救済をもたらす訳ではないと述べており、物質が放つリアリティを見過ごしている (Wood, “The Scandalous Baptism of Harry Ashfield” 196)。川に深く入りその泥にまみれることなしに――「グリーンリーフ」の文脈で言うなら、「土」("dust") で顔がパッチワーク模様になることなしに――ハリーは無限なるもの、つまり「神の王国」に参入することはできない。恩寵を媒介する物質の潜在性を過小評価し、性急に精神的なものを求める心の持ち主は、マニ教的な思想に溺れることになるというオコナーの見解に従えば、「川」の説教師は神性を装うアンチキリスト的な性格を持っているのかもしれない。この意味において、彼は『賢い血』のエイサ・ホークスやフーヴァー・ショーツのような擬似預言者と同じ臭いを放つ存在である。彼らの類似性は、説教師の講話を近くで聴いていた老人のパラダイス氏 (Mr. Paradise) の批判に言表されているだろう。冷笑的な口調でその老人は、説教師が狂った行動をとる老女に救済を与えることができないことに言及し、彼が欲しているのは「神の王国」ではなく単に金銭に過ぎないと揶揄(やゆ)する。その批判が昂じて、パラダイス氏は「帽子にお金を入れ説教師である若者に渡す」(CS 166) よう信者に促している。説教師は洗礼を施したのでハリーがクリスチャンとなったことを主張するが、彼は泥の川のリアリティ、川の物質性を十全に体験していないため、サクラメントの秘義を獲得するに至ってはいない。物質のリアリティを体験することなしに、精神の再生が到来することはないことを「川」というテキストは我々に示している。

川の表層を介して与えられたバプティズムとは対照的に、物語の大団円でハリーが泥の川奥深くに潜り自らに洗礼を施す場面では、泥の川が精細に描かれている。「彼はもう説教師を相手にするのはやめにして、自身に洗礼を施し、川の中にある ("in the river") 神の王国を見つけるまで深く入っていこうとした」(CS 173) と書かれているが、彼は神の啓示や恩寵を摑むためには、川の表面ではなくその内奥に入っていかなければならないことを、つまり物質を突き抜けていかなければならないことを、直感的に感じている。説教師とハリーのバプティズムの違いは、「少しだけ水の中にいるか」あるいは「永遠にか」(“staying under the water so little” or “permanently” Wood, “The Scandalous Baptism of Harry Ashfield” 201)、秘跡のリアリティを「川のほとりで」体験するか、あるいは「川の中で」体験するか(“*at* the river” or “*in* the river” McMullen, “Christian but Not Catholic” 180; イタリックスはオリジナル)、そして神の名で「現実を整理する」か「自由に現実を見るか」(“to tidy up reality” or “open and free observation” *MM* 178)、の違いでもある。説教師がハリーに「あなたは苦しみの川で清められ、そうしたら人生の深い川を進むことができるのだ」と話すとき、彼は川の底へと深く入っていくので、放埒(ほうらつ)な生活を送っている両親のもとに帰る必要はないのだと思う(*CS* 168)。だが、説教師のバプティズムではそれは叶わない。彼が自分に施そうとした二度目の洗礼においても、当初は身体を川の中へと潜らせるが、あたかも川が何か生き物で彼の侵入を拒むかのように、「川は彼を受け入れようとはせず(……)水面に彼を押し戻した」(*CS* 173)と書かれている。しかし、今一度彼が川の中深くに潜ろうとしたとき、あたかもメイ夫人が雄牛と融合したようにハリーは泥の川と一体化し、その創造物を以下のように体験するに至る――「彼は今一度水の中へと潜ると今度は待ち構えていた流れが長く優しい手のように彼を包み、素早く前方の奥深くへと彼を導いていった。一瞬、彼は驚異の感覚に襲われた」(*CS* 174)。「待ち構えていた流れが彼を包んだ」瞬間とは、川がハリーを恩寵で包んだ瞬間であり、彼が泥の川の物質的なリアリティを体験し、洗礼という秘跡のリアリティを獲得した瞬間でもある。最終的に、彼が川の奥深くに入ることを妨げていた「何か」(*CS* 173) は取り払われ、彼は形而下の世界から不可視な超越的世界へとその第一歩を踏み始める。ハリーが「冗談」ではなく「本当」(リアル) に川の中へと分け入ったとき、その物質は彼がそれまで知らなかった側面を表出するが、それこそ恩寵と結び付いた川のリアリティであり、「ハリーの怒りと恐れ」(*CS* 174) を取り払ってくれるのである。だが、改めて強調すべきことだが、洗礼において見える外形、知覚可能な川を体験・通過することで、「キリストの王国」という秘跡の内奥に参入することが可能となる。そのとき、イエス・キリストは、「ちくしょう」("'damn' or 'God'" *CS* 163) などの「冗談」の言葉ではなく、ハリーにとってリアルな現前の存在へと変容する。ジョージ・キルコース (George Kilcourse) は、ハリーは原罪の世界で苦しんでおり、そこを突き抜けて無限の存在の世界へと入っていく方法など与えられていないし、またそうすることもできないと指摘する (*Flannery O'Connor's Religious Imagination* 138–139)。しかし、これまで見てきたように、泥の川が持つサクラメントの力で彼は「キリストの王国」に受け入れられ、「冗談」の世界と袂(たもと)を分かつことができたのである――つまり、創造物の物質的な力を通して創造のエッセンスへと入っていくこと、「リアリティへと奥深く入ること」("a plunge into reality" *MM* 78) であり、「イエスの血でできた生命の川」(*CS* 165) を垣間見ることである。その神聖な名前とは裏腹に「古代の水の怪物」(*CS* 174) と形容されている老人のパラダイス氏は、初めて本当の洗礼に立ち会うも、ハリーが川に沈んだ後もその物質の表面に留まることしかできず、下流の方をただ眺めるだけなのである。

◉人間と物質の類似

オコナーの二つの短編を吟味しながら分析したことは、彼女にとってのリアリティとは物質や自然などの創造物の外的な聖なる痕跡とその内部に秘められた神の恩寵を同時に体験することであった。物質の中（本質）へと深く入り込むことにより死が生じてしまうが、少なくともオコナーの文学世界ではそれは悲劇的なことを示唆している訳ではなく、神の創造と深く関わることを意味するのである。ドナルド・ハーディ（Donald Hardy）は「細部があって初めて複雑性が生まれる」（16）と記しているが、不可思議で複雑な神の王国への道は、物質の詳細な記述から炙り出される。「善良な田舎者」に出てくるハルガの義足に関するオコナーのコメントは、物質に内在する神的な力について改めて考えさせてくれるだろう。義足がハルガの人格の象徴であることを認めるオコナーは、「彼女は肉体的にも精神的にも障害があり」、物語が進むにつれて義足は象徴としての意味を増していくと述べる。その一方で、オコナーが物質としての義足の重要性も同時に述べていることを、我々は等閑視してはならない――「もし義足が象徴だと言いたければ、もちろんそう言っても構わない。しかし、まずそれは木の義足であり、そして木の義足として物語に必要な存在なのである。それは物語の事実的次元で存在するのだが、表面においても深みにおいても作用する力を持つ」（"in depth as well as on the surface" *MM* 98–99）。卑近な物が聖なる内奥の力を持った象徴物へと変容することはこれまで述べてきたが、実体変化においてまず物質を象徴ではなく物質と見ることがオコナーの宗教的・美学的な信条であるがゆえに、超越的な神の恩寵を創作の目的として掲げながらも、そのスタイルは幻想的でもロマンスでもない、リアリズムとならざるを得ないのである。

オコナーにとって人間と物質との密接な融合は、秘義の感覚を作り出す上で必要不可欠なものである。オコナーが好んで引用する聖書の一節、キリストによって盲目が癒され開眼したときに発した男の「人が見えます。木のように見えます。歩いているようです。」(『マルコの福音書』八・二四)という言葉は、人や物、そして自然という創造物は類似しているという真実――現実世界のリアリティ――を伝えてくれる。物理的世界の創造物は、「創世というダイナミックな全体的運動の一部であり、その完成に向かって歩みを進める」(Desmond, *Risen Sons* 72) ものであるならば、そして創造の完結はテイヤール・ド・シャルダンが言ったように、すべての物が一点に集結する「オメガ点」のようなものならば、異なる物の融合とは神の創造と深く関わっていると言える。『秘義と習俗』の中でオコナーは、「この現実世界のすべて ("all of reality") は、キリストの王国となる可能性を秘めているのだ」(*MM* 173) と明言するが、一見互いに異質な創造物――メイ夫人と雄牛、ハリーと泥の川――が融合されることで神の創造は完遂へと向かい、「本当」のキリストの王国が降臨する。多くの人はその王国に早く入り、精神的な安寧(あんねい)を得たいのであろうが、その前に彼ら/彼女らは現実の物質界に深く入っていかなければならない。現実世界を知覚でもって経験すること、しかしそれは、精神的にも肉体的にも、多くの苦艱をもたらすことになるのだが。

●注

(1)「もし〔創造物の〕類似だ真実なら、我々は宗教的にも想像的にもマニ教に頼る必要などない」(*Risen*

Sons 20）と批評家のジョン・デスモンド（John Desmond）は、ウィリアム・リンチ（William Lynch）の『キリストとアポロ』（*Christ and Apollo*, 1960）の一節をイタリック体で強調しながら引用しているが、この言明はオコナーの考えとも重なり合っている。また、スーザン・スリグリー（Susan Srigley）はオコナーの創作に多大な影響を与えた神学者トマス・アクィナス（Thomas Aquinas）を引用しながら、肉体は魂の知恵を妨げるものではなく、人間が未来の知を獲得できるのは、肉体と想像力が合わさった知覚の体験を通してであると述べている（48）。

（2）テイヤール・ド・シャルダンの神学において進化の力は生命の最も低次の形態に宿るが、必ずより高次な精神的生命の形態へと上昇する、とマリタンは指摘している（16）。

（3）マリオン・モントゴメリー（Marion Montgomery）は、オコナーは自然に宿る恩寵の実在を確信しているので、自然は我々の知覚を通して、理解できない意志の媒介者となると指摘している（132）。

（4）ハーディは、秘跡と受肉の両方とも物質に重きを置く秘義であるとし、オコナー文学における「サクラメント的（"sacramental"）なものとは物質における神の顕現という文学的主題であり、受肉的（"incarnational"）なものとは物質に宿る霊の具現化を描く方法を意味している」と指摘する（2）。

（5）あるいは、マイケル・ルメイユの言を引くなら、現実と宗教的価値、理性と想像力を分離することは、オコナーにとって現代的実証主義に屈服することに繋がるのかもしれない（72–73）。

（6）この点については、Sessions 20; Desmond, "Flannery O'Connor and the Displaced Sacrament" 67 を参照されたい。

（7）メイ夫人が彼女の家から排除しようとする対象は、何もグリーンリーフ家の人々や動物に留まらない。彼女の死後、二人の息子がつまらない女性と結婚してもその伴侶に遺産が相続されないよう手続きしたことは、メイ夫人がそれまで培ってきた資産への執着と排除のメカニズムを説明している(*CS* 315)。また、リチャード・ジャンノーネは、雄牛との融合の後に彼女が獲得したものとは、「所有の喪失」("dispossession") (*Flannery O'Connor and the Mystery of Love* 172) であると指摘する。

(8) 結婚については、聖書の『エペソ人への手紙』(五・二二―三三) がしばしば引用される。この箇所で、キリストは花婿に、教会が花嫁に譬えられているが、メイ夫人が教会の象徴となるのかはさておき、雄牛はキリストが受肉した形として見なすことはできるだろう。キリストが信者に対して為したように、雄牛は彼女に愛という恩寵をもたらすがゆえに、「神聖な愛の力」(Getz, *Nature and Grace in Flannery O'Connor's Fiction* 59) の象徴であり、実際、作品の冒頭、雄牛が「角の先に引っ掛けた、生け垣の枝の花冠」(*CS* 311) を被っていることは、茨の冠を頭にのせるキリストの姿を彷彿とさせる (Getz, *Nature and Grace in Flannery O'Connor's Fiction* 60, Whitt 125)。

(9) カソリックの秘跡の一つである結婚は男女の融合を意味するが、同時に花婿と花嫁の家族を結び付け、人が織りなす共同体をさらに広げる効用を持つがゆえに、創造という神の壮大な計画に参加することでもある。しかしながら、これに反するかのように、メイ夫人は自分の価値観から逸脱する他者を疎んじ排除しようとする。グリーンリーフ家のO・TとE・Tの二人の息子は結婚を介して階級の境界を越え「社交界」("*Society*" [*CS* 318; イタリックスはオリジナル]) へと昇りつめることで、またグリーンリーフ夫人は熱狂的なキリスト教信仰を持つことで、メイ夫人に恐怖を与える存在である。彼女はグリーンリーフ家の人々が、階級的にも宗教的にも彼女の支配する領域に拡大/浸食してくるのを何よりも恐れている。メイ夫人と雄牛の融合がもたらしたのは、もちろんメイ家とグリーンリーフ家が縁戚関係になることでもなければ親しい関係になることでもないが、これまでの雇用主と労働者ではない新たな関係を生み出すことになるかもしれない。

(10) ジョアン・マクマレンは、ベヴェル (Bevel) という新しい名前は発音上においても「信仰」("belief") と結び付き、彼は洗礼を通してキリストに参入する用意が整った ("Christian but Not Catholic" 177) と見なすが、ラルフ・ウッドはベヴェルという名前は単にコニン夫人への当てつけの冗談だと言う ("The Scandalous Baptism of Harry Ashfield" 193)。ジョージ・キルコースは、ベヴェルは傾斜 ("bevel") を歩いて泥の川や説教師のもとへ向かい、一つの世界からもう一つの世界に今まさに入ろうとしていると指摘する (*Flannery O'Connor's Religious Imagination* 136)。

(11)「彼が暮らすところでは、すべてが冗談であった」(*CS* 167) という文は、「本当」ではなく完全に「冗談」で構築された世界に存在している、とハリーが考えていたことを示している。

(12)「粗い色合いのバラバラの断面を横切る何本かの黒い線が引かれていた」(*CS* 157) 水彩画がハリーのアパートに掛かっていた事実は、彼を取り巻く世界は「冗談」というだけでなく、「モダンで、抽象的」(Whitt 50) でもあることが窺える。対照的に、年老いた男と女が写った二つの丸い写真と、別の男性の写真がコニン夫人の家に置いてあり、また被写体の細部もしっかり捉えられていることは、彼女の世界は目で見ることができる現実に帰属していると考えていいだろう (Whitt 49)。さらにハリーは、豚とはこれまで読んできた本に描かれているような、巻かれた尻尾をもち、丸くてにやついた顔に蝶ネクタイをした、小さくて丸いピンク色の動物だと思っていたが (*CS* 161)、コニン夫人が小屋で飼っている「足が長く、猫背で、片耳は食いちぎられている」(CS 162) 姿を見て、本物の豚を知るようになる。明らかにオコナーは、二つの家を通して「冗談」と「本物」の世界を映し出しており、前者から後者への移動がキリスト教世界へのイニシエーションとなっている。

第Ⅱ部　受動性という倫理——他者の歓待と神の恩寵

第三章　倫理、暴力、非在
――「善人はなかなかいない」と「善良な田舎者」における善と他者

◉経験と倫理

現代における倫理的問題の一つとしてアウシュヴィッツという二十世紀における人類の負の遺産を考察すること、そしてそれが「証言」という表象の問題と裏返しになっていることを示したのは、ショシャナ・フェルマン (Shoshana Felman) とドリ・ローブ (Dori Laub) の著作『証言』(*Testimony*, 1992) であった。特にフェルマンは「声の回帰」という章の中で、アウシュビッツを証言することとは、「外部から内部を口にすることの不可能性であるとともに、内部から外部へ語りかけることの絶対的な必須性」であり、「外部にいると同時に内部にいなければならないという必須性、矛盾に満ちた、それでいて一切の妥協を許さない必須性」(249 傍点は原文イタリックス) にあると指摘する。「内部」(つまり実際にアウシュビッツで行なわれたことを経験した人) と「外部」(限りなく近接してはいるが、実際それを経験していない人) の対峙が要求されるホロコーストという一つの出来事を、『ショア』

(*Shoah*, 1985) の映像監督クロード・ランズマン (Claude Lanzmann) は、「ホロコーストは面と向き合う (face) のがとても困難な相手である」(Felman 252) と訴えた。その「内部」に存在する不可視な他者との対面とは、たとえばフランスの思想家フィリップ・ラクー＝ラバルト (Philippe Lacoue-Labarthe) が言う、詩とは経験——ラテン語の ex-periri、つまり危険を横断すること——であり、何らかの挿話、何らかの出来事に帰することのない経験、と同義と考えてよい（五〇—五一）。言い換えるなら、アウシュビッツの表象の倫理とは、内部と外部が交錯する点を限りなく追求する態度、つまり結局は内部と外部の「出会いそこない」という結果に陥るにもかかわらず、その表象不可能性を主張して「面と向き合う」ことを拒否しない姿勢、つまり他者の表象の失敗を通して他者を「経験する」ことであった。

認識不可能なものとの対面、それはフラナリー・オコナーにとっては神を経験することであり、たとえ「出会いそこない」という結果になるにせよ、「矛盾に満ちた、それでいて一切の妥協を許さない必須性」でもあった。[1] 彼女もまたランズマン同様に、描かなければならない神を追求することとは、「全身に強烈な衝撃を受ける」ことであると説き、さらに続けて「絶望に至る道とは、いかなる種類の経験を持つことも拒絶することであり、小説は経験を持つことに至る一つの道である」(*MM* 78) と述べる。彼女の言う「経験」とは神との対峙であり、「小説家の視覚は倫理感覚から引き離すことができない」(*MM* 130) という言葉が裏書きするように、この「経験」の追求こそオコナーにとっての倫理的な問題に他ならなかった。彼女は「通過」という言葉を使いながら倫理と経験の関係について以下のように述べている。

洗礼を願い出る者に教えを授けるとき、エルサレムのキュリロスは以下のように述べている。「道端には竜が座っていて、通る人を食べようとしている。竜に食べられないように気を付けなさい。我々は父なる神の下へと向かうが、竜を通り過ぎなければならない」。竜がどのような形をしていても、多少なりとも深みのある小説が伝えなければならないのは、竜を通り過ぎるにせよ、あるいはその口に呑み込まれるにせよ、この不思議な通過なのであり、そのような訳でいかなるとき、いかなる場所においても、物語を伝える人から目を背けないのは非常に勇気がいることなのだ。(*MM* 35)

危険な竜を通り過ぎること、それはまさしく「回帰の保証なく内部と外部を横断する」ことであり、オコナーが示しているのは、人が竜に食べられるかどうかという結果ではなく、神の国に入るため「竜の傍を通過する」という命懸けの経験それ自体である。そのような経験を語る者から目をそらさないことが「勇気」であり、かつ物語を書く上での倫理でもあったがゆえに、オコナーは怯むことなく暴力的な話を書き続けることができた。

本章においては、オコナーの倫理とは具体的に神をどのように経験することを指すのかという問題を検証すべく、実際に「善」(“good”)がタイトルに表示されている作品、「善人はなかなかいない」(“A Good Man Is Hard to Find”)と「善良な田舎者」(“Good Country People”)の二つを主に取り上げ、オコナーの掲げる善と神の交錯点を考察する。二つの作品に共有することは、主人公から「善人」

と形容される登場人物が暴力（一方は死に至らしめ、他方は命ともいえる義足を奪う）により前者に神の啓示を与えること、そしてオコナーの他の作品にも共通することだが、神の啓示をもたらすこの暴力的な媒介者は、元々主人公の見知らぬ他者という点である。議論の端緒としてまず考えるべきは、「善」が付与されているこれらの物語は、啓示を浮上させるためになぜ他者の暴力を必要とするのかということである。[2] オコナーの描く暴力が生み出す力、そしてそれがどのように「善」と交錯するのか、彼女は単に現代の暴力的世界を示したいだけなのか、そもそも彼女の説く「善」とは何か、という問題を追求することがこの章の全体像である。

◉同一性の記号としての「善」

「善人はなかなかいない」は、とある一家がアトランタからフロリダに向かう途中に「ミスフィット」と名乗る脱獄犯等に会い、その場で全員殺されてしまう物語である。朝の新聞に脱獄犯がフロリダへと向かっていると報じられていることを息子のベイリー (Bailey) に伝え、東テネシーの親戚の家に行き先を変えるように提言する祖母であるが、結局当初の決定どおりフロリダ行きに従う。途中祖母は孫のジューン・スター (June Star) とジョン・ウェズリー (John Wesley) にかつて訪れたことのあるジョージア州（実際はテネシー州にある）の大農園についての話を聞かせ、車を運転しているベイリーにそこの屋敷を見たいと突然言い出す。そこに辿り着くにはまだ舗装されていない道路を通らなければならず、その途上で車は事故を起こしてしまう。ちょうどそこに通りかかった男三人の乗った車に助けを求めるが、彼らは祖母が新聞で読んだ脱獄犯たちであった。うっかりそのことを祖母は口に滑らしてしまい、素性を知られた彼らは彼女以外の一家全員を拳銃で撃ち殺してしまう。最後にミスフィットと名乗る男を「善人」と呼んで命乞いをする祖母もまた彼に撃ち殺されて、この冷血な物語は幕を閉じる。

「善良な田舎者」は、ホープウェル夫人(Mrs. Hopewell)の家に、マンリー・ポインター(Manley Pointer)と名乗る聖書売りの若者が訪ねてくる話である。ホープウェル夫人は彼女のところで雇っている口やかましい女性フリーマン夫人(Mrs. Freeman)のことも「善良な田舎者」と思う一見寛大な人物であるが、娘のジョイ(Joy)――本人は自身をハルガと呼んでいる――には手を焼いている。彼女は昔片足を猟銃で撃たれ、義足に頼らざるを得ない生活をおくっている三十歳を超えた女性で、哲学の博士号を持ち、自分の母親を学識の素養のない単純な人間とみている。ある日ポインターという若者が聖書を売りに訪問してくるが、ホープウェル夫人はこの純真な若者を世の中の「地の塩」である「善良な田舎者」と呼び、彼と意気投合する。二人の会話を冷ややかにみていたハルガであるが、ポインターが家を立ち去るときに彼としばし話をし、次の日一緒に出かける約束をする。彼女はその晩無垢なポインターを誘惑する場面を想像するが、現実は途中立ち寄った納屋で彼に騙され命ともいえる義足を奪われてしまう。一人動けないまま取り残されたハルガを後にその若者は去り、森の方から現われた彼の姿をみてホープウェル夫人とフリーマン夫人が会話する場面と共にこの物語は終わる。

この二つの物語の鍵となる「善人」とは、少なくともホープウェル夫人の考えにおいては純真無垢な人間であり、まったく異質な他者を「善人」として迎える態度は、「完全なものは何もない。

これがホープウェル夫人の好きな言葉の一つだった」(*CS* 272–273)という考えに見て取ることができる。この言葉から、彼女は自身と異なる他者の存在を思慮深く配慮する女性であるとさしあたって推測できるが、その反面「善人」という言葉がホープウェル夫人にとって本当に価値のあるものなのかと問えば、必ずしもそうではないことが窺える。事実、彼女が何かと話に口を出すフリーマン夫人に寛大な態度をとるのは、「自分が不満を感じなくてすむよう、他人の短所をうまく建設的に利用することができる」(*CS* 272)からであり、その他者への寛大さは結局自己の同一性の確立に還元される。その意味で、ホープウェル夫人の「善人」という他者に投げかける言葉は、自身の主体性を強化する記号として機能する。

他者を「善人」と命名する行為において、主体が客体である他者をどれほど尊重しているのかという疑問を投げかけたとき、「善人」という言葉は大きなアイロニーを響かせるものとなる。実際オコナーは、カソリック作家の書いた邪悪で暴力的な作品に対する非難として「善」の要素の欠如が挙げられていることに触れながら、「善は究極的実在であろうとも、それは堕罪の結果、人間の中では衰えてしまったものであり、我々が見るのはこの衰弱した生なのだ」(*MM* 179)という見解を展開する。彼女は、「善」が「究極的実在」であることを認めながらも、無垢を失った現代の人間の中にそれを見出すことは困難であり、それは現代人が「自分の中に霊を認めるが、自分の外部に創造主として崇拝できる存在を認めることができないからであり、結果として自身が究極的な関心の対象になってしまう」(*MM* 159)という、きわめてホープウェル夫人的な人物像に陥っているからだと述べる。つまり、ホープウェル夫人の掲げる倫理とは、「キリストのペルソナから切り離された、理論で包まれた優しさ」(*MM* 227) であり、その意味で彼女の発する「善人」という記号は、広告とさほど変わらない、何ら実体をもたないものであり、彼女が投げかける「善人」という言葉はその対象である他者と交錯することなく、自身の「善」を称揚することに帰結する。[3]

序章でも触れたが、エマニュエル・レヴィナスは『全体性と無限』(一九六一) において、他者の顔を無視することにより他者に働く主体の暴力性を批判した。彼が論じた倫理の問題とは、いわゆる他者の顔と遭遇するとき、そこに認識不可能な他者性、さらにはその他者性に秘められた無限性を主体が感じ、他者の顔が示す「汝殺すなかれ」という命令に服従することであった。彼は、無限の他者性が顔という人間の対面の場に顕現し、その瞬間、主体は決して他者を自身に取り入れる (殺す) ことができないばかりか、他者に対して受動的な存在とならざるを得ないと指摘する。たとえば、ジョン・ルウェリン (John Llewelyn) は、「レヴィナスの他者の顔の哲学とは相貌のことではなく、存在や理解を超えたものである。また、サルトルの言う他者のまなざしとは異なり、他者の顔は私の自由を脅かすものではない。他者の顔は私の責任を高め、また歓待されるべきものなのだ」(7) と述べている。レヴィナスの議論枠は、他者を無視して自身の同一性を強化するホープウェル夫人的な主体の暴力性を批判する上で有効かもしれない。しかしながら、レヴィナスの他者の命令「汝殺すなかれ」により主体が他者を尊重し、他者に従属化 (subject) することになるのかと考えたとき、ある疑問が常に去来する。確かにその命令を受け入れることは、他者が完全に主体を専有することになるが、前者が後者の支配不可能な存在であるならば、他者は必ずしも主体に「汝殺すなかれ」と訴えてくるとは限らず、逆にその対面の瞬間、他者が主体に暴力を行使することも想定され得る。他者を自己と同じようなエゴを持つ存在と見なすなら、当然それは可能なことだが、暴力的な瞬間において主体は他者をどのように感じ取るのだろうか。

この問いは、「善人はなかなかいない」と「善良な田舎者」において「善人」と呼称される二人の他者、ミスフィットとポインターが「暴力」でもって主体の呼びかけに応えていることを顧みるとき、オコナー文学における神、他者、暴力の関係性について、新たな視座を提供してくれる。少なくとも、彼らは「汝殺すなかれ」と祖母とハルガに懇願してはいない。なぜオコナーは神の啓示を浮上させるために、他者に暴力性を付随させるのだろうか。さらには、その他者がなぜ「善人」と呼称されなければならないのだろうか。この呼び名は、単にオコナーが指摘するキリストから切り離された善を指し示すアイロニーとして機能するだけなのか。この問題を検証するために他者の暴力を経験する物語の主人公、ハルガと祖母の二人がポインターとミスフィットと対峙する場面に注目する必要がある。

◉暴力、隠蔽、顕在

まずは「善良な田舎者」から見ていこう。約束どおりハルガとポインターは翌日に落ち合う。歩きながら会話をする途上、ポインターはハルガに突然接吻(せっぷん)し、二人は休息のため納屋に立ち寄る。そこでより激しく口付けを交わす二人であるが、ポインターは愛の証拠として彼女の義足の結合部分を見せてほしいと言う。それまで無知な若者と考えていた彼に「義足をもつことによりあなたは他のどんな人間にも似ていない」(CS 288) と言われるハルガは、「生涯で初めて自分は本当の無垢に面と向かっている(face to face)のだ」(CS 289)と思う。

二人のキスシーンは否応なく主体と他者との顔の緊迫した対峙を生じさせるが、「生涯で初めて面と向き合う本当の無垢」をポインターという他者のなかに見たハルガは、それまでの哲学的な優越性をしまい込み、彼の呼びかけに応えようと義足を彼に預け、「完全に彼に頼る」(CS 289)受動的な存在となる。このように主体が他者を歓待した瞬間、「純粋無垢な」ポインターは突如ハルガの知らない側面、暴力性を開示する。彼は義足を返してほしいと言うハルガを押しのけそれを奪い、スーツケースの中から表紙だけの聖書を取り出し、聖書の中に収められたウイスキーのポケット瓶と猥褻な絵が描かれたトランプ一組と避妊具の箱を彼女の前に丁寧に並べる。この瞬間「彼女は催眠術にかかったように動かなくなる」(CS 290)。他者の暴力性を垣間見たとき、ハルガは「向かい合っていた本当の無垢」としての他者の顔が崩壊すると同時に、それまで自身の同一性を培ってきた哲学的見解が崩れ去り、盲目的/受動的な存在と化す。

レヴィナスが主張する他者とは神聖で超越的な存在であり、ゆえにその顔から発せられる「汝殺すなかれ」は神の命令として絶対性を持つものなのだが、その一方でオコナーの他者は、確かに傲慢な主人公に啓示をもたらす媒介者でありながら、まったくの非現実的な人間として描かれている訳ではない。その意味で、少なくともポインターやミスフィットは、神の使命によって遣わされた神聖な他者というよりも、むしろ結果的にハルガと祖母に啓示を与えるに至ったと考えた方が良いし、またオコナーがリアリズムの作家であることを踏まえれば、これは当然のことと言える。そして、二人の媒介者に見られる二律背反的な要素——現実性と超越性——をどのように解釈するかという問題に向き合うとき、ジャック・デリダが『エクリチュールと差異』に収められた「暴力と形而上学」（一九六四）という論考の中で展開するレヴィナス批判は、何かしらの批評の糸口を与えてくれるように思えるのである。(4)

デリダはレヴィナスが同の哲学——最終的に他者を主体に取り込む哲学——として批判したエドモンド・フッサール (Edmund Husserl) の現象学やマルティン・ハイデガーの存在論を再吟味することで、レヴィナスの超越的他者論の問題点を炙り出している。その要諦は、他者を無限性と連関させることで、エゴを持つ有限の他者を無視するレヴィナス哲学の暴力性と、有限の主体が無限の他者性を無媒介に経験することが可能なのかということにある。別言すれば、超越的な他者から発せられる「汝殺すなかれ」という倫理的な命令を、現実の主体はどのように受け取るのかというアポリアである。デリダは、レヴィナスの説く無限性を開示する他者の顔に主体が出会うには、超越的な他者が有限の他者、つまりエゴを持った他我として自己の前に現象することがなければ、無限性への道は、さらにはレヴィナスが倫理的問題として掲げる非暴力への道は、断たれてしまうと述べる。デリダが後半部分で触れているハイデガーの文脈を引用するなら、「存在者」を経由することなしには、「存在」（存在者の本質）には近接できないだろうし、「存在そのものを照らし出すと共に隠蔽する到来」（二七二）である「言語」なしには、「存在」への足掛かりは完全に途絶えてしまう。つまり、現実世界の主体が超越者に近接するには、何らかの媒介——超越者を開示すると同時に隠蔽する現実的媒介——を経由しなければそれは不可能であるばかりか、時には主体が超越者を都合よく自身の範疇（はんちゅう）の下で規定しまう可能性を内包する。他者の顔は同の全体性ではない、他の無限性を映し出すとレヴィナスが主張するなら、少なくとも有限の主体がそれを感じ取るには、エゴを持つ有限な他者の顔を通して表象されるしかない、というのがデリダの申し立てである。無限な他者の顔は、有限な他者の顔によりどこか隠蔽されてしまうことになるが、後者の存在なしには主体が前者を認識することはできないのである。超越的なものを超越的なものとして措定することの暴力、エゴも持つ自己が超越性に辿り着く――矛盾に満ち、なおかつ不可能ともいえる――道筋を措定しない危険性、当時デリダほどレヴィナスの顔の理論が孕む暴力性に気づいた思想家はいない。ゆえに、デリダは、同の全体性に回収されない倫理的で無限性を映し出す他者の顔が、人間的なエゴから生じる暴力を超越した他者の顔が、有限な自己とのインターフェイスを持たないことで、「始原的で前―論理的沈黙の暴力、昼の反対物でさえないような想像だにできない夜の暴力であり〔……〕非―暴力の反対物でさえないような絶対的暴力」（二五四）へと変容する陥穽を指摘する。

非暴力という倫理、レヴィナスが無限性・神性と結び付ける倫理は、暴力が表象されることによってのみしか到達されず、暴力と対峙しない非暴力は「非―暴力の反対物でさえないような絶対的暴力」となる。そう考えると、レヴィナス自身の言葉を引きながら以下のように纏めるデリダの指摘は、実に卓抜としたものである。

> ひとり顔だけが暴力を止めることができるのだが、まずもってそれは、ひとり顔だけが暴力を引き起こしうるからだ。レヴィナスはこのことを大変巧みに語っている。「暴力は顔しか狙うことができない」、と。このように顔を開く存在の思考なしには、純粋非―暴力か純粋暴力し

かないだろう。存在の思考はだから、存在の開示において、ある種の暴力と決して無縁ではない。(二九二)

顔の開示には必ず暴力が随伴する。しかし、顔が暴力の対象となることが翻って、「汝殺すなかれ」と発する無限性の他者の顔を顕在化させる可能性に繋がる——有限でエゴを持つ他者の顔を媒介することなしに、無限性を表わす他者の顔への近接は封じられてしまう。顔は暴力を延いては戦争を誘発するが、同時に顔が非-暴力への可能性を開示するがゆえに、デリダは以下のような主張を展開する——「顔が十全に(世界に属さないものとして)尊敬されていない世界では、もはや戦争はないだろう。顔がもはやないような世界では、もはや戦争は起こらないだろう。だから神は戦争と混ざり合っている」(二〇九)と。神という超越性に、あるいは無限の他者が訴える非暴力に近接するには、有限な他者の顔が相見える世界、つまり暴力を誘発する世界をどうしても経由しなければならない。非暴力とは暴力によって「隠蔽されると同時に顕現する」という二律背反(アンチノミー)から忌避することはできないのだ。

ポインター同様、「善人」と呼称されるミスフィットは暴力を通して祖母に神の啓示・恩寵をもたらすが、その彼が神の非在を訴えていることは、彼が超越的存在者などではなく有限な他者——彼にとって祖母が有限な他者であるように——と見なされてしかるべきである。そのことを裏書きするように、祖母が「善人」と呼び命乞いをする会話の中で、ミスフィットは「そうだよ。イエスはあらゆるものの釣り合いを取っ払ったんだ」と述べ、自身もイエス同様に同一性を破壊する他者(ミスフィット)(5)であることに触れつつも、イエスの本質を認知することができないことを泣くようにして祖母に訴えかける。

イエスは死者を蘇らせた唯一の人だ。彼はそんなことをすべきでなかった。彼はすべてのもののバランスを崩してしまったんだ。もし彼が言っていることを実際にしたのなら、すべてを捨て去って彼についていくしかないし、もししていないなら、残されたわずかな時間を好きなように楽しむしかない――殺しとか、誰かの家を焼くとか、他の悪事を働くとかだ。(CS 132)

「もしかしたらイエスは死人を蘇らせなかったかも」(CS 132) と吃(ども)りながら言う祖母に対し、ミスフィットは、「俺はそこにいなかったから、イエスが死者を蘇らせなかったとは言えない。そこにいたかったよ。そうすれば、真実を知ることができたし、今の俺のようにならなかっただろうからさ」(CS 132) と答え、自分がイエスの奇跡の証人になれないことを嘆く。右記の箇所では、(一) ミスフィットが証言という「出会いそこない」のナラティヴを駆使しながら、イエスは彼にとって知ることのできない全き他者であり、そのためミスフィットはイエスに従属 (subject = 主体化) することができないこと、(二) イエスは「すべてのもののバランスを崩した」、同一性には収斂されない他者的な存在であること、が書かれている。つまり、ミスフィットにとってイエスとは決して「出会うこと」のできない非在であり、世界の安定、同一性を突き崩す破壊者であり、だからイエスも自分同様「はみ出しもの」なのだとミスフィットは述べるに至る。いずれにしても、神性の表象は不可視な非在とリンクすることが、ミスフィットの言明から窺える——それはどこかで隠蔽されてしまうのだ。[6] ミスフィットはイエスとの近接を述べながらもイエスと同化できないことを嘆くが、しかしながら瞠目(どうもく)すべきは、彼の訴えは祖母の中にイエスの存在を開示させる契機になっていることである。イエスはミスフィットの嘆きの中で、隠蔽されながらも開示される。

ミスフィットが泣くようにイエスの表象不可能性を訴える瞬間、「祖母の頭が澄み切ったようになり」、彼の歪んだ顔("the man's face twisted")に自らの顔との近しさを感じ、彼の肩に触れたことは等閑視すべきではない。ここで祖母が見たミスフィットの顔は、殺人者としての有限な他者の顔であるが、イエスについて語ろうとしつつそれを語ることのできない彼は、どこかで超越性・無限性と連関することになる。そうでなければ祖母は命乞いをするのではなく、「あなたは私の子供("one of my babies")だよ」(CS 132)と言って、彼を歓待する行動はとらない。この行動は命が助かるための演技ではないことは、テキストから十分窺い知ることができる。ミスフィットのイエスを表象することの苦悩、イエスへの近接の不可能性が祖母にとってのイエスへの道標、他者への愛の道標として機能する。神的な超越性・無限性は、ミスフィットという有限な他者の媒介なしでは浮上されることがない。表象不可能なイエスを表象しようとすること自体、暴力的な言語行為であり、またどのようにしてもイエスが十全に表象されることはなく、その痕跡——痕跡とも言えないような痕跡——しか表出することはないのだが、その痕跡自体がイエスの表象となって祖母に接ぎ木されることで、彼女はキリスト教の教義に従うかのように、全き他者、暴力的な他者のミスフィットを歓待するのである。ここでミスフィットは、言語的にも(表象不可能な神を表象しようとすること)肉体的にも（イエスに呼びかけながら命乞いをする祖母を容赦なく射殺すること）暴力を行使するのだが、彼の暴力性は図らずも祖母に神の啓示を、彼女を非暴力の無限性の世界へと誘うことになる。オコナー本人も指摘するように、この物語において注視すべきは、ミスフィットについての分析以上に、祖母が彼に対してどのように振る舞ったか、つまり彼女が彼をどのように受け入れ、結果としてどのように「特別な勝利を獲得したか」ということにある（*MM* 111）。結局のところ、祖母の歓待の行為に対しミスフィットは暴力で答えるが、死んだ彼女が「雲一つない空を微笑みながら見上げている」（*CS* 132）描写は、祖母がミスフィットとのやり取りを通して得た何らかの啓示を表わしていることは間違いない。そのとき呟いた、「彼女は善人になっていただろうよ、もし誰かが毎分彼女を撃っていたらな」（*CS* 133）というミスフィットの台詞は、確かに残虐非道に響く。その一方で、「善良な田舎者」のポインターと合わせて考えるなら、主体の範疇、主体の同一性に収まらない現実的な有限の他者は、暴力を通して主体に啓示や恩寵を与えるが、その瞬間初めて超越的・無限の領域、非暴力が可能になる領域、つまり他者への配慮であり謙譲の感覚——善の感覚——が祖母やハルガにおいて開かれることになる。[7] 非暴力の暴力的開示である。序章でも引用したオコナーの言葉が示すとおり、「暴力とは善にも悪にも使える力であるが、それによって奪い取られるものの中に神の国が入っている」（*MM* 113）ならば、暴力はそれとまったく異なる領域、恩寵に満ちた神の国へと通じている可能性を包有している。少なくとも、最後の場面で祖母は、ホープウェル夫人のように他者について語るのではなく、他者に向けて語っている（デリダ 二四〇）ことは間違いないだろう。それは、危険を顧みず、他者に向かって横断する行為であり、有限な他者（ミスフィット）と無限な他者（イエス）を同時に経験する行為である。

超越性とは、それが隠蔽・否定されることで顕現する。その意味で、オコナーがとある作品において、他者の顔の非在と顕現の両面性を描いていることは等閑視すべきではない。たとえば、短編「啓示」というタイトルにも表わされている神の啓示の暴力的瞬間を、それまで黒人の話題をめぐり偽善的な言葉を語っていた主人公のターピン夫人は次のように体験する。「ターピン夫人が何か言う前に、皮のむけた顔（"the raw face"）がテーブルを超えて声をあげながら迫ってきて〔……〕その瞬間彼女は大地震が襲ってくるように感じた」（CS 499）。これは、メアリー・グレイス（Mary Grace）という醜い顔の娘が「善」を誇示するターピン夫人に本を投げつける暴力的瞬間であるが、夫人はここで神の啓示とともにその媒介者である他者の顔を直視する。だがここでは、それまでメアリー・グレイスの顔の細部に注意を払っていたターピン夫人が、啓示の瞬間に対峙した前者の顔は、「皮のむけた顔」とだけ記されているように、人間的な顔の表情が欠如していることである。「皮のむけた顔」、それは何も映さず、しかし同時に神の啓示を映す顔でもある。その顔がもたらす啓示を経て、ターピン夫人は見せかけの善ではなく、他者へのやさしさを知るに至る。

顔とその表象の問題、さらには善の連関について、オコナーは同じメアリーという名前のメアリー・アン（Mary Ann）という実在した少女の顔に言及しながら次のように主張する。

私たちのほとんどは悪について特に思うでもなくその顔をしっかり見ることに慣れており、そして間違いなく、我々自身のニヤリとした表情を多くの場合そこに見出す。しかし、善となると話は違う。善の顔がグロテスクであるという事実、善は我々の中において未完成なのだという事実を受け入れるまで、長い間善を凝視した人はいないのだ。悪の様相は、たいていそれにふさわしい表現が与えられる。善の様相は、陳腐な決まり文句かその表情を滑らかにしてしまうような表現でしか、言い表わすことはできない。我々がしっかりと善の顔を見るのなら、そこにメアリー・アンの顔、未来が約束された顔をみるだろう。（*MM* 226; 傍線は筆者）

メアリー・アンは、生まれながらにして顔の半分に腫瘍を持って生まれたため、三歳でドミニコ会修道院の療養所に来たときにはすでに片方の目は切断されており、十二歳の若さで亡くなった少女である。オコナーが『秘義と習俗』の中で「善」について最も言及している右の引用において主張することは、まず（一）善をメアリー・アンの顔の中に見出していること、（二）その顔を凝視することが非常に困難であること、そして（三）それが「未完成」であるがゆえに、善の顔を的確に言い表わす言葉を我々はまだ獲得していないことである。それに反して、悪の様相を凝視することは困難ではないがゆえに、その顔つきはぼやけることなく詳細に表現できると彼女は指摘する。つまり、オコナーにとって善には必ず秘匿性が付き纏うということだ。メアリー・アンの顔は見る人の認識を超えたものであるが、何かを明確に伝えるものではない。彼女は肉体的暴力を振るう存在ではないが、その「グロテスクな」顔はある種の暴力性を持ちつつ、それを凝視する人の認識を攪乱する。しかし、何かが遮蔽（しゃへい）されているその顔は、同時に何かを顕現させ、それを見る主体をどこか、グロテスクとは違う領域に我々を誘う。オコナーが主張することは、その顔から目を背けず凝視し、そこから未来の可能性、神的な無限性を見出すことこそ善を経験することであり、それを浮上させる装置として他者の何らかの暴力性が必要とされるのである。

以上、オコナーの物語において描かれていることは、「善人」と命名された他者の暴力を介して神の啓示が浮上すること、有限の他者の暴力が無限の他者性を、非暴力で恩寵に満ちた場所、つまり神の国を主体に開示することであった。ホープウェル夫人と祖母が言葉として投げかける善は、二つの物語において「キリストのペルソナから切り離された善」、それを表現するのに相応しい言葉が溢れている、人間主義的な倫理である。逆に、オコナーが描こうとして止まない神性を伴う善は、その本質が有限の世界では隠蔽されるがゆえに、鮮麗に表象することができない。しかし、その開示を可能にするのが有限な他者の暴力であり、その瞬間主体は無限の他者の顔、つまり超越的な存在を垣間見ることになる——神の恩寵として。オコナーの文学においては、「キリストのペルソナと結び付いた善」は、他者の暴力を通して隠蔽／顕現するのである。その一瞬を経験することが無限の他者、つまり神と対峙することであり、「回帰の保証なく、境界線を越え、危険の中に身を投じる」経験であり、「矛盾に満ちた一切の妥協を許さない」経験であり、オコナーにとって善を経験することに他ならなかった。

本章においては「善人はなかなかいない」と「善良な田舎者」を読解しつつ、オコナー文学の本質的主題とも言える善、暴力、他者、顔、そして啓示の連関について分析してきた。その途上、デリダのレヴィナス批判を援用しながら論を進めてきたが、全体として後者よりも前者に肩入れしたように映るかもしれない。ただ、暴力／非暴力の絡み合った関係性を、さらには現実世界において非暴力を実践するにはどのような論理と倫理が必要なのかを、デリダがレヴィナス以上に考えていた訳ではもちろんない。デリダの言う暴力的な非暴力の開示は、超越的なものを現象に引き下ろす暴力的言語行為によって可能となるのであり、その意味でデリダはレヴィナス以上に現実的な領域に軸足を置いていたと言える。しかしながら、レヴィナスが主張する無限性を備えた他者、神性と深く結び付いた他者の思想は、飽くまで此岸の暴力をベースに構築されており、デリダが強く主張するほど有限の現実世界を無視したものではない。レヴィナスの無限の他者は、現実世界の惨禍を磁場にして生まれ出たものなのだ。フラナリー・オコナーの文学／神学世界を吟味する本書において、他者の思想をこれ以上掘り下げることはできないが、現実と超越の境界線を巡り議論される両者の思想は、ともすれば他者とは何者なのかを吟味することなく他者を措定することで、現実から超越へと飛翔するオコナー文学批評の陥穽に気づかせてくれると同時に、現実と超越、人間主体と神、そして文学と神学の交錯点を描き出すリアリスト作家オコナーの可能性を改めて照射するように思えるのである。

無限の他者性、非暴力的な他者性が地平に開示される暴力的刹那において、祖母とハルガは他者の顔が発する神性を経験する。暴力を媒介にして、結果的に祖母とハルガを神性の領域へと誘うミスフィットとポインターは「善人」と呼称されることになるのだが、現代において彼らと対峙する可能性があまりないことが「善人はなかなかいない」("A Good Man Is Hard to Find") というタイトルに繫がり、それが意味するのは無限の他者の顔は見出し難し、つまり「ミスフィットはなかなかいない」("The Otherness of God Is Hard to Find") ということなのである。

◉注

(1) オコナーの文学とフェルマンとローブの『証言』を並置することは奇異に聞こえるかもしれないが、パトリシア・イェーガー (Patricia Yeager) は「証言が説明や合理性を破壊する感覚は、オコナーの文学を読んだ後に覚える感覚とさほど変わらない」(91) として、筆者と同じ見解を示している。

(2) たとえばギルバート・ミュラー (Gilbert Muller) は、オコナーの暴力が読み手を悪の問題に直面させ、悪に取って代わるものを求めさせようとすると指摘する (79)。

(3) ホープウェル夫人の考えは、以下のニーチェの箴言を彷彿とさせる――「『道徳のための道徳』――これは、道徳の自然性が剥奪されてゆく重要な階梯である。道徳がそれ自身究極的価値とみなされるからである。〔……〕道徳が宗教をふたたびおのれから分離し、いかなる神も道徳にとって十分「道徳的」ではない様相もある。〔……〕現今みられるのが、この場合である」(二九六―九七；傍点はオリジナル)。

(4) 本章で引用するデリダの文献は、「暴力と形而上学」である。

(5) ミスフィットの他者性を最も端的に示していることは、彼が同一的な名前を持っていないことであろう。このことは彼の記憶の曖昧さと呼応するが、「ミスフィット」という名前はいかなる主体の同一性からも逃れる記号として機能する。神の表象不可能性と共振するかのように、彼は同一的な名前を破壊し、他者の仮面を覆うことで自らの真の顔を隠蔽する。これが「署名を作成し、行なうすべてのことにサインする」(CS 131)ことであり、彼が犯罪を通して散種した署名は同一性を突き崩すシニフィアンとして機能する。偽名を名乗るポインターも同様であり、この二つの物語において神の媒介者となる要素の一つとして数えられる点である。また、ジョージ・キルコースは、ミスフィットはこの物語において信仰と格闘しており、さらなる高みへと歩む可能性を秘めていると指摘する(*Flannery O'Connor's Religious Imagination* 132–133)。

(6) 思想家のジョルジュ・バタイユ(Georges Bataille)は、経験とは「私は神を、絶対を、諸世界の底を見た」と言うことの不可能性を背負っているとして、次のような論を展開する。「もし私が思いきって『私は神を見た』と言うとしよう、すると、私の見るものは質を変えてしまうだろう。想像もできない未知のものの代わりに〔……〕死んだ客体が、神学者の持ち物が顔を出すことになる」(二二一―二二三)。

(7) マイケル・ルメイユは、「善良な田舎者」において、結局のところ、それまで見下していた善の顕現をハルガが体験することはない(84)と述べているが、ポインターの暴力を通してハルガが獲得したものは、「彼女は聡明ではないという認識」(*HB* 170)、つまり謙譲の認識であり、彼女にも神の恩寵が与えられたことをオコナーは匂わしている。また、ポインターが外すまで彼女が着けていた眼鏡が内包する意味について、ジョアン・マクマレンは、眼鏡は彼女にとって哲学の知識を守る象徴であり、神の信仰を曇らせるものだったが、それがポインターによって外されたことで救済を受け入れることが可能となった、と主張する(*Writing against God* 49)。

第四章　アクチュアリティ、グロテスク、「パーカーの背中」
——行為、融合、再創造

「キリスト教徒の生の創造的行為は、キリストにおける死に備えておくことだ」

フラナリー・オコナー『秘義と習俗』

「キリスト教信者は、人生において行なってきたことが他者により完成されるとき、はじめて自身の神聖化を知る。キリスト教信者にとって、人生の収斂は結合における死なのである」

ピエール・テイヤール・ド・シャルダン『神の国』

◉グロテスクな創造

フラナリー・オコナーの描く文学世界が、彼女の信仰するカソリック世界とその底流において深く繋がっていることは今さら言うまでもない。もちろん、カソリック世界とひと言でいっても歴史上さまざまな神学的論争が引き起こされた豊饒かつ複雑な世界であるが、オコナーは『秘義と習俗』

の中でその世界を以下のように端的に説明している――「私が『カソリック小説』とは何かを述べなければならないなら、それは物や人間関係の世界に現われて見えるままに、リアリティを的確に映し出すものだと言うことはできるでしょう」（*MM* 172）。オコナーが言う「リアリティ」とは「現実世界」や「真実」、「実在」を意味するのだが、ここで重要なのは「それが現われて見えるままに」描くだけで彼女の信ずるカソリック世界が開示されるという点にある。オコナーはカソリックのリアリティを描くのに、特に難しい神学的・哲学的論議を文学作品に持ち出すことはしない。むしろ逆に、「物や人間関係の世界に」リアリティが表出する瞬間を淡々と描くだけであり、その世界は一見リアリズムから大きく逸脱したようなグロテスクな世界として読者の目に映るのだろうか。

実際のところ、オコナーの中ではこれら二つ――「現われて見えるままの」リアリスティクなカソリック世界とグロテスクな世界――は矛盾しない。もちろん、彼女自身、読者に暴力的な衝撃を与えるために、文学的技法として物質や人物をデフォルメし、グロテスクな形象を作り上げることを仄めかしはする（*MM* 34）。しかし、それでもオコナーにとってグロテスクとは「飾りのないそのまま」(literal) なものであり、「子供の絵が事実に忠実であるのと同じように事実に即しており」（*MM* 113）、現実世界をそのまま映した姿なのだ[1]。この文脈でグロテスクとカソリック世界との連関を裏書きするのが、オコナーがたびたび引用する『マルコの福音書』第八章二十二節―二十六節のイエスに癒された盲人のエピソードである。イエスにより両目に唾をつけられて開眼したその盲人が発した最初の言葉、「人が見えます。木のように見えます。歩いているようです」は、オコナーにとって癒された盲人の知覚の弱度、リアリズムの欠如を決して示すものではない。むしろそれは、「より深くより不気味なものを捉える視覚の始まり」(*MM* 184) であり、「具体的な世界から、その源のイメージ、つまり究極なリアリティのイメージまで貫き通す目」(*MM* 157) であり、その知覚の強度において映し出されるのは、「人が木のように見える」というあたかも木と融合したような人のグロテスクな実在である。「神秘を捉える目」とは、足すことも引くこともなく自由に見えるものを観察し、そして「現われて見えるままに」描いた世界がオコナーにとってのカソリック的な文学世界なのである——たとえそれが慣れ親しんだ世界と相反するグロテスクな世界を描写していようとも。その意味で、オコナーが表象するカソリック世界は決して「グロテスクなものを中和する」(Muller 111) 癒しの世界ではないし、彼女はそこに解毒剤を投与することもない。

いや、むしろ、彼女のカソリック信仰に照射するなら、オコナーにとっての現実世界とはグロテスクな要素に満ち溢れているはずである。ただしこれは多くの批評家が指摘するような、現代の精神的な病や悪魔性を炙り出すという類のネガティヴな色合いだけでなく、預言的な性質を備えたポジティヴなものとしても捉える必要がある。[2] オコナーの悪魔性を強調する作家ジョン・ホークス (John Hawkes) が前者の代弁者であるなら、[3] 後者の批評の代表的なものとして、オコナーのグロテスクさが孕む破壊と変容を中世の神学世界を梃子(てこ)に考察したアンソニー・ディ・レンゾの著作『アメリカのガーゴイルズ』を挙げることができる。ミハイル・バフチンの『フランソワ・ラブレーの作品と中世』(*Rabelais and His World*, 1965) に依拠しながら、物質の頽廃を示すグロテスクの目的は否定的な虚無の世界を示すことではなく、物質の頽廃があたかも子宮の如く新しい世界を萌芽する再生的な可能性を併せ持つこと、それは最終的に「治癒的な」(5)ものであり、グロテスクな身体は「実体変化した身体」(“transubstantiated body” 95)であるというディ・レンゾの主張は、確かにオコナー文学のグロテスクな存在に肯定的な光を投射する。ただし、この文脈でさらに論究されるべきは、オコナーのグロテスク性と彼女が敬愛したピエール・テイヤール・ド・シャルダンの神学との相互補完的な関係性である。[4] オコナーにとって現実世界とは神の創造した神聖な世界、彼女の表現をそのまま用いれば「すべてのリアリティは潜在的なキリストの王国なのであり、地上は彼の霊によって再創造されるのを待っている」(*MM* 173)のであり、そして最後の審判の後に降臨する「神の国」の完成へと形成されつつある世界なのだ。この「再創造」という考え方は、テイヤール・ド・シャルダンの『現象としての人間』(*The Phenomenon of Man*, 1955)や『神の国』(*The Divine Milieu*, 1957)に書かれた「進化」と呼応する。この「進化」の辿り着く点を「オメガ点」と彼は名づけているが、それは世界に存在するすべてものが有機的統一体として融合しながら収斂する究極の一点、つまり創造の完結する終点である。そして、「進化」という運動の原動力となるのが、世界の分子同士が互いに呼び交わしながら浸透し合う「融合」「結合」である、とテイヤール・ド・シャルダンは言う。これは神の創造物の「類似性」により、物質同士が呼応しながら高みへと上昇する求心的旋回運動と考えてもいい。物質間の「混じり合い」が行なわれながら世界の「進化」が生成され、究極的には「オメガ点」へと収斂されるというのがテイヤール・ド・シャルダンの神学の支柱であり、それはオコナーの文学世界にも如実に表われている。そして、先ほど議論の俎上にも載せたグロテスクが他ならぬ物質間の攪乱的な融合を内包することを考慮すれば、ここでグロテスクとオコナー的な現実世界との接点が浮上してくるのだ。

グロテスクとは融合の謂いであることは、たとえば、古典的名著『グロテスクなもの』（一九五七）においてその歴史的現象を読み解くヴォルフガング・カイザーが再三にわたり指摘していることでもある。イタリア語のグロッタ（洞窟）という語源を持つこの言葉は、その壁に描かれた模様が自然界の規範から逸脱した植物、動物、人間の渦巻きの如く絡み合った形象に端を発しており、その現実世界の秩序・境界線の攪乱が見る者の精神的攪乱を引き起こす。「われわれになじみ深く気がおけないものが突如、奇異で無気味なものとして暴露され」（二五八）、その結果、我々の世界を「疎外された世界」へと変容させるとカイザーは言う。「突発性、不意打ち」というグロテスクのキーワードは、「思いがけない幸運」（"A Stroke of Good Fortune," 1949）という短編のタイトルにも表わされているオコナー文学のそれとも重なるが、カイザーの指摘で重要なのは、グロテスクなものとは元々我々にとって馴染みのあるものであり、ゆえにそれが理解不能な不気味さを表示することで我々の「生の」自然世界が突然「疎外された世界」へと変貌すること、さらに言えば自然世界の構造自体が変容するのを感じることにある。しかし、その「疎外された世界」はそれまでの視座とは異なる新たな世界を提示する可能性、「真の（グロテスクの）芸術的な表現が同時にひそかな解放をもたらす」（カイザー 二六三）可能性を併せ持っていることも忘れてはならず、そのことは先ほど言及したディ・レンゾの批評の骨格にも現われている。ここでひとまず押さえておくべきは、グロテスクなものは慣れ親しんでいた物の中にすでに潜んでいた認識不可能なものが開示することによって生じる恐怖・混乱と、新たな物質世界のパラダイムによる融合・再生という可能性を内包することである。

以上の議論から、「現実すべてはキリストの潜在的な王国なのだ」(*MM* 173)と主張するオコナーが、創造物のグロテスクさを重要視する理由をより深く理解することができる。カソリック作家のオコナーにとって世界は神によって創造され、そして現在も再創造を繰り返し、すべてが一点に収斂される「オメガ点」への融合的な運動を今も続けている。がゆえに、現実世界は物質間の安定した境界が崩れ落ち、再構築される運動を伴うグロテスク性が浮上しなければならない。その瞬間、彼女の登場人物たちは「疎外された」世界にいる感覚を覚えるであろうが、それは同時に世界の再創造を経験することでもある。オコナーからすれば、再創造の世界とはグロテスクのそれに他ならない。

◉行為と再創造

従来の批評でも指摘されてきたように、彼女のカソリック的文学世界には物質や人間の境界線が崩れ、そして両者の不気味な融合がしばしば映し出されるが、それは神の啓示と相まって最も効果的に現われる。たとえば、「森の風景」の最後の場面では、孫娘のメアリー・フォーチュン・ピッツを殺害してしまったフォーチュン氏が見たのは所有していた森の突然の変容であり、「神秘的な隊列を組んで、水面を超えて遠くへ行進していく木々」(*CS* 356)の姿である。「水面を超えて行進する木々」は、それこそ前に触れた『マルコの福音書』にある盲人の台詞とは逆に木が人のように動くこと、そして湖を超えて別の場所に移動することの境界の攪乱を示唆している。これらの木々を含む森は、フォーチュン氏が計画するガソリンスタンド建設のため彼の家から見えなくなってしまう風景であり、そのことに執拗に反抗する孫娘を殺害した結果として、彼は神の啓示を経験する。木が人のように行進するというグロテスクさは、自身の所有物であった馴染みのある森が「疎外された」世界になると同時に、「キリストによって再創造された世界」へとフォーチュン氏を誘う可能性を宿している。それこそ、「私は混じりっけのないフォーチュン家の人間だ」(“I am PURE Fortune!,” *CS* 351) と言うフォーチュン氏と「私はピッツ家の純潔な血を引く者だ」(“I'm PURE Pitts,” *CS* 355) と言うメアリー・フォーチュン・ピッツの、血の純潔さを主張することで奇妙にも重なる台詞とは裏腹に、物質の融合、変容こそが神の啓示と密かに結び付いていることをこの物語は示している。オコナーが大文字で強調する「純潔さ」は、最終的に二人を破滅へと導くことになる。

　今まで馴染みのあった物質の境界が攪乱されるオコナーのグロテスクな世界とは、現実世界が再創造されるという神学的な意義を含むものである。そして現実世界が「オメガ点」に向けて、「キリストの霊によって再創造されるのを待っている世界」(*MM* 173) ならば、そこは未だ創造という神による行為 (act) がなされる可能性を孕む空間である。現実世界を意味する英語 “actuality” は、元々、世界は何らかの力が加わった (“act”) 結果生まれたことを語源として含意する。『オックスフォード英語辞典』(*OED*) を紐解いてみると、すでに廃れてしまった意味ではあるが、「現実」(“actuality”) の元義は「行為能力」(“capacity of action, activity”) であり、一例として「その無限の能力により、神は意図することを可能にする」(“God, by reason of his infinite actualitie, permits nothing but what he wils”) という文も記載されている。少なくとも中世の神学世界では、事物（res = real の語源）は神の創造 (“act”) によって初めて現実に存在することが可能になると考えられた。その後、神の意識が希薄となる近・現代哲学においては、現実を成り立たせる動きは認識主観の知覚作用と表象作用との関連で捉えられるようになった。つまり現実とは、たとえそれを行なうのが神にせよ人間主体にせよ、何らかの動きが作用することにより生じるのであって、それを包摂する言葉として「現実」（"actuality"）が存在する。[5]

だからこそ、オコナーの物語においては、神の啓示を発動させる契機としてそれまでとは異なる奇妙な動き（"act"）は等閑視できない。実際、彼女は「行為」（"action"）の意義を以下のように述べている。

> 私はよく物語を働かせるものは何か、何が物語を維持するのか、自問することがある。それはおそらく、何らかの行為、物語において他のいかなる行為とも異なる人物の行為、物語の核は何かを示すような行為であると思うのである。これはまったく正しく、まったく予期されぬ行為であるに違いない。それは人物の中に潜むものだが、人物の能力を超えたものであるに違いない。それはこの世と永遠の世界を示すものであるに違いない。私が述べている行為や振る舞いは神秘的な世界、聖なる命やそれに関わることと関係するような世界において為されるに違いない。それは、どこか秘義と結び付く振る舞いなのだろう。（*MM* 111）

具体的には、オコナーは右の引用において言及される「秘義と結び付くような行為や振る舞い」の一例として、「善人はなかなかいない」のミスフィットに対する祖母の行動を挙げている。小説に描かれる「行動」とは、あたかもグロテスクなものの特質と共鳴するかのように予期されぬものであるが、それは結果として「聖なる命への参与」と結び付く。[6] オコナーにとって「行動」とは、人と人、物と物の垣根を突き破り、神の再創造の引き金となる可能性を持つ。さらに「善人はなかなかいない」における祖母の不可解な「行動」についてのオコナーの解釈に耳を傾けるのなら、彼女のミスフィットへの対応が、たとえそれまで無関係な間柄であったとしても、彼への「責任・応答」から派生するものであり、神の神秘において深く根差す関係性によって二人は結ばれていることを我々は知ることになる（*MM* 111–112）。神の世界への近接を促すと同時に人と人、あるいは物と物との融合を誘引するのが、オコナーの描こうとする「行動」なのである。それは、テイヤール・ド・シャルダンの「まず始めに、行動において私は神の創造的な力と関わる。私はそれと重なり合う。私はその道具となるだけでなく、その生きた延長となるのである」（*The Divine Milieu* 26）という見解を、オコナーが小説において実践したようでもある。[7]

◉暴力、受動性、融合

オコナーはフィクションにおいてもエッセイにおいても「現実」（"reality"）という語を頻繁に使用する作家であることは、これまで引用した文章からも十分に推測することができる。これは、彼女が現実という創造世界を重要視することの証左に他ならないが、その一方でこれまた彼女が重視する登場人物の予測できない行為を支点に据えるなら、「現実」（"actuality"）が持つ意義も無視することはできない。これまでの議論で言及してきたように、オコナーにとって現実とはさまざまな「行為」が交錯することにより、世界が再創造されることなのである。続く議論において、登場人物の行動とそのグロテスクな世界が、キリストの再創造といかに繋がっているかをオコナーの最後の作品「パーカーの背中」を例にとって検証する。さまざまな物質や動物、人間がそれこそ一つの現実世界のように絡み合いながら刺青として描かれている主人公オバデヤ・エリフ・パーカー (Obadiah Elihue Parker) の身体は、オコナーの数ある不気味な人物形象の中でも非常にコミカルかつグロテスクな雰囲気を醸し出している。[8] ただ、これまでの批評がパーカーや妻のセアラ・ルース・ケイツ (Sarah Ruth Cates) のグロテスク性に焦点を当てることが多かったのに対し、本章ではこれまで物語の眼目として見なされることのなかった二人の融合の象徴——セアラの体内に宿った胎児——を基軸に、この物語のグロテスク性と再創造について論じていきたい。また、それまでのオコナーのキャラクターがグロテスクと暴力性を併せ持つことが多かったのに対し、彼の行動の特徴が能動的な暴力ではなく受動性 (Lake 228) にあることに留意しながら本章を進めたい。もちろん、オコナーのキャラクターは神の啓示を得るときには常に受動的な存在と化すのだが、受動性そのものがパーカーの人格と物語全体を形成する大きな構成要素となっていることは、この作品を考える上で等閑視できない。

O・E・パーカーは、敬虔で原理主義的なクリスチャンである不器量な女性、セアラと暮らしているのだが、なぜこのような女性と結婚したのか日々不思議に思っている。自らの信じるキリスト教の教義からのみ物事の価値を判断する彼女は、俗的なパーカーの言うこと為すことを否定し、特に彼が背中以外の全身に入れている刺青を見栄以外の何物でもないと糾弾する。彼女に何とか自分の刺青を認めさせたいと思うパーカーであるが、ある日仕事場でトラクターを運転していたとき、不注意から巨木と衝突し、大きな事故を起こしてしまう。トラクターは炎に包まれたが、事故の衝撃によりそこから飛ばされたおかげで彼は奇跡的に助かる。パーカーはその体験を神の啓示と思い、すぐに知り合いの彫り師のところに行って神の刺青を彫ってくれるよう頼み込む。神の絵の本を見せろというパーカーに対し、彫り師はイエスの画集を渡し、この中から好きな絵を選べと言う。ページを捲(めく)っていくと、ビザンティン様式ですべてを求めるような目をしたイエスの顔を描いた絵があり、パーカーはそれを背中に彫ってくれるよう彫り師に頼む。家に帰りイエスの刺青を見せながら自身の体験と宗教的回心をセアラに示そうとするパーカーであるが、彼女はそれを偶像崇拝として罵る。背中のイエスの刺青の顔が腫れ上がったようになるまで彼女は箒(ほうき)でパーカーの背中を叩き、その衝撃により彼は庭のピーカンの木にしがみつき泣いているところで物語は終わる。

パーカーのコミカルかつグロテスクな刺青が、この作品のユニークさを際立たせていることに間違いはない。それと並行する形で肉体に関心を向けるパーカーと霊のみを重視するセアラの意思疎通を欠いた夫婦関係があり、彼の断片的な刺青が整然としたアラベスク模様となることと、二人の関係が分かちがたく結合することへの二重の変容が、実にこのストーリーの骨格であることを見逃してはならない。結婚というカソリックのサクラメントは、人と人との融合、家族と家族の融合、さらには新しい生の誕生の可能性という観点から神の再創造と密接に関わることになる。物語の視点はパーカーとセアラの夫婦関係と同時にパーカーの刺青の表象にも当てられ、そのグロテスク性は彼女が最初に彼の腕を見たとき以下のように描かれている。[9]

そこには大砲の上にいる鷲の刺青が赤色と青色で描かれている。〔……〕鷲の上では楯の周りを蛇がとぐろを巻いており、鷲と蛇の間ではいくつかのハート模様が描かれ、矢が貫かれている。蛇の上には広げられたカードがあった。(CS 512)

楯に巻きついた蛇の構図はグロテスクの模様によく出てくる巻きつくように絡み合う茎を想起させるが、鷲に蛇、そして矢に貫かれたハート模様、これらが並置されているパーカーの腕は、体全体のグロテスクな刺青模様を想像させるのに十分であろう。しかし、彼は自身の刺青に満足している訳ではなく、「その印象は、色彩が複雑に絡み合ったアラベスク模様という風ではなく、適当につけた継ぎはぎという感じだった」(CS 514) とあるように、身体に彫られた刺青の総体には有機的な結合がなく無様な継ぎはぎだと嘆いている。対照的に、彼が十四歳のときに啓示にも似た衝撃をもたらした芸人の刺青が「明るい色の複雑な模様」であり、「皮膚に彫られた人間、動物、花のアラベスク模様が、それ自身で微妙な動きをしているように見えた」(CS 512–513) として、一つ一つの刺青模様があたかも生きているように有機的な動きを持ちながら全体的な統一性を持っていたことを考えれば、パーカーの刺青はあまりにも断片的な印象を持たせてしまう。彼は理想とする芸人の刺青のような有機的統一性を獲得するため、とりつかれたように身体に刺青を入れるが、刺青を彫れば彫るほどその統一性は分断され、新たな刺青への欲望は増大する。その結果、「あたかも豹(ひょう)、ライオン、蛇、鷹が彼の皮膚を貫き、その中で激しく戦っているよう」(CS 514) な状態となり、彼の身体において物質間の融合ならぬ闘争的な分裂が浮上することとなる。

パーカーに啓示をもたらすセアラとの出会いは、彼の運転するトラックが事故を起こし、「イエス・キリストは地獄へ落ちてしまえ」(CS 511) などと神性を呪う言葉を叫んでいるとき、セアラの剛毛の生えたかぎ爪の手が彼の横っ面をたたき、その衝動でパーカーがトラックのフードの上に倒れこむ場面に始まる。その瞬間、彼は祭りのテントで刺青の芸人を見たときと同様に、啓示を受けたかの如くセアラのグロテスクな様相を経験する。「パーカーの視界がぼやけた瞬間、彼は空から何かに攻撃されたと、鷹のような目つきをした巨大な天使が使い古した武器で攻撃してきた、と思った。よく見ると、背の高い骨ばった女性が箒を持って彼の前にいた」(CS 511–512)。興味深いことに、この出会いの場面はクライマックスと対をなしている——箒を持つセアラ、見る物を貫き通すような彼女の視線、そして一体何が起こっているのかわからないパーカーの狼狽ぶり。セアラの「剛毛の生えたかぎ爪」(CS 511) は鷹の目つきと併せて動物的暴力性を匂わせるものだが、彼女のグロテスク性はイエスに癒された盲人が「人が木のように見える」と言ったように、パーカーが彼女のことを動物との融合物として捉えていることに示されている。しかし、彼女の暴力性とグロテスクな様相もさることながら、この場面で特に着目すべきはセアラの暴力を訳も分からないまま受け入れるパーカーの姿である。全身に刺青を施し、性格も荒々しく、外見も内面も暴力的な雰囲気を醸し出すパーカーであるが、オコナーの他の登場人物と比較しても、セアラに対する彼の受動的な行為は水際立っていると言ってもよい[10]。しかし、その受動性は否定的なことを意味しない。テイヤール・ド・シャルダンも、「人は与えるよりも受け取ることをしなければならない。人は支配していると思ったものに逆に支配されていることを知るのだ」(*The Divine Milieu* 39) と指摘するように、オコナーにおいて受動性は大きな神的意義を秘めている。ともあれ、「海軍、政府、宗教」などさまざまな「権威」から逃げ回ってきたパーカーは、セアラの暴力的行為を受け入れたとき、結婚という秘跡を受け入れる第一歩を踏み出すことになる。

その後、セアラの家にリンゴなどを届けて気を引こうとするが、敬虔な彼女を自分のものにするためやむを得ず結婚する。しかし肉体的に結び付いたとはいえ、二人はまだ精神的に完全に融合しているわけではない。パーカーは料理一つできない不器量な女となぜ一緒にいるのかわからず、顔の片側が痙攣（けいれん）を起こすまでになっている。また、「色というものが嫌い」(CS 510) なセアラが、なぜ全身に刺青の入った彼と結婚したのか、パーカー自身が不思議に思うほどである。[11] このような反目から、二人の関係はそれこそパーカーの刺青のような継ぎはぎの寄せ集めのように思えるが、彼は自分の行為を否定するセアラを従わせるため、彼女の気に入りそうな宗教的な刺青を入れようとする。そんな折、仕事中のトラクター事故で奇跡的に助かり、それが啓示であると考えた彼は神の刺青を背中に入れようと決心する。すぐに馴染みの彫り師のところに行き、「神の絵の本を見せてくれ」と叫ぶパーカーに対して、怪訝そうな顔を浮かべる彫り師はイエス・キリストの画集を手渡す。さまざまな絵からパーカーが刺青の対象として選んだのは、ビザンティン様式の厳しい顔をした「すべてを求めるような目」(CS 522) を持つイエスであった。そのイエスの刺青を背中に入れてもらったはいいが、パーカーはあたかもその行為に後悔したような素振りを見せ、「すべてを求めるような目」を持つイエスに永遠に従わなければならない ("to be obeyed," CS 527) と感じるようになる。

刺青を背中に受け入れた後、パーカーは「すべてを求めるイエスの目」に対して完全に従属する存在（subject = 主体）となるが、彼がここで受け入れたのはイエスの刺青という表象にとどまらない。なぜイエスの刺青を彫るようになったのか、信仰心が芽生えたのか、その動機を尋ねる彫り師に対しパーカーはその可能性を否定して以下のような返答をする。「俺は救われた女と結婚したんだ。結婚なんてするんじゃなかった。彼女のところから去るべきだった。しかし、彼女は妊娠してしまったんだ」(CS 525)。この台詞から、伴侶として似つかわしくないセアラのもとからパーカーが離れられないのは、彼女のお腹の中にいる胎児が最大の要因であることが了解できる。[12] 法の桎梏から逃げてばかりいたパーカーが、結婚に長く耐えられないことは想像に難くない。しかも、「妊娠した女性が好みではない」(CS 510) パーカーにとってはなおさらである。にもかかわらず、彼がセアラとの結婚生活を続ける最大の要因は彼女より胎児にあり、彼は逃げずにそれを受け入れなければならないことを自らに言い聞かせている。つまり、背中のイエスに従うことはセアラとの結婚に従うことと同時に、子供の誕生という現実を受け入れることである。完全に成分の異なる分子のようなセアラとパーカーの融合から生じた胎児は、きわめてグロテスクのように思えるが[13]同時に世界の再創造の象徴でもあり、そして刺青に明け暮れていたパーカーに新たな人生を歩ませる可能性を併せ持つ。

以上のことを概観した上で、物語のクライマックスの場面、セアラとパーカーのやり取りを見てみよう。家に着いた彼は、彼女に新しい刺青を見せるため勇んで中に入ろうとするが、ひと晩家を空けたことに腹を立てたセアラが前もってドアに細工をしており、彼は中に入ることができない。閉め出されたパーカーに「誰だい」と冷たく言葉を投げかける彼女は、たとえ返事が返ってきても「O・Eなんて聞いたこともない」と言って彼のことを無視する。家に着いたときは夜明け近くであり、周りの地平線に明かりの筋が浮き上がってきて、光の木が地上に出てきたような神々しい光景の中、パーカーはあたかもキリストの受難を反復するように、槍で刺しぬかれたかの如くドアにもたれかかる。そしてセアラの荒々しい、これが最後と言わんばかりの「誰なんだ」という問いかけに対し彼が正式な名前「オバデヤ・エリフ」[14]を囁くと、言葉が肉に宿ったように彼の継ぎはぎのような刺青が初めて有機的な統一体を形成する――「彼は光が体に流れ込み、彼の蜘蛛の巣のような魂がさまざまな色の織りなす完全なアラベスク模様に、木や鳥や動物の住む庭園に変容するのを感じた」(CS 528)。それまで最も忌避してきた自身の名を告げたとき家のドアが開かれたのだが、ここにおいて物語のタイトル、"Parker's Back" の複合的な意味を掴み取ることができる。タイトルが明示するのは、もちろんパーカーの「背中」に彫り込まれたイエスの刺青のことである。しかし、その "back" は「背中」だけでなく「戻る」ことも示しており、これまで「海軍、政府、宗教」から、さらには妻からも逃げてきたパーカーが、一生剥がすことのできない「すべてを求める目」をしたイエスの刺青を身体に入れた結果、今まで逃避してきた自身を受け入れた、つまり自身に戻ってきたということを示唆している(Streight 8; Kilcourse, "Parker's Back': 'Not Totally Congenial' Icons of Christ" 36)。それは単に昔の自分に戻ったという懐古的な意味ではなく、本来の名前である洗礼名を受け入れ(Ragen 41)、彼が新たな道を歩み始めたと見なすべきであろう。実際、物語の冒頭部分で、自分とはまったく合わないセアラの不可解さについて愚痴をこぼすパーカーだが、本人がいみじくも言うように、実は最もよくわからないのは彼自身なのである(CS 510)。「だれでもキリストにあるならば、その人は新しく造られた者である」――これは『コリント人への第二の手紙』第五章十七節の文言であるが、イエスの刺青を背中に入れ、セアラとの結婚と彼女との間にできた胎児を受け入れ、彼本来の名を受け入れ、そして身体の刺青が堕落以前の楽園として統一されたとき、彼自身が再創造されたと考えてよいだろう。そのときはじめて、背中の刺青はイコンとなるのである。

ただし、パーカーの自己回復が主体の強化を意味しているのではないことには留意すべきである。「個人としての自己を肯定することは、自己が関わる存在の力を肯定することでもある」(89)という、これまたオコナーが敬愛した神学者パウル・ティリッヒ (Paul Tillich) の言葉を参照するなら、パーカーが自己を肯定することになったのは、イエスの刺青を背中に入れ、セアラとの結婚とお腹の胎児を受け入れ、神の再創造に「参与」するに至った帰結である。『コリント人への第一の手紙』第十二章において示される有名な譬え話――「あなたがたはキリストのからだであり、ひとりびとりはその肢体である」(一二・二七)――にあるように、受動的なパーカーは肢体(部分)となって体(キリスト)に参与することになる。「からだの中に分裂がなく、それぞれの肢体が互いにいたわり合う」(『コリント人への第一の手紙』一二・二五)と聖書は述べているが、それはキリストが個々の異なる肢体を体全体で受け入れるからであろう。仮にパーカーの個々の刺青を肢体と譬えるなら、以前のパーカーはそれこそ、豹、ライオン、蛇、鷲、鷹が分裂し合う「戦争状態」(CS 514) であり、身体の統一にはあまりにもほど遠い状態であった。しかし、キリストの刺青を纏い、セアラと胎児を受け入れ、自身の本当の名前を口にしたことで自己が統一された結果、個々の刺青も互いに調和し、一つの楽園を形成したのだ。パーカーの個別の刺青がキリストの刺青によって統合され、そして彼は肢体となってキリストの体に参与することになる。

しかし、オコナーはパーカーの有機的統一を物語の大団円とはせず、最後にひとひねりを加えて結びとする。家に入れてもらったパーカーは、シャツを脱いで背中をセアラに見せようとする。またくだらない刺青を入れたのかと怒る彼女に対し、彼は「見ろ」と命じる。背中の刺青を見たのはいいがセアラはそれが誰だか分からないと答え、苛立つパーカーはその刺青は神だと言う。その言葉を聞いた彼女は「偶像崇拝」とパーカーを罵り、「嘘や見栄はまだ我慢できるが、偶像を崇める人とは暮らせない」としてパーカーの背中を力強く叩き始める。驚きのあまり声も出ないパーカーを尻目に、物語は以下のように幕を閉じる。

パーカーは驚いて抵抗することもできなかった。彼はそこに座り、自身の感覚がほとんどなくなるくらいまで彼女に叩かせ続けると、キリストの刺青の顔は大きく腫れあがった。それから彼はよろよろと立ち上がり、戸口の方に向かって行った。

彼女は床に二、三回箒を叩き、窓の方に行き、箒についた彼の汚れを取り払うためそれを振り払った。箒を持ちながら彼女はピーカンの木の方に目を向け、彼女の目つきはさらに一層険しくなった。そこに、オバデヤ・エリフと名乗る彼はいた――木に寄りかかり、赤子のように泣きながら。(CS 529–530)

パーカーは、背中にイエスの刺青を入れるという行為が厳格なキリスト教信者のセアラを喜ばせるだろうと思っていたが、予想に反し彼女の尋常ならぬ怒りを招いてしまった。前にも指摘したが、ここで描かれる箒を持つセアラ、見る物を貫き通すような彼女の視線、そして一体何が起こっているのかわからないパーカーの狼狽ぶりというのは、二人の出会いの場面と共通した現象である。[15]セアラの予期せぬ暴力に対し「驚いて抵抗もできない」受け身のパーカーは、「ピーカンの木にもたれて赤子のように泣く」。その「赤子のように泣く」パーカーは、以前の荒々しい彼とは似ても似つかぬ姿だが、それは彼女の暴力（"action"）によって、そしてイエスによって再創造された新しい姿でもあろう（Driskell and Brittain 122）。セアラの暴力で背中のイエスの顔は腫れあがるが、先ほども言及した槍で刺しぬかれたような姿とも併せて、ここでのパーカーはイエスの受難と密かに呼応する。受難を示す英語"passion"は「受動」という意味を持ち、セアラの暴力に対して受動的なパーカーは自らの身体でもってイエスに参与する。[16]パーカーが家に戻ってきた（back）のは「セアラを拒絶する」（Wood, *Flannery O'Connor and the Christ-Haunted South* 48）ためでもなく、「セアラに拒絶される」（Whitt 151）ためでもなく、結婚によって生じた現実世界すべてを受け入れるためであった。

パーカーの身体に散りばめられた多くのグロテスクな刺青は彼の再創造への進化の痕跡であり、その意味で彼の身体は受動的な行為を通して異質なものが融合する、有機的に統一されたグロテスク（あるいは、この物語の言葉を使えばアラベスク）な現実世界を作り出していった。それは、暴力的なセアラと受動的なパーカー、二つの相反する人格が融合するグロテスクな再創造でもある。オコナーは創造世界が収斂する究極点、いわゆるオメガ点を想定しながら彼女の絶筆となったパーカーの物語を書いたと推測されるが、オメガ点とはテイヤール・ド・シャルダン自身が述べるようにイエス・キリストに体現され、この物語においてそれはパーカーの背中に刻まれたイエスの刺青に表象されている。オコナー自身、書簡集で触れているように、元々この作品は一九六〇年には書かれ始めていたが(*HB* 424)、そのときは「話がおもしろく("funny")なりすぎて、あるべき切実さ("serious")に欠ける」[17](*HB* 427)ため、結局書くのを断念してしまった。時代的に考えるなら、英訳されたテイヤール・ド・シャルダンの『神の国』が出版されたのが一九六〇年、オコナーによるその本の書評が一九六一年二月四日に出ていることから、「パーカーの背中」を書き始めたとき『神の国』は創作に大きな影響を与えたことが窺える。[18]そして何より、テイヤール・ド・シャルダンが受動性について取り上げたのが、他ならぬ『神の国』なのである。オコナーが当初書き上げるのを断念した理由に挙げた「面白さ」とは、おそらくパーカーのキャラクター設定に起因するのであろうが、刺青をまとった滑稽な彼の身体とセアラの暴力に対しなすがままにされる滑稽な彼の人格が、背中に彫られたイエスの刺青へと止揚される刹那、この物語は滑稽さと切実さが融合したオコナー独特の秘義("mystery")へと昇華していったのである。人間の最大の受動性は、神より与えられた生と死であるとテイヤール・ド・シャルダンは言うが、生を育む再創造の物語[19]を書き終えて間もなく、フラナリー・オコナーは三十九歳の短い生涯を終えたのであった。

◉注

(1)たとえば、ディ・レンゾは、グロテスクとは物質世界の具象性と不可分な関係にあることを強調する(7)。

(2)オコナー文学のグロテスクを巡る解釈として、マイケル・ライガー(Michael Raiger)は次のように纏めている。(一) 中世のゴシック的美学の伝統、(二) ロマンティック・ゴシックの様態としてのグロテスク、(三) バフチン的な転覆の装置としてのグロテスク、(四) 極端な人間嫌いの見解におけるオコナーの絶望の詩学、(五) グロテスクは悪魔であり、サタンであるオコナー自身とも結び付いていること (247)。

(3) 他の批評としてアーヴィング・マリン (Irving Malin) は、オコナーの文学世界がグロテスクなものの詩学とキリスト教への信仰に引き裂かれており、両者は決して調和しないことを主張している。

(4) たとえば Muller 70–71 を参照されたい。

(5) 遠くにあるものを近づけて見ることができる知覚の持ち主に、「距離を自在に操る預言者」と神的な意義を付与していることからも窺えるように、オコナーが「見る」という知覚行為に大きな可能性を見出していることはよく知られるところである。ただし、「カソリック作家は、世界を創造する神の役割など引き受ける必要はなく、眼前に存在する世界を自由に示せばいいのである」(*MM* 178) という言明から見て取れるように、オコナーにとって人間主体の知覚は現実世界を構成するという考えには至らない。つまり、彼女にとって現実 ("actuality") とは神による再創造を基盤にしており、人間主体の意義は知覚/表象作用によって世界を表出することではなく、神の行為を「現われて見えるままに」知覚/表象できることにある。それは決して主体の知覚/表象作用を軽視するものではなく、逆に知覚の弱度は神の再創造という行為を感知する能力に欠けるということを示唆している。グロテスク性の伴う再創造を知覚/表象する行為は、神に代わって世界を創造することではなく神の創造の働きに参与することであるがゆえに、オコナーにとって目は必要不可欠な器官なのである。

(6) ミュラーは、「ただ行為のみが登場人物を作り出し、形付け、そして物語の重要な点を炙り出す」ことを、オコナーが公理のように考えていたと指摘する(51)。

(7) 行動と再創造についてのテイヤール・ド・シャルダンの考えは、「神はいつも、だれか人を通してか何かを通して働くわけです。私たちは神を対象として考えがちだが、神というものは対象ではありません。その人の中で、その人の人生を通して働くものだ、と言ったほうがいいかもしれません」と述べた日本のカソリック作家、遠藤周作の考え方にも垣間見られる(『私にとって神とは』二一一-二一二)。

(8) オコナーがパーカーの刺青を描くのに参考としたのが、刺青師ジョージ・バーチェット(George Burchett)の『彫り師の回想録』(*Memoirs of a Tattooist*)であることは彼女自身も触れているが(*HB* 593–594)、カール-ハインツ・ヴェスタープ(Karl-Heinz Westarp)はその回顧録と「パーカーの背中」の関係性について掘り下げ、その回顧録以外にも彼女が参照した可能性のある他の刺青師の記事について言及している("'Parker's Back': A Curious Crux Concerning Its Sources")。他にもブライアン・ラーグン(Brian Ragen)が、「パーカーの背中」とレイ・ブラッドベリ(Ray Bradbury)の「刺青の男」("The Illustrated Man")とのプロットの類似を指摘している(12)。

(9) オコナー自身、創造世界の物質面を否定するセアラを異端者("the heretic")と述べている(*HB* 594)。スティーヴン・ワトキンズ(Steven Watkins)は、若いときのオコナーが神を抽象的な考えで捉えていたのに対し、後年の彼女は肉体的なことや観察を通して神を認識するようになったと指摘する(119)。似たような意見として、フレデリック・アサルズは『賢い血』は反物質的な側面を持つが、それ以降のオコナーの作品には、たとえ逸脱的なところはあるにせよ、肉体の意義が見られるようになったという見解を示す(65)。これらのことを踏まえるなら、セアラはオコナーの初期作品の登場人物を、パーカーは後期作品の登場人物を代表していると言えるかもしれない。

(10) ロバート・ジャクソン(Robert Jackson)は、パーカーが「きわめて従順な預言者」であり、彼が出くわした神聖な存在や指示がいかなるものであっても受け入れるキャラクターであることを指摘する(27)。

(11) そうでありながら、二人は心のどこかで互いを求め、結び合おうとしていたと考えられる。ディ・レンゾは、お互いを引きよせたのは相互に見られる欠如であり、互いの完成を密かに求めていたのだと述べている(46)。

(12) この物語をめぐる批評においてほとんど顧みられることのないセアラのお腹の中にいる胎児だが、ヴェスタープは聖書においてサラ(Sarah)がイサク(Isaac)を生み、ルツ(Ruth)がオベデ(Obadiah)を生んでいる記述に着目している("Teilhard de Chardin's Impact on Flannery O'Connor: A Reading of 'Parker's Back'" 101)。

(13) これまでの議論に鑑みると、二人の融合という観点からある意味グロテスクともいえる胎児だが、それを胎内に宿すセアラの身体は当然変容を余儀なくされるがゆえにグロテスクとなることを、クレア・カハン(Clair Kahane)は述べている(245)。

(14) オバデヤは『オバデヤ書』の筆者で「主の僕(しもべ)」を意味する。

(15) ただ一点異なるのは、二人の出会いの場面ではセアラは動物と混淆しているかのように描かれていたが、この場面ではそれがなく代わりに彼女は身体に胎児を抱え込んでいる。

(16) マーシャル・ブルース・ジェントリは、ここでのセアラの暴力によりパーカーは「苦しみの共同体」("the

suffering community")への参入を果たすと指摘する(81)。

(17) トマス・ハドックス(Thomas Haddox)は「パーカーの背中」がオコナーの作品群の中でも比較的温和なものであり、最後の場面にしばしば描かれる「ショッキングな死、すべてを無に帰するような顕現、恩寵の不気味な降下」などがないことを指摘する(407)。

(18) ヴェスタープは、テイヤール・ド・シャルダンがオコナーに及ぼした影響を論じる論文("Teilhard de Chardin's Impact on Flannery O'Connor")において、「パーカーの背中」についても言及している。その中でヴェスタープは、オコナーが「パーカーの背中」を書き始めた一九六〇年に彼女は『神の国』を読んでおり、そのときはその短編を書き上げることができなかったが、代わりに「高く昇って一点へ」に集中した、と指摘している(99–100)。タイトルの「高く昇って一点へ」は、テイヤール・ド・シャルダンの「オメガ点」から出来していることは言うまでもない。また、ヴェスタープはパーカーの刺青模様にも注意を払い、生命のない物質の刺青に始まり動物、人間、そして最後にはキリストが刺青としてパーカーに彫り込まれる順序が、テイヤール・ド・シャルダンの言う「オメガ点」へと至る宇宙の進化の段階と呼応していると主張する(103–104)。

(19) ヘレン・アンドレッタ(Helen Andretta)は「セアラのお腹にいる胎児の予見できない運命」(62)と述べるが、事実、パーカー、セアラ、子供の三人が今後どのような家族を作っていくかを結末から想像するのは難しく、この点でオコナーは彼らの再創造の余白部分を残したと言える。

第Ⅲ部　オコナーの終末的光景——想像力、時間、現実性

第五章　不可解な黒さと虚構の力学
――「作り物の黒人」と「高く昇って一点へ」の差異と終わりの意識

◉黒さ、原罪、人種

現代アメリカ文学における主要な作家の一人、トニ・モリスン（Toni Morrison）は、『白さと想像力』（*Playing in the Dark*, 1992）において、アメリカ文学を覆う不可解な黒さの影響力を指摘した。彼女は、「黒のイメージは、邪悪と同時に保護的であり、反抗的であると同時に許しであり、恐ろしいと同時に欲望するもの、つまり、自己矛盾的な特質のすべてを示している。白さはただ沈黙し、意味がなく、計り知れず、無目的で、凍っており、ヴェールをかけられ、恐れられ、無情である」として、白きアメリカ文学における複雑に入り組んだ黒さが、表現できない自己の内的矛盾と結び付いたメタファーとして機能してきたことを示す。そして彼女は、多くの批評家が白人作家によって描かれた黒人の形象および中心から排除されたその配置について吟味しなかった批評史を批判し、彼らが「フラナリー・オコナーにおける神の恩寵とアフリカニストの『他者性』の間の関係を見ない」と

指摘する (59, 14)。

確かに、第二次世界大戦後の五〇年代や六〇年代前半の南部世界が描かれるオコナーの作品において、異様な輝きを放つ黒人の意義を解釈しようとする批評家は珍しくない。しかし、彼女の文学上の不可解な黒人という他者的存在が、テキストの深層レヴェルにおいて、彼女が描こうとして止まない神の恩寵といかに結び付くのか、を具体的に示すものは少ない。とりわけ、オコナー本人が発する「私は白人を理解するように黒人を理解することはしない。私は黒人の心の中に入っていくことはできない。私の物語の中で、彼ら／彼女らは外部から見られる存在なのだ」(*Conversations with Flannery O'Connor* 59) という言明を顧みるならば、白人作家のオコナーにとって黒人という異人種が、神同様容易に表象できない難題であったことは見逃すことのできない事実である。モリスンが告発し、オコナー自身理解できないとした黒人という他者的存在とその不可解な領域から生じる力、さらには神の啓示という連関的な構図を浮き彫りにすることは、彼女の最も根幹的で深淵な部分に触れることでもある。

アメリカ文学において、神という認識不可能な存在と直面することによって発せられる「暗黒の力」を指摘したのは、ナサニエル・ホーソーン (Nathaniel Hawthorne) に潜む深い闇、「人間の生得の堕落や原罪への想いから発せられる神秘的な暗黒の力」(Melville 243) に驚嘆したハーマン・メルヴィルだった。この批評的文脈から、オコナーと同時代のアメリカ作家ジョン・ホークスが彼女とナサニエル・ウエストの近似性に触れつつ、悪魔的形象を描く彼ら独自の作家としての態度を、“black” という記号で表わしていることは当然の帰結である (95)。モリスンは、「ハーマン・メルヴィルが『暗黒の力』と呼んだものと無関係なロマンスは存在しない。〔……〕芸術家と彼らを生み出した社会が、自身の内面の葛藤を『空虚な暗闇』に、つまり都合よく束縛され暴力的に沈黙を強いられている黒人の身体に肩代わりさせる方法こそ、アメリカ文学の主要なテーマである」(37–38)として、アメリカ文学における「暗黒の力」、「空虚な暗闇」が、白人にとって恐怖の対象である黒人の表象と結び付きやすい状況を指摘している。そのことと、「私はホーソーンが『ロマンス』と呼んだものを書いていることを認めるだろう。もちろん、それはロマンティックな心性とは無関係なものであるが。〔……〕どのアメリカ作家よりも彼に近似性を感じる」(*HB* 457)というオコナー自身の発言を考慮するなら、彼女がホーソーン的な「暗黒の力」を想定しながら人間の原罪を描写するとき、どのように人種的表象を構築したかを考察することは、オコナー文学における「主要なテーマ」となろう。

本章においては、特に人種的問題を内に孕む短編、「作り物の黒人」と「高く昇って一点へ」の二つを取り上げ、オコナーにとっての不可解な人種的黒さと彼女が最終的に描き出す神の恩寵との一構図を投射する。その過程でとりわけ着目したいのは、オコナーの終末論的意識と不可解な黒さとの関連性である。エドワード・ケスラーは、オコナーが不可解な終末を認識可能なものとして提示せず、「あたかも」("as if")[1]という曖昧なレトリックによって表象しようとしていることに着目するが、本章においてはケスラーが注目した終末とレトリカルな言語構造の結合に留意するだけではなく、物語の終わりがどのように人種的構図、言い換えれば身体が発する色の表象に裏書きされているのか、という問題も併せて検証する。本章で扱う二つの短編は、単なる表層的な人種的問題を描写しているのではなく、不可解な黒さを媒介にして、認識不能な神の啓示の道筋を照射している。と同時に、この二つの物語は黒人の表象を扱いながら、その結末において決定的な違いを持っている。それは神の啓示として、一方において死が描写されているのに対し、他方においては罪の赦しが叙述されていることである。二つの物語に表象されている黒さの差異が、いかにこの終わりの差異を形成しているのかを問うことが、本章の目指すところである。

◉黒さと神の恩寵

「作り物の黒人」は祖父と孫、「高く昇って一点へ」は母と息子の関係をそれぞれ描いた作品である。白人の血縁関係を基盤にした二つの短編に共通するプロットは一方が他方に対し黒人について啓蒙するが、知識をひけらかしていた当の本人が自らの浅薄さを実感し、神の啓示を受けることである。最初に少し長いが、両作品の末尾の一部を引用する。

「待って、待って!」ジュリアンは泣いて飛び上がり、前方遠くにある光の一群に助けを求めて走り始めた。〔……〕彼が速く走るほど光は遠くに漂っていき、彼の足はあたかも彼をどこにも連れて行かないかのように、感覚が麻痺していた。暗闇の潮は彼を母親のもとに戻しているようであり、刻一刻と彼が罪と悲しみの世界に入るのを遅らせているようだった。(CS 420)

ヘッド氏とネルソンが列車から降りたとき、セージの草地が銀の陰の中でやさしく揺れ動き、足元にあるクリンカーの石は明るい黒い光を放ちながら輝いていた。庭の壁のように連絡駅を囲む木の梢(こずえ)は空より暗くて、提灯(ちょうちん)のように輝く大きな白い雲がかかっていた。〔……〕ヘッド氏は、心の中にアダムの罪を思い描いた始まりのときから、かわいそうなネルソンを否定した現在のときまでの罪が赦されたことを悟った。あまりに不気味なので自分の罪ではない、と言えるようなものはないことを彼は知り、許してくれる分だけ神は愛し給うがゆえに、彼はこの瞬間天国に入ることができるのを感じた。(CS 269–270)

先に引用した「高く昇って一点へ」の結末に至るまで、次のような物語の経緯がある。主人公のジュリアン(Julian)が母親をYMCAに連れて行く途中、彼の母親はバスの中で出会った黒人の子供に一セントを渡そうとするが、その行為に憤怒した子供の母親が彼女を赤いハンドバッグで叩き付ける。母親は地面に座り込み、それを見ていたジュリアンが彼女にその行為の偽善性を説くが、彼女は息子に今まで見せたことのない一瞥を投げかけ死んでしまい、その瞬間自らの安易な道徳心を自覚したジュリアンの狼狽した様子が引用箇所で描かれている。

後に引用した「作り物の黒人」の大まかな粗筋は以下のとおりである。ヘッド氏は孫のネルソンをアトランタに列車で連れて行き、そこに住む黒人の実体を見せることで彼の無知を知らしめようとするが、途中、街の中で道に迷ってしまい、ネルソンは一人の女性と衝突しけがをさせてしまう失態を演じる。彼は、頼りにしている祖父に助けを求めるが、事の顛末に困ったヘッド氏は思わずネルソンを見たことがないと言い、その状況から逃れようとする。二人の間に出来た癒し難い溝を抱えながら、両者は帰りの列車に乗るため駅へ向かって街の中を歩くが、とある家の前に置かれた作り物の黒人の石膏像を見て、両者の不和は溶かされていく。そして家に帰る列車の連絡駅を降りたとき、月光に照らされながらヘッド氏は自身の罪深さを実感し、神の恩寵が彼を包んでいる様子が引用において叙述されている。

この二つの文章が相互に照らし出されるときに生じる決定的な差異は、物語の主人公であるヘッド氏とジュリアンの両者が自らの罪を自覚した後、神の救済の世界へと足を踏み入れているか否かにある。ジュリアンは母の死を通して神の恩寵を求め、「前方遠くにある光の一群」に駆け出そうとしてはいるが、彼は「罪と悲しみの世界」には入りきれていない一方、「作り物の黒人」において、ヘッド氏は「心の中にアダムの罪を抱き」、そして「その瞬間天国に入る」ことを実感する。

ただし注目すべき点として、二つの物語の終わりにおいて顕示されるのは神の恩寵の有無のみではない。そこで表象される黒の様相は、両者の差異を形成する要素として大きく神の啓示と連動する。具体的な例証として、「作り物の黒人」の終わりでヘッド氏を包み込む月の光の色彩に着目する。月光は作品の冒頭部分においても映し出され、この物語が進行する時間を暗示し、さらには創造主から降り注ぐ恩恵の光を連想させる。そのことを考慮するなら、引用部分における月光が「黒い光を放ちながら輝いている」として、黒との混合において照らし出されていることは重要であろう。つまり、月光が黒との調和において演出されていること、そして「空よりも黒い樹木の梢」がヘッド氏とネルソンが立っている連絡駅を包み込み、その場面をより一層神々しいものにしていること。さらには、黒に対する白の配置を考えるなら、「空には提灯のような大きな白い雲が浮かんで」

おり、黒い光と共に描写されていること。つまり、この物語の結尾は、ヘッド氏が自らの原罪、いわば自身の「空虚な暗闇」を自覚し神の赦しを得たことで、黒はすでに「不可解な黒さ」を表象しておらず、その対照的な白き色と共に月の光の下で神の恩寵の風景を醸し出している。

一方、「高く昇って一点へ」の末尾においては「作り物の黒人」のような調和の世界は演出されていないし、色の使用法も異なっている。ジュリアンは神の恩恵を感じる光の中に存在していないのみならず、彼が前方の光へと走って行こうとすると、「暗闇の潮」が彼を遮り押し戻そうとする。この「闇」は、原罪を暗示する「空虚な暗闇」、さらにはジュリアンが理解しようと努めた黒い人種から発せられる不可解な黒さを連想させるものであるが、「作り物の黒人」においてこの黒さが月の光と共に調和の世界を形成していたのに反し、「高く昇って一点へ」においては黒と光が逆方向のベクトルに働き、ジュリアンをどこへも運んで行かないよう停止、もしくは分裂させている。

この二つの作品が取り扱う不可解な黒という色彩から生まれる力が、テキストの終わりの意識、言い換えれば神の啓示と大きく関わっていることは明白である。だが、終結部分において、死と赦し、もしくは調和と分裂という両極性を演出する際に、このような黒さの配置法を生み出す要因はどこにあるのだろうか。

◉本物の黒人と作り物の黒人

フランク・カーモードは、その著作『終わりの意識』(*The Sense of an Ending*, 1967)において文学テキストにおける黙示録的な終末意識を検証した批評家であるが、とりわけ彼が注目したのは、終末という想像された虚構(as)により、人間の生きる時間の調和が形成されるということであった。カーモードは、「中間時に生きる人間は終末を設けることによって、始原および中間との満足のゆく調和を可能にする首尾一貫したパターンを構築することに相当の想像力を投入する」(17)と述べ、決して現実(is)と一致することのない終末という虚構が、単に過ぎ行く時間であるクロノス(*chronos*)ではなく、始まりと中間と終わりを調和し、意味に満ちた一時点、カイロス(*kairos*)を作り上げると指摘した。そして、「虚構は、その虚構性が意識されていないと常に神話に堕落するおそれがある」(39)とし、虚構という常に変化を要求する想像力がなくなれば、終末の意識は不変不動の空虚な神話に退化すると述べる。[2] カーモードは、中間時に生きる人間にとって不可解な終末が虚構として形成されることにより、時間を調和する至福に満ちた一時点を創造(想像)することを説いたのである。

それではこの虚構は、不可解な黒さとどのように交錯しているのだろうか。主人公たちが把握していると思っていた黒人が、神の啓示を彼らの中に浮上させる装置として働くのだが、実際それと遭遇する箇所をみてみると、現実(is)の黒人と架空(as)の黒人という二種類の黒人をオコナーが描いていることは注目に値する。「高く昇って一点へ」におけるその場面は、ジュリアンの母親が彼女の人種的優越感から、バスの中で出会った黒人の子供に一セントを渡そうとし、それを見た子供の母親がジュリアンの母親を叩き付けるところである――「体の大きなその女は振り向き一瞬そこに立ちすくみ、肩を挙げ、顔は苛立った怒りで凍り付き、ジュリアンの母親を睨みつけた。〔……〕ジュリアンは黒い拳が赤いハンドバッグとともに振り落とされるのを見た(CS 418、傍線は筆者)。

ここで描かれていることは、（一）現実の黒人の母親がジュリアンの母親の人種的偽善に対し怒りをあらわにしていること、（二）その憤怒により赤という怒りを想像させる色と交じり合いながら、神の拳とも言うべき「黒い拳」が彼女に振り落とされていること、そして、（三）ここでは黒と対極にあり、主人公の人種の色でもある白の入る余地などどこにもないことを理解することができる。つまりこの場面において、ジュリアンは現実の黒人と対峙することにより不可解な黒さと直接的に向き合い、その結果、モリスンが指摘したように、ジュリアンが表象する白さは「沈黙し、凍ったもの」とならざるを得ない。

一方、「作り物の黒人」では、孫との関係を否定したヘッド氏が罪の意識を感じながら、街の郊外にある家の前で黒人の像に遭遇する場面において神の啓示が現われる。

> ヘッド氏は手の届くところに黒人の石膏の像が置いてあるのを見た。〔……〕その片方の目は完全な白で、茶色に変色したスイカを持っていた。〔……〕ヘッド氏とネルソンは立ったままその黒人の像を見ていた、あたかも何か偉大な秘義に対峙するかのように、あたかも敗北において二人を結び付けた誰かの勝利を称える記念碑と対峙するかのように。二人はその黒人の像が神の恵みのように二人の不和を溶かしてくれるのを感じた。〔……〕
>
> ヘッド氏は次のように言った――この辺りには本物の黒人がいないんだ、だから作り物の黒人を置かなければならないんだ。（CS 268–269）

先ほどの「高く昇って一点へ」との対比で考えるなら、ここにおいては黒人の像が発する黒さは怒りではなく赦しを表出しており、さらにヘッド氏とネルソンの不和を溶かし去る黒い装置は、タイトルにもなっているように現実の黒人ではなく作り物の黒人の像である。その存在理由として、「本物の黒人がたくさんいないから、作り物を置くようになった」というヘッド氏の表現が示すように、本物(real)が存在しないことで代わりに虚構の黒人を創造(想像)し、この付近の人は不可解な黒さに接する。ここで、ヘッド氏とネルソンは、今まで経験してきた不可解な黒さをジュリアンのように直接「リアル」に体感するのではなく、黒人の像によって、言い換えれば虚構という緩和剤を通してそれに接し、そして互いを分裂させる罪を中和する。無論このことは、モリスンが指摘する不可解な黒さを正しく認識することではない。オコナーは、認識不可能な終末を虚構として構築するように、この不可解な黒さを虚構として、言い換えれば擬似的に表象する。二人の前に存在しているのは、単なる石膏という物質の黒人像に過ぎない。しかし "as if" という虚構作用によって、この物質は彼らにとってリアルな「偉大な神秘」に仕立て上げられていく。[3]「小説家はもはや世界の中に均衡を見出し、それをそのまま写し出すことができないため、自分で均衡を作り出さなければならない」(*MM* 117) というオコナーの言葉と共鳴するように、彼らは不可解な黒さに対し石膏の像という間接物を介することで、「黒い拳」を回避し互いの間に和解の世界を形成していくのだ。第二章で論じたように、オコナーが描く秘義において現実的存在がどれほど重要であったかを思い起こすなら、虚構を介して不可解な黒さに近接し、結果として神の恩寵が浮上するという文学的技法は、オコナーにとって黒人の文学的／宗教的表象がいかに難題であったかを改めて示すものでもある。

赦しという観点からこの場面を概観すれば、神の恩寵を浮上させる黒い像が他の色と呼応しながら形成されていることは、憤怒が表象されていた「高く昇って一点へ」との比較においてより象徴的である。「高く昇って一点へ」において、神の啓示と共に不可解な黒さを表出する「黒い拳」に握られていたのは「赤いハンドバッグ」だったが、「作り物の黒人」において黒人の像の手には、赤ならぬ茶色の西瓜が存在する。茶色は、この物語の前半部分において登場した紳士的な黒人の皮膚の色と重なり合うが、この色が「高く昇って一点へ」のように赤と結び付くことはなく、怒りを内包した赤が腐食・消失した赦しの色としても読み取れる。また、黒と対極をなす白は、この黒い像の片方の目に配置されており、その顔には黒と白の二色の目が織り成されている。つまりこの石膏像は、ヘッド氏とネルソンの調和を演出すると同時に、黒と白とが織り成す色彩と共に怒りではなく赦しの世界を形成しているのだ。

「高く昇って一点へ」の終わりにおいてジュリアンを遮った「暗闇の潮」は、しかしながら、ヘッド氏とネルソンが街を右往左往する間、その背後に忍び寄っていた。ヘッド氏がネルソンの無知を知らしめるべく街の下水溝の説明をするとき、彼はネルソンに「どのように人が下水溝の中に入り、終わりのない暗闇のトンネル（"endless pitchblack tunnels"）へと吸い込まれていくか」についての話を聞かせ、ネルソンは、「下水の通路を地獄の入口と結び付けるようになる」（CS 259）。この「終わりのない闇のトンネル」というメタファーは、ネルソンが女性と衝突した場面において彼との関係を否定するという罪を犯したヘッド氏にとって、かつて目の前に見えていた街路が「うつろな、ンネル」("a hollow tunnel" CS 265)に変容することを考えれば、これが原罪を暗示するメタファーであることは明らかである。だが、この表現は現実の黒人と対峙するときにも浮上する。二人が街の中で道に迷いはじめたとき、ネルソンはとある大柄な黒人女性に道を尋ねようとする。街の真ん中に戻るにはどうしたらよいかと尋ねるネルソンに対し、「あんたのいるところが街の真ん中さ」と簡単にからかわれてしまうのであるが、このときネルソンはこの女性に対して次のようなことを考える。

> 彼女が彼のことをからかっているのは分かったが、体が麻痺して顔をしかめることもできなかった。〔……〕突然彼は彼女が手を伸ばし彼を持ち上げ、体を引き寄せてくれるのを願い、そして顔に彼女の息を感じたいと思った。彼女が彼をきつく抱いている間、彼女の目の中を深く覗みこみたいと思った。このような感じは今までになかった。彼はまるで暗闇のトンネル("a pitchblack tunnel")をよろめいて通っていく感覚を覚えた。(CS 262)

二人が現実の黒人と接触することは、「終わりのない闇のトンネル」、つまり「地獄の入口」のなかを通っていくようなものであり、安易に黒人と接しようとする行動が、二人にとっていかに危険なものであるかが示されている。と同時に、二人にとって黒人という存在が、人間の根源に潜む原罪同様に、決して表象することができない不可解な存在であることをこのトンネルのメタファーは暗示しているのだ。本物の黒人の前では無力な存在であり、タイトルにも表わされている「作り物」

によって真の黒人を知ったような気になり和解してしまう滑稽な二人ではあるが、このパロディ的存在の彼らにも、いや不可解な黒さに対して何も為すことができずパロディ的存在とならざるを得ない彼らだからこそ、「終わりのない（"endless"）闇のトンネル」から、神の恩寵に満ちた終わり（"end"）への道が照射されるのである。

「作り物の黒人」は虚構という媒介を設置しながら終わりを迎える物語であるが、「高く昇って一点へ」においてジュリアンと彼の母親は、不用意にこの不可解な黒さに対して優越感を持ちながら接触することで、その闇に呑み込まれてしまった。それは、不可解な黒さをジュリアンが正しく認識できると思い込んだこと、つまり彼にとって都合のいい神話に仕立て上げたことへの代償でもあった。

◉贖罪の時間、虚構、現実

以上、二つの物語における神の啓示の差異を浮上させる要素として、主人公たちが知ろうと努めた不可解な黒さが関与していること、その黒さを現実としてあるいは虚構として体験することが、その差異の分岐点であることを我々は概観した。そして物語を規定する虚構の装置は、二つの物語が進行する時間、つまり、不可解な黒さと接しながら終わりを迎える速度とも大きく関連している。物語のメタレヴェルで働く時間は、「高く昇って一点へ」においてはジュリアンと彼の母親が夕刻家を出てバスを降りるまでであり、非常に短い。一方「作り物の黒人」は、沈み行く月から再び月が昇るまでの一日を紆余曲折しながら時間が進むのである。そのことは物語のミクロのレヴェルにも反響している。

アトランタに向かう早朝にヘッド氏がネルソンに向けて発した最初の言葉、「急ぐことはない」(CS 251)が示す如く、「作り物の黒人」は「高く昇って一点へ」に比べてゆっくりとした速度で進行するが、特に二人が道に迷い円を描きながら街を右往左往する様は、物語の速度を示す象徴的行為である。(4) だが、この物語の中でも速度が急に変化する瞬間がある。ヘッド氏は、ネルソンが歩きつかれ道端で眠り出したとき、彼の今までの傲慢さを知らしめるべく身を隠すが、目を覚ましてヘッド氏がいないことに驚いたネルソンは、「暴れ馬のように通りを走っていく」(CS 264)行動をとる。このネルソンの狂走が、女性と衝突し彼女にけがを負わせる事件を生じさせるが、そのときヘッド氏がネルソンとの関係を否定する罪を犯したことを考慮するなら、走るという時間の加速化は物語において致命的な失敗と結び付く可能性を暗示する。

その致命的な加速化は「高く昇って一点へ」のさまざまな箇所に散りばめられ、ジュリアンの母親が気に入っている「ローマは一日にしてならず」(CS 406)という格言とは裏腹に、この物語の急激な時間の速度を規定し、特に物語の最後の局面において効果的に演出される。まずジュリアンの母親が黒人の子供にお金を渡すとき、彼女は急いで進む("hurried" CS 418)。そしてジュリアンが、なぜ黒人の母親が彼の母親に対してあのような行為をしたのかという説明をするとき、彼女は「向こう見ずに別の方向に歩き始めた」(CS 419)のである。急激な時間の流れは、神の贖罪はゆるやかな時間の中で行なわれるというオコナーの信念(5)に対立し、調和ではなく分裂の世界を引き起こす要因となる。虚構を介することなく「高く昇って一点へ」は「向こう見ずに」この黒さに近づき、その結果ジュリアンは作品の冒頭部分での預言どおり、聖セバスチャンのように神の啓示により矢を貫かれることになる。(*CS* 405)。それは、「黒人を理解することができず、物語において彼らは外部から見られる」という本章において引用したオコナーの言葉とは裏腹に、直接表象することができないものに対して、性急にその内部に入ろうとしたことへの結末であった。

ロシアの思想家ニコライ・ベルジャーエフ (Nicolas Berdyaev) は、「終末は単に世界の破滅であり、審判であるばかりでなく世界を照らすこと、世界を変容することでもあり、いわば創造の続行であり、新しい年紀へ歩み入ることでもある」(251) と述べ、終末における世界の復活と再受肉化の顕在を指摘した。虚構を介することなく終末を迎える「高く昇って一点へ」において、ジュリアンは母親とともに家に戻ることはできないし、ましてや世界の新たな変容は表出されていない。一方、「作り物の黒人」はその末尾の場面が示すように、物語の始まり同様、月が再生の光を世界の上に照らし、そして新たな時間が刻まれ始める。[6]

オコナー自身が最も気に入っている作品の一つと公言する (*HB* 209)「作り物の黒人」は、「高く昇って一点へ」との対比で考察するなら虚構という装置を用いることにより不可解な黒さという他者性を安易に神話化せず、理解できない他者のままテキスト上に受肉化することに成功した。[7]黒人を神と並置するというロマンティックな考えはオコナーになかったのは間違いない。また、彼女が二つの作品を執筆していた一九五〇年代は公民権運動が激化していった時代でもあり、序章で述べたように文学の政治化を忌避していたオコナーだが、文学は政治的事象に対して何ができるかという問題をまったく顧みないほど、作家としての感受性が欠けていたとは思えない。虚構とは文学の本質だが、信仰深いオコナーにとって文学の精髄とは、理解しようと願って止まない対象を描きつつも、それとどこか合致しない、歯がゆくも自らの無力と向き合わざるを得ないところにあるのかもしれない。重ねて言うなら、虚構は理解できない他者を自身の範疇に入れないがゆえに倫理的であり、作り物の黒人を媒介にしてヘッド氏は謙虚と赦しの感覚を覚える。その一方で、虚構はたとえリアルな感覚を作り出しても結局のところ現実ではないし、現実が持つ力に対処することもできない。ゆえに、正面切って人種問題を取り上げることをどこか避けていたオコナーも、「作り物の黒人」に対応する形で、現実の黒人との対峙を現実的に描かざるを得なかったと思われる。「高く昇って一点へ」と「作り物の黒人」は、その結末こそ違うが、オコナーの中では表裏一体の関係の作品と考えていいだろう。[8]

モリスンの『白さと想像力』を再び紐解いてみると、その末尾で彼女は、白きアメリカ文学を描く過程で黒人の表象を盛り込まざるを得なかったテキストに、「ニスを塗ってなめらかにし、その複雑さと、力と、光を、緊密で反射する表面の下に固定することは残念である」(91)と述べている。[9] その不可解な黒さが放つ「複雑さと、力と、光」、それらを神の啓示と結び付けながら、オコナーは決して「緊密で反射する表面の下に固定すること」なく、一方においては虚構による調和を、他方においては現実と対峙することによる分裂を描きながら、テキスト上に表出させた。モリスンが指摘した不可解な黒さからの光、それは「高く昇って一点へ」においてはジュリアンが追い求めようとした光であり、「作り物の黒人」においてはヘッド氏を包み込んだ月の光に反映されている。だが、それらの光が同じ源から発せられていることを読者は忘れるべきではないだろう。

◉注

（1）エドワード・ケスラーの特に "Making an End" の章、113–152を参照されたい。また、デイヴィッド・メイヤー (David Mayer) は、「オコナーは名付けられぬ体験との関連において "as if" を使用する」と指摘する (147)。

（2）ケスラーは、"as if" の作用によって働く「メタファーが陳腐な決まり文句や概念に固定化したとき、それはもはや新しい意識を発展させる力を保持しない」としてカーモードと同様の意見を提出する (Kessler 9)。

（3）メイヤーは、「"as if" が群がるところに何らかのアクションが起こる」とし、『かのようにの哲学』(*The Philosophy of "As If,"* 1911) の著者、ハンス・ヴァイヒンガー (Hans Vaihinger) の "as if" の差異として、「オコナーが "as if" の節を偽り (false) と考えておらず、リアルなものとして表象しようとしていた」と指摘している (Mayer 155, 157)。オコナーの "as if" の使用法とその効果（特に "as if" が指し示す unreal なものから real なものへの変容）については、メイヤーの "Like Getting Ticks Off a Dog" の章、139–160において詳しく論じられている。

（4）ケスラーは、「オコナーが一直線的な時間を避けようとし、彼女の作品において上昇しつつ循環するイメージは終末の詩情 (a poetry of apocalypse) を指し示している」と指摘する (141)。

（5）この点についてオコナーは、センティメンタリティとは堕罪によって失われた無垢を安直かつ急激に取り戻そうとする結果であり、現代において無垢な状態に回帰するためにはキリストの死と、我々のそれへの緩やかな参加 (slow participation) によってもたらされる贖罪が行なわれなければならないことを説く(*MM* 148)。

(6)その新たな再生を裏書きするように、ジュリアンと彼の母親が乗ったバスが再び彼らの家の元へと戻ることはないが、ヘッド氏とネルソンをアトランタまで乗せて行った列車は、物語の冒頭における月の光が終わりにおいても再び照らし出されるように、最後に彼らを故郷の町の駅まで連れ帰してくれる。

(7)キャサリン・プラウンは、オコナーがジョン・クロウ・ランサムやアレン・テイトに代表される農本主義グループの文芸批評の戦略——十九世紀の感傷的な女性性と黒人を他者(Other)として排除すること——を忠実に守っているとして批判し、「作り物の黒人」においてオコナーは黒人を、ヘッド氏とネルソンを結び付け、二人に贖罪への道を進ませるための手段としてしか使っていないと糾弾する(Prown 72–73)。しかし、オコナーがこの物語において黒人を支配可能な他者として考えていないことは、「『作り物の黒人』には、私〔オコナー〕自身が理解している以上のことが含まれている」(*HB* 140)という言明から推測できる。

(8)「高く昇って一点へ」の文学的/政治的可能性は第九章で論じる。

(9)作品の原題 "The Artificial Nigger" は、人種差別の言葉 "Nigger" を含むがゆえに当然のことながら問題となった。ジョン・クロウ・ランサムもオコナーに、時代的に人種問題が緊迫しており、読者の感情を傷つけないためにもこのタイトルは変えた方がいい、という趣旨の助言を与えている(*Conversations with Flannery O'Connor* 21)。だが彼女はそれに応じなかった。このエピソードは、引用したモリスンの批評が示すように、オコナーが複雑で豊かな黒の表象にニスを塗って滑らかにしなかったことの証左となっているかもしれない。

第六章　故郷、煉獄、飛翔
――「永く続く悪寒」における神の降臨と時間の詩学

◉煉獄という過程

大江健三郎の作品において、しばしばオコナーの名前が言及されるが、たとえば『人生の親戚』（一九八九）では障害のある子供を巡り、以下のようにオコナーの考えに触れる一節がある。

私たちには、障害を持っている子供の無垢（イノセンス）にすがりついて、頼りにしている、というところがあるでしょう？　無垢（イノセンス）は強調されすぎると、その反対の極のものになる、とオコナーはいってるわ。もともと、私たちは無垢（イノセンス）を失っているのに。キリストの罪の贖い（リダンプション）をつうじて、一挙にじゃなく、ゆるゆると時間をかけて、私たちは無垢（イノセンス）に戻るのだとも、彼女はいっているわ。現実での過程をとばして、安易にニセの無垢（イノセンス）に戻ることが、つまりsentimentalityだというわけね。（四四）

ここで大江が引用するオコナーの神学的思想の核は三つ、一つは「無垢は強調されすぎると、その反対の極のものになる」こと、もう一つは、「イノセンスの喪失はキリストの贖罪により償われる」ことである。そして、最後の一つとして、大江はオコナーの神学に内在する時間の詩学を提示する――イノセンスの喪失は一挙にではなくゆっくりとした時間の流れの中で償われ、必ずあるべき「過程」を経るということであり、それを経由しなければ「安易にニセの無垢に戻るというセンティメンタリティ」に陥るのだ、と。オコナー文学のベクトルは、常に神による贖罪と恩寵の方向にその矛先(ほこさき)が向けられているが、それをあまりにも早急に求めすぎるならば、逆にその鋭い刃に貫かれる結末になることを大江の文章は暗示している。

大江が参照したオコナーの神学的概念は、彼女の評論集、『秘義と習俗』に書かれているものである。この評論集は、彼女の文学の真髄を知る上できわめて重要なものであるが、現代作家を取り囲む状況を批判する際に、ダンテ (Dante Alighieri) を引用しつつ煉獄の存在意義について触れている箇所がある。オコナーは言う――ダンテが生きた十三世紀は、「地獄・煉獄・天国」と三つにバランスよく分けられた時代であるが、現代は、そのようなバランスが崩れ去ってしまった時代である。彼の時代はキリスト教への揺るぎ無い信仰がそのバランスを維持することを可能にしたが、現代は事実も価値も疑われ、信念が瞬時にふらふら動く時代だから、と彼女はその喪失の理由を説明する。その「信念がふらふらと動く」現代は、地獄・煉獄・天国の境界を曖昧にし、さらには、これらの領域を区分する価値観が簡単に反転する時代でもある。敷衍して言えば、それは、「即座に」

まがいの地獄かまがいの無垢のどちらかを欲する時代であり、安易な宗教的センティメンタリズムに陥りやすい時代でもある(*MM* 48–49)。

しかし、より重要な問題は、オコナーが現代について論じる際になぜダンテを引き合いに出すのか、という点である。ジャック・ル・ゴッフ(Jacques Le Goff)が指摘するように、キリスト教におけるダンテの重要性は『神曲』における煉獄の確立にある。オコナーがダンテの名前を挙げるのは、バランスが崩れた現代において、天国と地獄の中間領域であり神の国に至る「過程」である煉獄の意識が喪失しているからであろう。魂の浄化を引き起こす「煉獄」という駅に停車せず、神の恩寵に「即座に」あやかろうとするのが、オコナーの言う現代のセンティメンタルな「感受性」ではなかろうか。この問いは、物語の結末において主人公が神の国へ上昇したのか、あるいは地獄へ落ちたのかを裁断しようとする、オコナー文学批評の傾向からも窺い知ることができる。[1] しかし、急激な魂の上下運動だけではなく、ダンテの『煉獄篇』に表わされているような、地獄から天国、俗から聖への移行の中間領域でふと立ち止まるのもオコナー文学の魅力の一つなのだ。第一章で指摘したように、二つの世界の中間領域にある「複雑性」("cat's cradle" Di Renzo 15)を等閑視し、神聖/冒瀆、聖/俗、天国/地獄の二分法のどちらか一方を選び取ることに奔走することは、すぐさまお手軽にまがいの地獄に落ちたり、まがいの純真さを手に入れたいとする宗教的センティメンタリズムに帰結するであろう。

本章においては、オコナーの「永く続く悪寒」("The Enduring Chill," 1958)を中心に、彼女の文学における煉獄の表象を時間と空間の問題と併せて考察する。タイトルの「永続する」という形容詞が指し示す時間の詩学は、「即座に」神の恩寵を手に入れようとする人間への警鐘であり、同時に、煉獄から神の国への越境の困難さを示している。ただしこの警鐘は、作品の主人公、アズベリー・ポーター・フォックス (Asbury Porter Fox) だけにあてはまるものではない。アズベリー同様、南部世界からの離脱と芸術家が集う北部の都市での生活を望みながら、二十五歳のときに父親から遺伝した病、紅斑性狼瘡を罹ったがゆえに故郷のジョージア州ミレッジヴィル (Milledgeville) に帰郷し、息を引き取るまでそこで暮らしたオコナー自身にもあてはまることである。もし小説を書くという行為が、彼女にとって「魂の救済の希望」(*MM* 78) であるならば、この作品は主人公をパロディカルに描くことで――いや、パロディカルに描くからこそ――オコナー自身の罪を描きながら、その救済のときを待つ彼女の心情を表出する。そして、その時間の詩学は、ピエール・テイヤール・ド・シャルダンの神学を文学に受肉するオコナーの秘義の一端を我々に垣間見せることになる。

◉境界侵犯への憧れ、あるいは煉獄からの離脱

オコナーの登場人物が神の啓示を受けるのは、多くの場合、風景の中に比喩的に設定された境界を超える瞬間、あたかも神の国への螺旋(らせん)階段を昇るように、此岸から彼岸に上昇する瞬間である。たとえば、「啓示」の末尾では、人種に対する自らの浅薄な偽善を自覚した主人公が、現前に広がる風景の中に、魂が浄化され天に昇る様を見て取っている。そこでは、地上の風景を超越するかのように上昇する神の国への橋、その橋の周りの燃えさかる火の野原、そして神を賛美するハレルヤの合唱が描写されている (*CS* 508–509)。この場面の読解において、橋は煉獄を構成する要素とし

て頻出するものであること (Le Goff 34–35)、火は魂の浄化を促すものとして煉獄の必要不可欠な要素であることが想起され、さらに「ハレルヤのコーラス」からは、ベアトリーチェと対面したときダンテの聞いた喇叭(らっぱ)の響きとハレルヤの歌声(『煉獄篇』三〇・一三–一五)が連想される。つまり、「啓示」のクライマックスが描く神の啓示とは、煉獄から天国への越境である。

神の国への境界を越えること、それはオコナーが言語を通して受肉しようとする刹那であり、そのため、彼女の多くの作品には「啓示」のような、越境の風景と神の啓示や恩寵が重なる瞬間が描かれる。(2) しかし、「永く続く悪寒」は例外的に、その趣がいささか異なることに我々は気づかなくてはならない。オコナーの作品の多くが、神の恩寵や啓示が降臨したことをそのクライマックスにおいて描くのに対し、この物語のクライマックスは、それが降臨し続ける ("continued to descend" CS 382) 瞬間を描いているからである。

「永く続く悪寒」は、作家を目指しながらその才能がないため挫折した主人公のアズベリー・フォックスが、不治の病に罹ったと思い込み、ニューヨークから故郷の南部の町、ティンバーボロ (Timberboro) に電車で戻って来た場面でその幕を開ける。彼は故郷に療養のため仕方なく戻って来たが、そこは芸術の土壌がない不毛の地だと考える。ニューヨークでの日々を思い出しながら母親のフォックス夫人 (Mrs. Fox) の世話になるアズベリーは、彼女を芸術の素養のない田舎者としか見なさない。そのような母親の息子ゆえに自分には芸術の才能がないと彼は考えるようになり、母親に復讐するため、そして彼女の無知を知らしめるため、彼女を培ってきた南部の習俗を崩そうとする。その一方で、彼は病床の中、部屋の天井についた雨漏りの染みを見ながら、自身に降りかかる死の足音を感じていた。鳥をイメージさせるその染みはアズベリーが小さい頃からそこにあり、くちばしが氷柱（つらら）の形をしている。それが動き出して頭に氷柱を落とすという幻想に子供の頃苛まれたことを思い出しながら、それを見つめる人生もあとわずかだと考えていた。彼は自分が死んだ後に母親に読んでもらうため、一通の長い手紙を残そうとしていた。そこには、自身の芸術への渇望とそれを実現する能力の欠如、さらには、そのような不能な自分を生み落とした母親への恨みが綿々と書き記されており、彼は死が近いと確信したとき、その手紙が入った机の引き出しの鍵を彼女に渡す。しかし、結末部分で、母親は主治医のブロック医師と部屋に入り、彼の病が死に至るものではないことを告げる。その後すぐに、天井にあった鳥が動き始めると同時にアズベリーは悪寒を感じ始め、彼は鳥の降臨に抗うが、それが容赦なく彼に舞い下りてくる中、物語は終わる。

主人公のアズベリーの特質は、オコナーの登場人物に頻繁に見られるように、他者に対して自身の精神的優位を保とうとすることにあるが、注目すべきことは、彼が自身の芸術的価値観を基にさまざまなレヴェルでの越境を試みることにある。その一つが宗教の越境であり、もう一つが人種の越境である。彼はイエズス会の司祭が博学であると考え、そしてプロテスタントの母親の習俗を突き崩すことになるという理由から、カソリックに改宗しようとするわけでもないのに、再三にわたり母親に近くのイエズス会の司祭を連れてくるように頼み込む。それはもう一つの越境の希求にもあてはまる。アズベリーは酪農場の二人の黒人使用人、モーガン (Morgan) とランダル (Randall) に北部で涵養（かんよう）した擬似的な人種間融和の態度で接しようとする。それは彼が黒人の生活に理解を示し、人種間の垣根を取り払おうとしているのではなく、単に黒人とは一線を画す母親の南部的価値観を破壊しようとすることに他ならない。

　たとえ擬似的なものであれ、こうした越境を目指す行動は、彼にとって故郷の家とそれを取り巻く南部世界が息苦しい閉塞的な場所であることに起因する。その南部の閉塞的な空気がミクロのレヴェルで凝縮されているのが、彼の故郷の家である。彼が家に着いたとき、「たまらない」と拒絶反応を示し、それを受けて姉のメアリー・ジョージ・フォックス(Mary George Fox)が、「芸術家がガス室にご到着」(CS 363)と揶揄するその言葉は、図らずもアズベリーの置かれた状況——南部の閉塞感と迫り来つつある死の影——を言い当てている。このような閉塞感は煉獄の一つの特徴でもある。煉獄の誕生の基盤は空間への関心であるとしながら、ル・ゴッフは、家は幽閉の場所として煉獄の空間を表わすのに使用され、そして、神の恩寵が空間の膨張と結び付くことから、それを地獄・煉獄・天国という三段階の発展という形で示したのがダンテの『神曲』である、と指摘する(32)。実際、ティンバーボロに着いた冒頭において、アズベリーはすでに、レンガと木によって作られた一階建ての小屋に故郷の南部世界の閉鎖性を見ており、それが「異国の寺院の聳え立つ小塔」("the mounting turrets of some exotic temple")に変容するという幻視を通して、その世界からの超越を無意識に希求している(CS 357)。彼にとっては不本意な、北から南という水平的な運動に抗うかのように、そして南部の故郷という底辺から脱するかのように、物語の冒頭において、ニューヨークの摩天楼の如く下から上への垂直の運動を希求するのである。

　アズベリーの閉塞的な環境からの離脱の欲望は、死後に母親に読んでもらう手紙の中で、「広がる渦への旋回(イェイツ)」('whirling off into the widening gyre' (Yeats))(CS 364)と書かれたところに最も端的に表わされている。鷹などの鳥の比喩を駆使するこの手紙の中で書かれていることは、(一)「故郷の奴隷のような空気」("the slave's atmosphere of home")、「鳥籠、檻」("cage" "pen")といった言葉で表現される故郷の閉塞感、(二)ウィリアム・バトラー・イェイツ(William Butler Yeats)の詩に描かれているような、鳥となり南部の故郷から「環を描きながら飛翔」しようとする欲求、そして、(三)実際には「飛翔」する芸術の才能はなく、自身への落胆とそのような自分を生み出した母親への糾弾(*CS* 364)、である。若干間違って引用されたイェイツの詩の一節、「広がる渦への旋回」という言葉は、閉塞的な煉獄の山の環道を螺旋状に登り、最終的に拡張した("widening")天界に辿り着くダンテの如く、南部の煉獄から鳥となって環を描きながら上昇し、解放された楽園のニューヨークに羽ばたきたい、というアズベリーの願いが込められている。(3)

鳥となって南部から飛翔する夢は、小さい頃にアズベリーが天井の雨漏りでできた染みを鳥と見立てていたことにも窺える。しかし、この翱翔の願いを満たすだけの芸術的才能がアズベリーにはないゆえに、天井の鳥の形をした染みが実物の鳥となって旋回することはないまま、イメージとしてそこに固定され続ける。(4) テキストで言及されているイェイツの「再臨」("The Second Coming," 1919)の冒頭で書かれている、「広がっていく渦に乗って鷹は旋回していく/鷹には鷹匠の声は聞こえない」("Turning and turning in the widening gyre / The falcon cannot hear the falconer;" 76)という一節とは裏腹に、「ティンバーボロの鷹」(Giannone, *Flannery O'Connor and the Mystery of Love* 191)のアズベリーが、母親であり故郷である「鷹匠」から飛翔することはなかった。イェイツの鷹のように、鷹匠のもとから離れて芸術のカオスの中へと旋回することはなく(Giannone, *Flannery*

O'Connor and the Mystery of Love 191)、逆に芸術に翼をはぎ取られたかのようにその鷹は鷹匠の元に、つまり故郷のティンバーボロに落下してきたのである。その落下の原因を、アズベリーは自身の芸術的才能の欠如にではなく、生みの母親に背負わせようとする。手紙の中で母親に、「なぜ私の芸術への渇望を失くさなかったのか」(CS 364)と問いかけるとき、アズベリーは、なぜ芸術の素養のない自身をこの世に生み出したのか、ということも同時に問いている。そして、芸術の力によりこの閉塞的な環境から離脱できない以上、アズベリーは自らの死を芸術に仕えた代償と考え、死を故郷という牢獄から飛翔できる最後の救い、「最大の勝利」(CS 370)として捉え始める。死もまた越境の欲望である。

◉供犠、イメージ、飛翔

自らの芸術的才能と生命力に見切りをつけた虚無主義者、アズベリーが希求するのは、生の世界から死の世界への越境であり、そして神を信じていない彼は、神の啓示によってではなく、自らが信仰し下僕となった芸術という神("god")によって死("Death")がもたらされる瞬間を夢見る(CS 373–374)。彼が信奉する芸術を小文字の「神」と名付けていることには留意する必要があるが、その際重要なのは、その「神」が彼に贈り物として死を授けること、そして、その死が単に彼個人の死ではなく、何か大いなるものと結び付くかのように、"Death"と大文字で記載されていることである。死に対する彼の思いは、母親の南部の習俗(プロテスタント)を壊すためアズベリーに請われて家に来た「煉獄から遣わされたフィン神父(Father Finn)」(CS 375)とのやりとりに表出している。「煉獄界」のフィン神父がアズベリーに諭すのは、不滅の魂を得るには聖霊の降臨が必要であること、そして、聖霊を迎えいれるためには魂をキリスト教の神に捧げ、あるがままの自分自身と向き合わなければならないという教義である。それに対しアズベリーは聖霊の存在を否定し、自らの芸術の力であの世への旅立ちができることを主張する。その言葉を聞いたフィン神父は怒りに震えながら次のように問いかける。「お前の魂は永遠に地獄で苦しみたいのか？ 永遠に神から見放されたいのか？ お前は地獄の火や喪失の苦しみよりも遥かに辛い苦しみを味わいたいのか？ お前は永遠に喪失の苦しみを味わいたいのか？」（CS 377; 傍線は筆者）。この神父の質問攻めが、神を喪失することの苦しみを主張しているだけでなく、"enduring"という作品のタイトルと共鳴する"eternity"という言葉を繰り返し、その時間も強調していることは重要であろう。フィン神父が説く「永遠」という時間の詩学は、地獄での「永遠の劫火」と煉獄での「一時の劫火」の違い（『煉獄篇』二七・一二七）を彷彿とさせるが、永遠の神の喪失の苦しみとは、まさに神父が主張する「魂を地獄の苦しみに落とす」ことに他ならない。

大文字の死（"Death"）を摑み取るため、アズベリーは自らの死を価値あるものにしなければと躍起になり、死ぬ前に神聖なものの力ではなく自分の力で「最後に頂点に達するような（"culminating"）意味のある経験」（CS 378）を持ちたいと強く思うようになる。自身が芸術家という鷹になって旋回し「頂点に達する」のが不可能ならば、自らの死を芸術に供犠として捧げ、その代償として「頂点に達するような経験」を経て「死」を授かろうとする。ここにおいて彼は、天井の鳥は予知できない何かの目的のために存在するのではと考え、自身に極致の感覚をもたらす媒介者と捉え始める

(CS 378)。

我々はここで、経験と越境の関係を改めて考えなければならないだろう。フィリップ・ラクー＝ラバルトが指摘したように、「経験」とは危険を通過する越境を黙示している。この「危険を渡る」越境の瞬間こそが、オコナー文学にとって神の恩寵を得る瞬間に他ならないからこそ、彼女の主人公の多くがこの経験を「あるべき過程」として通過する。いわば現実世界が切り裂かれるような瞬間、たとえば「グリーンリーフ」のクライマックス――メイ夫人が雄牛により突き刺される供犠の瞬間――が想起される。第二章でも吟味したこの場面が提示するのは、雄牛がメイ夫人に向かって猛然と突っ込んでくるという加速化と、その角が彼女の心臓と脇腹を突き刺した後、彼女が別の世界に入り込んだかのような風景の変容である。供犠とは、二つの境界をまたがる距離（"distance"）を消滅させる「正統性が与えられた侵犯」（一二）である、というジャン＝リュック・ナンシー（Jean-Luc Nancy）の言葉を照らし合わせるなら、メイ夫人はその身体を供犠として差し出す代わりに、神の恩寵を通して現実世界から神の国へと通過していくことが了解される。荒々しい黒い雄牛が、「荒々しい黒い筋」(CS 333) と書かれているように、神の国への「橋渡し」として迫ってきたとき、彼女はあたかも距離の感覚がなくなった (CS 333) かのように感じるが、それは神の啓示の媒介者である雄牛とメイ夫人とを隔てる距離とその間の障害（罪）がなくなり、角が彼女を突き上げることで、「世俗のものを聖なるものへと止揚」（ナンシー 一三）させるのである。

その一方でオコナー文学には、第五章で分析したように、早急な供犠・越境を認めない力学も存在している。「グリーンリーフ」のメイ夫人の供犠と照合するとき、最終的にアズベリーが切望した死の供犠は「永続して」("enduring") 引き延ばされる。物語のクライマックスでアズベリーに訪れるのは、「悪寒の始まり、とても独特で、ほんの少しだけ感じたので、それは深く冷たい海に寄せる温かいさざ波のよう」であり、そこでは、天井の鳥がアズベリーの冒瀆した「聖霊」となって降臨したこと、さらにそれが浄化を促す火ではなく氷 ("the Holy Ghost, emblazoned in ice instead of fire" *CS* 382) として降臨したことが描かれている。ここでまず考えるべきは、聖霊である鳥が降臨してアズベリーが上昇し、そして彼は最終的に死を迎えたという、オコナー自身も訝しむ解釈 (*HB* 372) の妥当性であるが、彼女はアズベリーが芸術の贈り物である「死」を「即座に」受け取ることを認めてはいないことは押さえておくべきであろう。彼が啓示として得たのは、自分は何も理解していないという事実を認めながら残りの人生を生きねばならぬこと、そして聖霊の降臨による悪寒と「謙譲」という徳である (*HB* 261)。つまり、アズベリーが対峙しなければならないのは崇高な死ではなく、自らが抱き続けた「芸術家気取りの幻想」(*HB* 271) であることを作品の結末は示している。

天井に固定され続けた鳥の最終的な降臨は、主人公のアズベリーの供犠と越境ではなかった。「正統性を与えられた侵犯」である供犠に対し、ナンシーは、対象である事物との間に類似性を保ちながら、それと決して合致することのない隔たり ("distance") を併せ持つ「イメージ」を並置する——イメージは、対象に接触しながら区別を維持し、触れるか触れないかの距離のなかでかろうじて表面に触れるような、「すれすれの状態」(14) を意味しているのだ、と。アズベリーが病の床において見ていた天井の鳥は、飛翔するイェイツの鳥との類似性を喚起しながらも、イメージとして天井に固定され続けていた。降臨する鳥がアズベリーと一体になり、煉獄から飛翔するにはあまりにも永い時間を要するのである。芸術の贈り物である死の供犠を媒介に、天井に固定され続けたイメージの鳥から飛翔する鳥となって故郷の煉獄を越えるセンティメンタルな幻想は、「目から放たれた竜巻」(CS 382)に乗って上昇することはなく、逆にその強い風により翼を剥ぎ取られ落下する——「幻想の最後の膜が引き裂かれる」(CS 382)——という結末を迎える。芸術の忠実な下僕となることで得られる死という贈り物は「それほど先ではない」("not many days distant" CS 374)とあるように、まさに「すれすれの状態」まで来ていたが、彼にはまだ越えることのできない、永い／長い贖罪の過程("distance")が横たわっていた。『煉獄篇』の第二十七編において、ダンテは最後に火の壁を通過して煉獄の山の頂にある地上楽園に辿り着いたが、その通過を阻むかのように、あるいは、飛翔しようとするアズベリーを凍りつかせるかのように、彼の前に聖霊という氷の壁が立ちはだかるのである。「永く続く悪寒」というタイトルは、煉獄での贖罪の環道を永く歩いていかなければならないことをアズベリーに啓示しているのだ。

◉アズベリー・フォックス、フラナリー・オコナー、進化の贖罪

オコナーがアズベリーに煉獄において科すのは、悪寒だけではなく越境の苦しみとそれに伴う時間の苦しみでもある。現代の煉獄的状況に敏感な作家サミュエル・ベケット(Samuel Beckett)は、ダンテの煉獄は「円錐形(えんすい)」で「頂点」を内包する一方、ジェイムズ・ジョイス(James Joyce)のそれは「球体」で「頂点」を排除するものだ、と二つの特質を比較している。「頂点」は「神の国」

を暗示しているだろうが、ベケットによればジョイスの煉獄は「神の絶対的な不在」を表象するため、そこは魂が完全に浄化されることのない、永遠の煉獄の運動となる("Dante... Bruno. Vico.. Joyce" 21–22)。この考えに照らし合わせるなら、アズベリーが「永続して」対峙する煉獄は、ダンテよりもはるかにジョイスに近接しているようにみえる。

しかし、それは何もアズベリーのことだけではない。病のため帰郷したアズベリーが、紅斑性狼瘡のため故郷のミレッジヴィルに戻って来たオコナー自身と重なり合うとき、前者の罪とその贖罪は後者のそれと呼応することはいうまでもない。アズベリーと同じ二十五歳で、自身を襲った狼瘡のため故郷に戻ったオコナーを彼女の叔父は、「しわの寄った老婆のよう」(*HB* 22)だったと表現している――それはまるで、「永く続く悪寒」の冒頭で駅を降りたアズベリーの年老いて見えた姿を彷彿とさせる。その二週間ほど後、母親のレジーナ・オコナーは、オコナーの友人のサリー・フィッツジェラルドへの電話で、「フラナリーは瀕死の状態にある」(Cash 131)と話していたという。「永く続く悪寒」がオコナーの人生の軌跡と重なるところが多いことを考慮するとき、オコナーは発病した後故郷で「永続して」生きることを、そして自分自身の罪を、アズベリーに投影していたことは想像に難くない[5]。実際、聖霊を拒絶する彼の罪をなぞるかのように、オコナーは自らの罪について友人でジョージア州立大学教授のT・R・スパイヴィ(T. R. Spivey)に語っている。「プライドやエゴ、そして精霊から目を背けるという罪は間違いなく私にあるが、それでも長い間その罪とたたかってきて、死の床に伏せってもまだ続くだろう」(*HB* 387)。氷と共に降臨し始めた聖霊と対峙し、故郷において永い時間をかけながら、己のプライドと自己本位の罪という氷を溶かさなければならない（贖罪しなければならない）のは、アズベリーだけではない。

アズベリーとオコナーの罪が重なるのは、南部の習俗を否定し北部の都市で芸術を高めようとした点にもある。ミレッジヴィルという「孤島の小さな町」への嫌悪感からそこを離れたが、ニューヨークやコネティカットという北部から再び故郷に戻ることに、オコナーはどうしようもないやり切れなさを感じていた（Cash 133）。不治の病による故郷への帰還は、自らがそこで縛られ固定化されることであり、それは創作活動の終焉を意味していた、とオコナーは当時を回顧している。しかし、彼女にとってそれは始まりに過ぎなかったのだ（*HB* 224）。一九五九年に書かれた手紙に、「私は自身の霊を救済したいと思うが、それは長い進化の過程、それこそ煉獄へと連なる過程である」（*HB* 361）と書かれているように、故郷での生活はオコナーにとって「魂の救済の希望」（*MM* 78）である創作を通しての、果てしなく永く続く煉獄での贖罪の始まりだった。[6]「永く続く悪寒」（"The Enduring Chill"）というタイトルが示す時間の詩学は、煉獄において「永続して」贖罪をすることを示し、その意味でアズベリーとオコナーの宿命はジョイス的な煉獄、神の死により「頂点」が見えない煉獄を悪寒とともに永遠に周回することなのかもしれない。だが、それではフィン神父が説いた地獄での「永遠な」（"eternal"）苦しみと変わらず、この物語も「永遠の悪寒」（"The Eternal Chill"）となってしまう。「永続する悪寒」というタイトルが示すのは、あまりにも永い時間を経なければ、罪を償い神の救済を得ることはできないが、頂点＝神の啓示・恩寵の瞬間がいつか必ず到来するであろうというオコナーの信念である。そのことを考慮すれば、「距離を自在に操るリアリストである預言者」（*MM* 44, 179）の一面を持つオコナーは、地獄・煉獄・天国の三つの境界にまたがる距離、そしてその越境の（不）可能性を自在に操るだけではない。オコナーも言及しているベケットの「プルースト」("Proust," 1931) に、「破滅と救済の二つの顔をしたあの怪物――それは時間」(11) とあるように、オコナーは時間の枠組みにおいてキャラクターに「破壊と救済」を与える「時間を自在に操るリアリスト」("a realist of time") でもあることを「永く続く悪寒」は示している (*HB* 449)。

オコナーが敬愛したテイヤール・ド・シャルダンが説いた「神の国に至る進化」は、「永く続く時間の詩学をその必要条件として設定する。「永く続く悪寒」の大団円において、天井の鳥が氷の聖霊となって動き始めた (*CS* 382) ことは、アズベリーの煉獄からの越境を凍結するようにも見えるが、彼の贖罪を否定するものではない。病によるオコナーの南部への帰還が、彼女にとってそれまでの創作活動の終焉と同時に新たな「魂の救済の希望」(*MM* 78) であったように、鳥のイメージが聖霊となって動き始めたことは、彼の「芸術家の錯覚」の終焉と同時に、神の国に至る贖罪の胎動の可能性をもたらすのである――「可能性と限界は大体同じことを意味するのだ」(*MM* 170)、というオコナーの主張を裏書きするように。しかし、追い求められる神の国が「固定した点」ではなく、我々が近づこうとすればするほど我々を引き付けながら後退する「移動する中心」(Teilhard de Chardin, *The Divine Mileu* 114) であるならば、アズベリーが辿る煉獄の道は、果てしなく長く続くことになる。たとえば、「高く昇って一点へ」の最後の場面において、母親が死んだ直後、ジュリアンが救済を求めて前方遠くにある光の一群に走り出すとき、早く走れば走るほど遠くへ漂う明かりのように、神の国は容易に辿り着くことのできない「前方遠く」("the distance ahead" *CS* 420) に存在するものである。と同時に、あたかも蜃気楼（しんきろう）のように距離を保ちながら漂うがゆえに、そこに辿り着くまでの贖罪の過程——神の国への進化——は、「永く続く」時間の詩学をその属性として併せ持つ。だからこそ、物語のタイトルになっている「永く続く悪寒」を、アズベリーはその身体で引き受けることになり、そして贖罪を促す氷の聖霊は、止まることなく彼のもとに降臨し続ける(*CS* 382)のだ。

ゆっくりとした時間の中での魂の浄化、それは病気により創作が制限されているからであろうが、自作を何回も書き直すオコナーの作家としての態度にも現われている。その「ゆるゆると時間をかけた」(大江　四四)創作態度は、ほぼ同時代の作家ウィリアム・フォークナーが運転する南部超特急が轟音を立てて走る同じ線路に、騾馬の馬車でとぼとぼと進む彼女の姿をどうしても連想させる(*MM* 45)。しかし、彼女が自虐的に喩える、病気持ちのゆっくりと進む騾馬だからこそ、休息のため停車したミレッジヴィル(ティンバーボロ)という駅で、煉獄行きの切符を手に入れることができたのだ。芸術家の楽園から、南部の煉獄の深淵に突き落とされたオコナーは、贖罪を完遂するまで「永く続く」煉獄の円環をゆっくりと歩くことになるが、そこで彼女は同時に、自身が描こうとして止まない秘義への道標となる、南部の習俗という大きな技法を会得することになる。物語冒頭、アズベリーが駅に降り立ったとき、その前には母親と閉塞的な南部の田舎の風景——つまり、南部の習俗——が待っているだけだった。しかし、そのときの彼にはまだ透視できないが、その小さな駅から、地域、国家、さらには神の国へと膨張する秘義の空間(*MM* 27)が、母親と共に密かに彼を待ちうけているのであった——あまりにも永い時間を要する秘義ではあるが。

◉注

（1）たとえば、ロナルド・ドナフー (Ronald Donahoo)、ピーター・ヘイズ (Peter Hays)、ビバリー・ランドルズ (Beverly Randles) は、オコナーとダンテを並置することでオコナー文学の天国と地獄に注意を払うが、煉獄について深く掘り下げる作業をしていない。また一例として、キム・パフェンロス (Kim Paffenroth) は、オコナーの暴力は登場人物に「神の国」を垣間見せるが、彼／彼女が自己正当性を主張するならば、それは「地獄の世界」と結び付くと指摘するように、天国と地獄の二分法の範疇で暴力の特徴を考察している (121)。

（2）最も端的な例は、『賢い血』のクライマックス、ヘイゼル・モーツが自身の焼けただれた目という闇のトンネルを通過し、最後に一点の光となった、という箇所に表われている (232)。

（3）アン・カーソン (Anne Carson) は、オコナー文学において頻出する「竜巻」("tornado") に着目しながら、その渦巻きの作用が悪を追放し、そして新たな再生を導くアポカリプスを表象すると捉える。それを補完する補助線として、イェイツの「旋回」("gyre") とは「頽廃した現代社会を破壊すると同時に、それに続く復活」(25) を意味すると指摘し、オコナー文学の「渦」の表象とアポカリプス（破壊と救済）の関係を提示する。また、シャノン・ラッセル (Shannon Russell) は、オコナーの「円」("circle") の表象に注目し、それがオコナーの「神秘と可能性」と結び付くことを指摘する (89)。

（4）H・W・ジャンソンによれば、偶然にできた「チャンス・イメージ」とは、「岩、雲、染みなどの中に見られる、意味を帯びた視覚的な形象」（九）である。

（5）ロバート・マギル (Robert McGill) は、オコナーが自伝を自我の強く出てしまうジャンルと考え嫌悪感を示す一方で、小説はより安全な表現形式として、彼女の人生を見事に作品の中に混在させていることを書簡集『存在の習慣』は明示していると指摘する (32, 37)。

（6）セアラ・ゴードンは、芸術修士号を得るためオコナーがアイオワ大学に提出した作品が文体にこだわる一方、宗教的要素が希薄であることをその特質として挙げている (*Flannery O'Connor* 2)。同様の意見として、Wray 105 を参照されたい。

第Ⅳ部　共同体／国家における政治と宗教

第七章　農園から共同体へ

――「強制追放者」におけるアイデンティティの構築と崩壊

◉戦争、死、アイデンティティ

　オコナーの「強制追放者」には、冷戦期アメリカの共同体のエッセンスが凝縮されている。オコナーは南部の田舎を背景としながら、そこに生じる神の啓示を描く作家として知られており、どちらかといえば政治的ではなく、宗教的かつ美学的な作家というイメージが強い。これは彼女の作品が、テキストを重視するニュー・クリティシズムと親和的な関係であったことからも裏書きされるが、彼女の作品の中でも群を抜いて長いこの短編は、一九五〇年代の合衆国を色濃く反映している点で他の作品とは趣を異にしている。つまり、オコナーの文学世界の中で、「強制追放者」は神学以上に政治的色彩が強いのだが、オコナーの文学世界に元々政治的なものが無縁なのかと問えば、決してそうとも言えない。そのことは、オコナーの以下の記述から読み取れる。「南部人として、地域の言葉や風習を使うが、私は南部について書いているとは思わない。小説家という職について言うなら、広島の原爆はジョージアの田舎の生活を考える際、大きな影響を及ぼすのである。これはあることを他のことによって判断するという相対的なものではなく、絶対的なものの見方、すべてのことを一緒に判断するということの結果なのである」(*MM* 133–134)。この言明から、オコナーの文学が南部を舞台にしながらも、実はグローバルな政治的コンテキストを範疇に入れていることが窺い知れる。そして、第二次世界大戦と一見無縁にも見える南部の田舎との関係性を扱った作品が「強制追放者」であり、その中でオコナーは大戦の余波と向かい合う保守的な共同体意識を明らかにする。

近代的な共同体の生成とは、共同体内部と外部との差異を明確にする作業であった。それは共同体内部の同質性と外部の異質性を措定しながら、過度なまでに後者に対して前者を防御する営みであり、その結果、共同体間の緊張関係は否応なく高まることになる。二十世紀の二つの世界大戦はこの臨界点とも言えるが、戦争が大量の死を生み出しながらも、それが逆に人々の共同体意識に拍車をかけることになったのはよく知られている。たとえば、ベネディクト・アンダーソン (**Benedict Anderson**) が『想像の共同体』(*Imagined Communities*, 1983) を著わしたとき、まず議論として始めたのが無名戦士の墓と碑であることを思い出してもよい (9–10)。戦争における死者とは共同体のために死んだ聖なる存在であり、彼ら／彼女らは共同体を支える屋台骨として機能し、そして人々は同胞の死を見つめながら共同体内部における自らの主体の意義を再考する。その一方で、死が主体のみならず共同体意識の覚醒となることを、マルティン・ハイデガーは『存在と時間』(一九二七) の中で以下のように指摘する。

現存在が先駆しつつおのれのうちで死を力強いものにするとき、現存在は、死に向かって自由でありつつ、おのれの有限的自由という固有の圧倒的な力においておのれを了解するのであり、こうして、選択を選びとったということのうちにしかそのつど「存在」していないこの有限的自由において、おのれ自身に引き渡されていることの無力を引き受け、開示された状況のさまざまな偶然に対して明察をもつにいたるのである。だが、運命的な現存在は、世界内存在として、本質上他者と共なる共存在において実存するかぎり、そうした現存在の生起は、共生起であって、全共同運命として規定される。この全共同運命でもってわれわれが表示するのは、共同体の、つまり民族の生起なのである。（一九一：傍点はオリジナル）

ハイデガーの哲学において、現存在（人間）、死、共同体、さらには民族の関係性を取り上げるときにしばしば引用される右の一節は、「有限的な自由」、すなわち自らの死という運命を引き受けた現存在が、周囲の「さまざまな偶然的状況」を他者と共有していることを了解し、自らの運命が共同体の、さらには民族の運命と重合することを謳ったものである。それは、複数の現存在が「共存在」として、偶々置かれた主体の偶然的状況を民族の必然的運命へと拡大しつつ引き受けることを意味するが、自己が死を媒介にして共同体の内に主体性を見出し、さらには民族国家の一員へと昇華することを述べたこの考えは、二十世紀前半において多くの悲劇を引き起こすに至った。

ただし、その二つの世界大戦によりヨーロッパは荒廃し、その結果特にドイツにおいて純化された民族という幻想が完全に瓦解したのに対し、アメリカは確固たる国民国家の姿を共産主義国家ソ連との冷戦構造のなかで維持していく必要性があった。その一方で、二つの大戦により大量の避難民がアメリカに流入する中で、物質的にも精神的にも疲弊したヨーロッパとは差異を保ちつつ、それまでに培われたアメリカ的な共同体を守ろうとする傾向は、とりわけ五〇年代の保守化の波長にも表われている。オコナーが「強制追放者」の中で描くのは、当時多くのアメリカ人が共有したであろう、外部から侵入される恐怖とアメリカを守るという自己正当化である。当時、トルーマン(Harry S. Truman)大統領時の一九四八年に制定された「難民救済法」("the Displaced Persons Act")により、四年間で四十万人を超えるヨーロッパからの避難民がアメリカに流入してきた。アメリカに押し寄せるこの波に対し、従来の伝統的な慣習が転覆されるのを恐れたのが、連邦政府から地理的にも精神的にも距離を保つ南部と西部であり、そこから選出された国会議員は法律の制定に強く反対したという(Olschner 65)。東ヨーロッパからの難民受け入れは、共産主義の流入への恐怖も相まって、アメリカという国民国家の疑似的統一性を外部に対して打ち立て、歴史の変化に抗する神話性をより前面に押し出すことになる。

ニューヨーク知識人でオコナーの作家としての地位確立に貢献した批評家フィリップ・ラーヴ(1)(Philip Rahv)は、当時のアメリカ文学界における神話批評の隆盛を横目で見ながら、神話と歴史の関係について以下のように述べる。すなわち、神話とは「過去の失われた統一性や単一性というヴィジョン」であるのに対し、「歴史は未来を生み出すのに習慣や伝統を破壊する、変化という発電所」であり、神話は変化に恐怖し、その抵抗として安定性を保証するものである(6)、と。歴史に対抗するアメリカ的神話とは、ジョン・ランス・ベーコン (Jon Lance Bacon) がその著作の中で綿密に示したように、無垢で牧歌的な田舎の風景に代表されるが、それを外敵から死守するために大きな自己欺瞞(ぎまん)の風潮がアメリカにおいて出現することになった (40)。オコナーはその時代の兆候を批判的に摑み取り、それを神話的世界とはかけ離れた彼女独特のリアリズムへと変容させ、共同体の統一性が砕け散る瞬間と神の啓示の瞬間を収斂させる。

だが、この作品の読解をより複雑にするのは、守るべき共同体がアメリカという国民国家レヴェルと南北戦争で敗戦した南部というローカル・レヴェルの二重性を密かに帯びていることである。たとえば、「強制追放者」を南北戦争のトラウマとして読むレイチェル・キャロル (Rachel Carroll) は、南北戦争以後の南部の時間は停止しており、第二次世界大戦に纏わるさまざまな出来事は南北戦争を不気味にフラッシュバックさせると指摘する。[2] 実際、トマス・ショーブ (Thomas Schaub) の「南部は、アメリカの他の地域が経験していないことを、ヨーロッパと共有する」(127) という指摘を読むにつけ、南部とヨーロッパ――この物語においては、具体的にはポーランド――が敗戦という共通項で結ばれていることは、念頭に置かれてしかるべきだろう。また、黒人労働者サルク (Sulk) とポーランドから「強制追放」されたガイザック氏 (Mr. Guizac) のいとことの異人種間の結婚話は、南北戦争の敗戦によって奴隷制が消滅した結果生まれた人種混淆(こんこう)の恐怖――もちろん、南部はこの可能性を州独自の法律で押さえこんできたわけだが――を改めて喚起するものである。その意味で、この物語から外国からの脅威の流入を阻止しようとする五〇年代アメリカの保守的な風潮を読み取ることができるが、同時に一枚岩ではないアメリカと南部の緊張関係を感じ取ることができる。

五〇年代は、アメリカ同様に南部も大きな変容を遂げた時代であった。一九四一年の日本軍による真珠湾攻撃によりアメリカは第二次世界大戦に参戦し、その結果南部から多くの若者が徴兵されることになった。その多くは、それまで南部の田舎しか知らなかったが、初めて他の地域のアメリカ人と知り合い、そして戦線に送り込まれることで世界を知ったのである。また、いくつかの米軍基地が南部に置かれたため、南部人ではない多くのアメリカ兵がそこに流入することになった。モートン・ソスナ (Morton Sosna) はその著書『南部再建』(*Remaking Dixie*, 1997) の序章において、第二次世界大戦は南北戦争同様に南部にとって大きな転機だったと述べている (xiii)。戦争によって南部の人口は変化し、また人の流入と流出も活発になり、さらに南部経済の基盤である農業の変革により一層の変化の拍車がかけられることになった。この時代、南部農業の近代化が進み大規模農場が発展する中、中小規模の農場は時代の波に乗れず衰退していった――もちろん、これは一九三〇年代のニューディール期に始まったことであるが。「強制追放者」におけるマッキンタイア夫人 (Mrs. McIntyre) の農園は典型的な後者だが、農業で生計を立てることが難しくなったこともあり、その結果一九四〇年から一九四五年の間だけで、二十パーセント以上の農家が土地を捨てたという (Cobb 5)。つまり、第二次世界大戦の中、南部は大きな軌道修正を迫られたわけだが、それは逆に失われつつある南部へのノスタルジアを掻き立てることにもなる。アメリカへの同化と抵抗、二つの大きな潮流が南部において鬩(せめ)ぎ合っていたのがこの時代なのである。

以上の時代的な風潮を踏まえて、本章においては、ヨーロッパからの「強制追放者」という異質な存在が南部の田舎に入ってきたとき、それへの排除として立ち現われるアイデンティティと共同体が想像（創造）される様相を、特に二人の女性に焦点を当てて考察する。一人は、「強制追放者」と対峙したことで、プア・ホワイトである自らの労働者階級の脆弱性を感じ取り、それを隠蔽するためアメリカという国民国家の拡がりの中にアイデンティティを見出そうとするショートレイ夫人(Mrs. Shortley)。もう一人は、自身の経営する農園に南部ではタブーの人種混淆の可能性が生じたことから、効率性を求める農園主から南部的なアイデンティティに目覚めたマッキンタイア夫人[3]。そのアイデンティティと想像の共同体の構築は、人種、階級、言語、宗教などの言説を伴って行なわれるのだが、とりわけ重要な位置を占めるのが、先ほども言及した死である。「強制追放者」には、ショートレイ夫人やガイザック氏の死が描写されるだけではなく、物語中ではすでに亡くなっているマッキンタイア夫人の最初の夫の老判事、そして具体的には書かれていないが、ホロコーストをはじめ戦争で亡くなった多くの人々の死の匂いが横溢（おういつ）している。他者の死が、共同体意識をいかにして主体の中に胚胎させるかにも着目しながら、この「政治的な」短編を読み進めていく。

◉南部の労働者からアメリカの市民へ

物語は三部構成になっており、第一部の中心人物はショートレイ夫人と考えてよいだろう。彼女はマッキンタイア夫人の農園労働者チャンシー・ショートレイ(Chancey Shortley)の妻で、ホロコーストのニュース映画で見た死体の山を恐怖しつつ、ヨーロッパでの野蛮な暴力性がアメリカにも波及するのではないかと不安を覚える。この恐怖への強迫観念が彼女にアメリカ人としてのアイデンティティを植え付け、そして第二次世界大戦後の余波の中、ポーランドからの避難民のガイザック一家が農園に来たことに誰よりも大きな危惧を抱くことになる。実際は彼女自身も述べるように外見的にはさほど変わらず、白人という同じ人種の中で差異を見つけられない彼女は、国家的な観点から線引きを行なうことでガイザック一家を共同体の外部に放逐しようとする (Carroll 110)。しかし、これは何も彼女がマッキンタイア夫人の農園に愛着を持ち、そこを外敵から守ろうとしたが故の行為ではなく、ポーランドからの「強制追放者」という現実に対峙したことで、自分が農園から強制追放されるのを無意識に感じたことへの反動であろう。彼女はここで、雇われ人の妻という、共同体内部での自らの脆弱な階級を改めて認識することになる。つまり、彼女はガイザック一家に自分自身を見たがゆえに、彼らを恐怖したのである。ユダヤ人の思想家ヴァルター・ベンヤミン (Walter Benjamin) は、動物の比喩を用いながら嫌悪と類縁の関係性について以下のように述べている。

> 動物に嫌悪を覚えるときに心を占めている感覚は、接触すると、こちらのことを見抜かれるのではないか、という不安である。自分のなかには何か、嫌悪を催させる動物と決して無縁でないもの、したがって動物に見抜かれるかもしれないものが生きているのではないか、という漠とした意識、それが人間の奥深くで恐れおののくのだ。(三〇)

ベンヤミンの指摘を参照すると、ガイザック一家に対し「チフスの蚤(のみ)をもつネズミのよう」(CS 196) として悪しき動物的比喩を用いるショートレイ夫人の言葉には、そのネズミとは実は自分自身ではないか、という密かな不安を表わしていると考えることができる。この寄生的なネズミの比喩は、少なくともテキストレヴェルにおいては、ヨーロッパに荒廃をもたらした戦争の暴力性が、ガイザック一家を媒介にして牧歌的なアメリカにも伝染するという恐れを代弁したものである。しかし、「チフスの蚤をもつネズミ」という寄生虫的なイメージは、実はそのまま彼女自身に舞い戻ってくる言葉でもある。なぜなら、「黒人と白人のくずのせいでこんなに貧乏になったのだ」という農園主マッキンタイア夫人の愚痴を真に受けるなら、ショートレイ一家というプア・ホワイトは農園に寄生し、それを食いつぶす「ネズミ」のような存在だからである。ガイザック氏を通して自らの階級的な脆弱性と対峙したショートレイ夫人はそれを隠蔽するため、農園内での自らの存在意義を見出そうと努め、それまでまったく意識しなかっただろうアメリカ人というアイデンティティ――それは、彼女がそして当時多くのアメリカ人が口にしたであろう「自由の国」("a free country" CS 204)という言葉に凝縮される――を持つようになる。「こうした強制追放者がやってくることで、ショートレイ夫人は多くの新しいことを考えさせられる」(CS 204)という表現から窺えるように、ガイザック一家が来るまで単に南部の田舎の農園だったものが精神性を秘めた共同体という「新しい考え」に拡がっていき、南部の田舎に生まれ育ったという偶然が、アメリカ人という宿命へと止揚されていく。前に引用したハイデガーの文章にも示されているように、偶然から必然的宿命への意識的変容が、共同体意識の胚胎となるのだ[4]。

その宿命的な共同体意識は、物語冒頭においてすでに表象されている。ショートレイ夫人が、丘の上からガイザック一家がやってくる光景を凝視する場面をまずは確認しよう。

ショートレイ夫人は腕組みをしていて、彼女が高台に登ったとき、田舎の巨人の妻（"the giant wife"）が危険の兆候を感じてそれが何なのか見に出てきた、という風情だったかもしれない。彼女は山のように威風堂々とした（"the grand self-confidence of a mountain"）面持ちで、しっかりとした（"tremendous"）両足で立ち、そして御影石のようなふくらみは上に行くほど細くなり、前方を貫きすべてを見通す、二つの氷のような青い光の点になった（CS 194）

引用からまず分かるのは、外部からの共同体への侵入に対し危機を感じていること、それに対抗するかのように"giant"、"grand"、"tremendous"といった威圧的なイメージが彼女に付与されていること、あたかも彼女と土地が一体化しているように見えること、そして全体を瞬時に睥睨（へいげい）できる超越的な位置を彼女が獲得していることである。もちろん、「すべてを見抜こうとする」彼女が、実際に共同体のあらゆることを見るのは不可能だろうが、オコナーが彼女に「全知」（"omniscience," CS 212）という言葉を付与していることからも窺えるように、単なる農園労働者の妻に過ぎないショートレイ夫人は、共同体の統治者として君臨しようとする。[5] そして、想像の共同体を構築しようとする彼女の視線の範囲は眼下の農園に留まらない。その超越的な場所から、彼女がアメリカ全土を見渡そうとしていることは、『スワニー・レヴュー』（*Sewanee Review*）誌に掲載された「強制追放者」のオリジナル版において、オコナーがショートレイ夫人を、「ワシントン、ジェファーソン、そしてリーの顔がお腹に刻まれていたかもしれない」（634）と皮肉めいて譬えていることからも窺える。つまり、「危機の兆しを感じた田舎の巨人の妻」である彼女は、同じく危機の時代の代表的なアメリカ人、ジョージ・ワシントン（George Washington）、トマス・ジェファーソン（Thomas Jefferson）、ロバート・リー（Robert Lee）将軍へと自らを政治的に拡大する。その想像において、マッキンタイア夫人の農園はもはや単なる農園ではなく、ショートレイ夫人も南部の農園で働く労働者の妻ではない。そこは連邦と南部が合わさったアメリカであり、彼女はそこを統べる支配者なのである。その意味で、彼女は、もちろん心的領域に過ぎないが、連邦への同化が進む新南部を具現化した人物と言えよう。

想像の共同体の文脈でさらに吟味すべきは、ガイザック一家を出迎えるマッキンタイア夫人や、黒人の農園労働者であるアスター（Astor）とサルクの様子を、少し離れた高台からでもショートレイ夫人が「分かって」いることである。「アスターとサルクは桑の木に隠れていたが、ショートレイ夫人は彼らがそこにいることを知っていた。マッキンタイア夫人はこの上ない笑顔を浮かべているが、遠く離れた所からでさえも、そこに不安な一面があるのをショートレイ夫人は見逃さなかった」（CS 194）。彼女が高台から物理的にどの程度下の人々の様子が分かっていたのかは疑問が残るが、丘から農園すべてを見渡せると考える「全知」の存在、ショートレイ夫人は、彼女の共同体をその想像で膨らませていく。想像の共同体とは、すべてが想像されなければならないのだ。先ほども挙げた引用から例証されるように、この物語には「分かる」「分からない」という表現が多く組み込まれていることを、我々は看過すべきではない。「こうした人に厄介なのは、彼らが何を知っているか、こちらが分からないことだ」（CS 205）とショートレイ夫人が言うように、理解不能な要素は共同体にとって大きな脅威となる。[6] 共同体において「分からない」存在とは、それまで培われてきた共同体の風習を破壊することであり、その恐怖によりガイザック一家は共同体を浸食する「チフス」という不可視なウイルスへと置換される。[7] 「知らない悪魔より、知っている悪魔の方がましである」(CS 208) という、マッキンタイア夫人の最初の夫がよく口にした言葉に示されるように、共同体にとって脅威なのは、悪魔以上に「分からない」存在なのである。

その「分かる」「分からない」の力学は言語において明確に示されるがゆえに、ショートレイ夫人が外国人ガイザック一家の英語能力――アメリカの国家言語――をまず精査するのは当然の成り行きであろう。ルドルフ (Rudolph) という十二歳の子供以外は、誰もほとんど英語を話すことができないことに目をつけ、ガイザック氏の娘のスレッジウイッグ (Sledgewig) を「虫の名みたい」(CS 195) と揶揄する彼女は、言語の観点からガイザック一家の不可解さを強調する。それが昂じたのか、ショートレイ夫人は共同体の言語の危機を宗教の危機へと転換する。彼女は敬虔なキリスト教徒ではないが、ガイザック一家が出現したことから聖書を今までとは違う意識で読み始める。[8] その過程で彼女が『ヨハネの黙示録』に目を付けたのは偶然ではない。もちろん、ホロコーストや広島、長崎の原爆に代表される第二次世界大戦の大きな出来事が、アポカリプスの言説と予定調和的に結び付けられた当時のアメリカの風潮もあるだろう。その一方、『ヨハネの黙示録』においては、善と悪、神の国と堕落の都市バビロン、そして神に選ばれた者と見捨てられた者の選別という、内部と外部の区分が描かれている。「さあ立って、神の聖所と祭壇と、そこで礼拝している人々とを、測りなさい。聖所の外の庭はそのままにしておきなさい。それを測ってはいけない。そこは異邦人に与えられた所だから」という、『ヨハネの黙示録』第十一章一―二節の文言が示すように、共同体内部と外部の選別はそのまま「測れる」ものとそうでないものとの線引きであり、それは「分かる」ものと「分からない」ものとを区分けする作業でもある。(9)

彼女は、黙示録を読むことで「自身の存在のより深い意義」を理解するようになり、自らを預言者として考えるようになるが、それにより現実の脆弱な階級を完全に忘却することが可能となる。実際、彼女は農園で働く「立場の弱い」二人の黒人労働者を「強制追放者」から守らなければならないと考え、自らが天使として黒人を導く姿を想像し、その役割の崇高さに満足さえする。(10)しかし、預言者として「特別な役割」を担っていると考えていた彼女は、ガイザック一家の給料を上げるという経済的要因のため、そこから追い出されるのは自分たちであることを偶然耳にする。それは彼女の想像の共同体が経済の前では無力であり、農園内での階級が実は黒人より下であることを露呈させるものだが、解雇の通知という屈辱を避けたい彼女は、荷物をまとめて夜明け前に車でそこを発つ。夫のチャンシーや二人の娘は執拗に「これからどこに行くのか」と彼女に聞くが、ノアの箱舟をイメージさせる「過重に荷を積み込んだ崩れそうな車」(“some overfreighted leaking ark,” CS 212–213)には、辿り着く場所が物理的にも想像的にもアメリカにおいて存在しない。結局、彼女はアメリカも、働いていた南部の農園も、そして自分自身さえも何も「分かって」おらず、最終的に心臓麻痺により自分が帰属したあらゆるものから強制追放される――つまり死を迎えることになる。

◉農園主から南部人へ

ショートレイ一家が農園から去ったのち、マッキンタイア夫人はそのことについては意にも介さない。「あの人たちなしでもやっていける。白人にしろ黒人にしろ、やってきては出ていくのを何回も見ているんだから」(CS 214) という彼女の言葉からは、ショートレイ夫人が同じ共同体の一員であったという想いを感じ取ることはできない。とりわけ、経営的な観点から、黒人ではなく白人を解雇する彼女には、南部の人種的な風習が希薄に見える。実際、ガイザック氏を「私の救済者」(CS 203) と言うマッキンタイア夫人は、農園について経済的な側面のみを考えている。彼女にとってガイザック氏の効率性はその作業の速さに表われており、彼の労働力のお陰で、当時南部に席巻していた農業の近代化の波に乗ることが可能となるのである。彼女にとって想像の共同体よりも、さまざまな経済的問題に直面する現実の農園の方がはるかに重要なのだ。しかし、農園の効率性に気を払ってきた彼女も、知らないうちにそこで人種混淆が行なわれる可能性が出てきたがゆえに、大きなパラダイム・チェンジを強いられることになる。つまり、利潤のため安価な労働力として国外からの強制追放者も雇い入れる農園は、人種的境界を設ける南部共同体へと時代的に遡行(そこう)することになる。ガイザック氏の作業の速さを称賛しながら、彼のもたらす人種混淆という「時代の変化」("Times are changing." CS 216) には対応できず、あたかもショートレイ夫人の行為を反復するかのように、歴史に対抗する神話を模索し始めるのである。

マッキンタイア夫人は、ガイザック氏がヨーロッパの収容所にいる十六歳のいとこと黒人労働者サルクの結婚を画策していることを、サルク本人から聞かされる。彼女のアメリカへの旅費をサルクが半分持つという金銭的要因から生まれた結婚話に過ぎないが、それまで自分の農園を経済的な面から見ていたマッキンタイア夫人は、その人種性と対峙することを余儀なくされる。この計画をショートレイ夫人も知っていたのだが、夫に話す以外は見て見ぬふりをしていた彼女と違い、南部で農園を経営するマッキンタイア夫人にとっては、その基盤が根底から覆される計画であった。ここで重要なのは、この何気ないエピソードの前後から、判事であり農園の経営者でもあった彼女の最初の夫についての言及が多くなることだ。もちろん、人種的境界（タブー）を横断する結婚話が、金目当てのため四十五歳という年齢の垣根を越えた老判事と自分との結婚を思い出す起爆剤になっていることは間違いない。それゆえ、彼女をしてガイザック氏に対し「あなたは何ていう人なの！」(CS 222) と言わしめたこの「恥ずべき結婚」話は、ブーメランのように自身の「恥ずべき過去」へと回帰する。しかし、金目当てだけではなく、彼女も「実は愛していた」と告白するこの老判事について重要なのは、現在も生きている二人の前夫よりもマッキンタイア夫人の中で大きな位置を占めていること、離婚した前の二人の夫にはクルームス (Crooms) とマッキンタイア (McIntyre) という名字が記されているのに対しこの判事には名前が記載されていないこと、そして一族の墓が今でも農園の畑の中心に置かれ、彼が「常にそこに存在している」(“always at home” CS 218) ことである。

マッキンタイア夫人が、サルクとガイザック氏のいとことの結婚話を聞いたすぐ後に思い出すのが、元夫の墓に建てられた天使の像である。その像の顔が彼女の顔と似ていたことと、墓を芸術品で飾りたかったため彼は生前に購入したのだが、ヘリン (Herrin) という白人労働者が農園を出ていくときにこれを盗んでいった。マッキンタイア夫人がこの窃盗を思い出したのは、自身の農園内で、南部ではタブーである異人種婚を画策するガイザック氏に裏切られたという想いと連動するからであろう。つまり、農園内で異人種間結婚を行なうことと元夫の墓の像を盗むことは、共同体の精神的基盤を破壊するという点で同義の振る舞いとなる。彼らの勝手な言動に泣いた後、彼女は共同体の基盤を今一度確かめるかのように、元夫が生前使っていた部屋へと向かう。それは結果として、農園の経営主から南部人へのアイデンティティの変容を生み出すことになる。

彼女は泣けるだけ泣くと、立ちあがって奥のホールに入った。そこは秘密の場所で、教会のように暗くて静かだった。彼女は机に肘をかけて、判事の黒い調整式の椅子の端の方に座った。〔……〕古い銀行の通帳や元帳が半分開いた引き出しに入っていて、机の真ん中には聖櫃(せいひつ)のように置かれた、小さくて中が空の、それでいて鍵のかかった金庫があった。彼女はこの部屋を、老判事の居たときと同様に、そのままにしておいた。そこは、彼の記念碑のようなところで、老判事が仕事をしていたがゆえに、神聖な場所だった。ほんの少し傾くだけで、椅子はさびついた骸骨のようなうめき声を出し、その声はお金がないことを嘆いていたときの彼とどことなく似ていた。あたかも世界で最も貧乏なのは自分であるかのように語るのが、彼独特のやり方だった。そして彼女も、彼がそのように話したからだけでなく、彼女も事実そうであるから、同じように話した。(CS 221)

ここでマッキンタイア夫人は、二つのことを見ていることが分かる。一つは、「古い銀行の通帳や元帳」に代表される、彼女には知らされずに破産に瀕していた元夫の経済的な側面である。「手あかのついた紙幣の匂いがする」判事 (CS 218)、つまりお金のしがらみから抜け出せなかった判事は生前、「自分が世界一貧しい」と言っていたが、「救い」であったはずのガイザック氏に裏切られた彼女は、あたかも判事の苦悩を反復するように、あるいは資産を何も残してくれなかった判事に恨みをぶつけるように、「たしかに世界中で私ほど貧しい人はいない」(CS 221) と考える。しかし奇妙に映るのは、彼女が自らの経済的欠如を嘆きつつ、それを不自然なほど作中何度も強調することである。

五〇年代のアメリカで流布した「ソーシャル・コンフォーミティ」(social conformity) は、当時のアメリカ人の社会への同一化、アイデンティティの同一化、そして中産階級の同一化を謳ったものである。その一方で、アンドリュー・ホビレック (Andrew Hoberek) は南部史家のカール・ヴァン・ウッドワード (Carl Vann Woodward) の議論を引き、経済的貧しさとは南部人のアイデンティティの源でもあったと指摘する (98)。第二次世界大戦後の繁栄の中で、アメリカ全体を席巻する中産階級の波が南部の田舎にも押し寄せ、それへの抵抗としての南部人のアイデンティティの拠り所は、南北戦争以来の経済的貧しさと、それを克服する白人優位の人種主義にあったとホビレックは言う。「白人の労働者たちが欲しがるのは車だけ」(CS 229, 231) とフリン神父 (Father Flynn) に愚痴をこぼすマッキンタイア夫人の台詞からは、当時の中産階級の象徴である車の所有が、労働者階級にとっていかに大きな関心事であったかを窺い知ることができる。そして、「お金は諸悪の根源」(CS 215) という老判事がよく語っていた言葉を反復する彼女は、当時の消費社会アメリカを批判していると見なすことも可能だ。つまり、経済的な貧しさを主張することで、この元夫婦は南部のアイデンティティを共有しているのである。[11]

右記の引用において、判事の経済的な側面と等しく彼の部屋の「厳かな」神話的雰囲気が鮮明に映し出されているが、これは元夫の死の「崇高性」を醸し出しながら共同体の「崇高性」を表わすものである。家の中で唯一昔のままにしておいたその部屋は、金庫が「聖櫃」に譬えられることからも窺えるように、死者を思い起こすための「教会のような」神聖な場所である。この手つかずの部屋は、判事の墓同様に、彼女にとってのメモリー・バンクであり、その「聖櫃」である金庫は、元夫とのさまざまな苦楽の思い出を彼女に提供する。ここは歴史という波から身を守る、共同体内部の精神的シェルターである。夫の死後引き継いできた農園の危機に直面したとき、その「記念堂」を通して、彼女は自分が何者なのか、何を継承してきたかを再度確認するが、それは共同体におけるマッキンタイア夫人の存在の必然性を確認する作業でもある。ここで浮上するのは、元夫から継承した南部の農園を外部の侵入から護持する意志であり、その結果、経営的な意味しか持たなかった農園は、精神性を持つ南部共同体へと止揚される。かつてショートレイ夫人は、ガイザック一家という外部と対峙したときから聖書の黙示録に陶酔していったが、マッキンタイア夫人も彼を共同体の不適合者と見なしたとき、[12]彼女なりの「祈り」を行なうことで、ショートレイ夫人と同じような「崇高な」共同体幻想を持つことになる。

元夫の部屋で「祈り」をした後、彼女はガイザック氏にここでは黒人と白人が結婚できない慣習であること、そして不幸な境遇であった彼が今こうして働けることに感謝すべきことを強い口調で伝える。「ええ」(“Ya”)という生返事を繰り返す彼に苛立つ彼女は、かつてショートレイ夫人がしたように丘の上に登り、以前の経済的な眼差しとはまったく異なった視点から、彼がトウモロコシ畑で作業する光景を眼下に見おろす。それは、物語冒頭、想像の共同体に浸るショートレイ夫人の姿と酷似しているが、彼女の視線の先にあるのはアメリカではなく、最初の夫と守ってきた先祖代々の南部の農園、南部の共同体である。

彼女はそこに立った。黒い帽子をかぶり黒い作業着を着た小さな姿で、年をとりながらも無邪気な顔つきをしていた。彼女は周りのすべてのものと対等であるかのように、腕を組んだ。しかし、まるで何かが彼女の中ですでに暴れているように、心臓は強く打っていた。彼女は目を開けて畑全体を見渡すと、トラクターに乗っている人物は、彼女の広がった視界の中で、バッタに過ぎなくなった。

彼女はしばらくの間そこで立っていた。夜の帳(とばり)が下りる頃には、強制追放者はぐるぐる回りながら刈り取り作業をしていき、二つの丘の側面の切り株と、小さな島のように浮き上がった、畑の中心にある墓地しか残らないだろう。そして、その墓地には、盗まれた天使像の下で判事が笑いながら眠っている。(CS 224)

自分の共同体の「広大な拡がり」を感じるとき、マッキンタイア夫人は「崇高な」共同体を想像し、それを攪乱すると見なされるガイザック氏は「バッタ」へと変容する。外部の存在を動物に譬える手法はショートレイ夫人と同じであり、それまで効率よく作業していた彼は、「バッタ」という南部共同体への侵入者となる。しかし、共同体の基盤である墓地、つまり亡夫の「記念碑」がその中心において峻立(きつりつ)する限り、両腕を組んで胸をそらせるマッキンタイア夫人が「一歩も引くことはない」。亡夫の死の表徴が、彼女の共同体意識とアイデンティティを支えているのである。

◉一時の共同体、無限の共同体

元夫の死に纏わる記念碑に向き合うことで、マッキンタイア夫人は自身の属する共同体を再認識し、ガイザック氏を農園から解雇する方向に傾く。ガイザック氏の経済的能力を認めつつも、黒人なしでは農園を経営していけないとフリン神父に言うマッキンタイア夫人の主張は、五〇年代の近代化する南部農業とは時代的に逆行する、奴隷制時代の南部プランテーションを想起させる。そのようなとき、新たに共同体に加わるのが、妻の復讐に燃えるチャンシー・ショートレイである。彼女と共に暮らしていたときは農園でのもめ事を気にもせず、「死んだふり」をしていた彼は、それこそ彼女の死によって共同体意識に目覚める。農園に戻ってきた彼から、ショートレイ夫人が心臓麻痺で死んだことを告げられたマッキンタイア夫人は、「血縁の人を亡くしたかのような」(CS 227)ショックを受ける。この時点で、ショートレイ夫人は経済的に役に立たない「白人のくず」ではもはやなく、その死は元夫同様に、マッキンタイア夫人の共同体の支柱の一部となる。そして、妻の死の復讐としてガイザック氏の放逐を誓うチャンシーは、マッキンタイア夫人に自身の第一次世界大戦での戦場体験を吐露し始める。

すべての人は自由と平等に作られている、彼はマッキンタイア夫人に言った。俺はそれを証明するため、命と体をはったんだ。戦場に行き、戦い、血を流し、死ぬ思いをした、そしてこちらに帰ってみると、誰が俺の仕事に就いているか、まさに俺が戦った奴だよ。もう少しで手榴弾（しゅりゅうだん）で殺されそうになった、投げた奴も知っている、ちょうどあいつ〔ガイザック〕のような眼鏡をかけた小柄な奴さ。同じ店で買ったかもしれない。狭い世界だからね。（CS 232）

妻の死までは、アメリカ人の意識など持っている素振りもみせなかった彼は、生前彼女が口にしていた「自由の国」という、五〇年代のアメリカで頻繁に口にされた神話を用いながら、自らの第一次世界大戦での体験を語る。妻の死が、彼をしてアメリカ人の共同体意識に目覚めさせたのであろう。結果として、連邦的イデオロギーを用いる労働者チャンシーが、南部の女性経営者に余計な外国人を早く解雇するよう圧力をかける構図が出来上がる——あたかも、連邦政府が南部に介入するかのように。

もちろん、ガイザック氏は戦場でチャンシー・ショートレイと戦ってなどいない。しかし、マッキンタイア夫人とチャンシーにとって、ガイザック氏はそこに存在するだけで、元夫、妻、そしてヨーロッパの戦争で亡くなったアメリカ兵士たちを喚起させる。つまり、ガイザック氏は、共同体の精神的支柱である死を映し出す存在であるがゆえに、逆に共同体とアイデンティティ構築において必要不可欠な外部となる。彼は「悪や、野蛮や、抑制の効かないセクシュアリティ等々……といったものを、すべて飲み込むことができる一種のブラック・ホール」（ネグリ、ハート　一六八）なのであろう。しかし、その「ブラック・ホール」を支点に共同体が形成されているならば、それが消滅するときは共同体が雲散霧消（うんさんむしょう）するときでもある。その意味で、彼の死は共同体の永遠性を保証するのではなく、逆に共同体の不可能性を刻みつける。つまり、ショートレイ夫人、マッキンタイア夫人の最初の夫である老判事、ヨーロッパでのアメリカ兵士たちの死が共同体意識の屋台骨なら、ガイザック氏の死はそれを根底から突き崩すことになる。

チャンシーが止めておいた大型トラクターのブレーキが外れて動き出し、その先でガイザック氏が修理していた小型トラクターに衝突した結果、下敷きになった彼は死に至る。もちろん、トラクターのブレーキを軽くかけたチャンシーの行為は意図的であるが、大型トラクターがガイザック氏にぶつかる直前、ほんの一瞬ではあるがそこに居合わせた三人——マッキンタイア夫人、チャンシー、サルク——が無言のまま目を合わせることで、ガイザック氏放逐の共同体は完成と破滅を同時に迎える。彼の死の瞬間、彼女が気を失ったのは、もちろん取り返しのつかない自らの行為の重大さを認識したためであろうが、ガイザック氏の死の中に、共同体の死、さらには自らの死を予見したと言ってもよい。経済的側面から人種的側面へと移行した彼女の共同体は、その境界線を生み出す外部という垣根がないと、内部は結果としてあらゆる方向に消散する。その事故の後に農園に留まることを避けるようにチャンシーやサルクはそこから去り、サルクなしには作業ができないアスターも離脱する。その結果、農園を経営できなくなったマッキンタイア夫人は、乳牛を仲買人に売却することを強いられる。「強制追放者」のガイザック氏を文字どおり地上から葬ることにより、そこにいた人々は彼と同じく「強制追放」される。もちろん、外の世界を見るため積極的に出たサルクの例もあるが、新しい仕事を見つけるため農園を去ったチャンシーも、サルクなしには働けないアスターも、農園を維持することが不可能となったマッキンタイア夫人も、そこから「強制追放」されたことを意味する。ショートレイ夫人の死、老判事の死、そしてアメリカ兵士たちの死は、共同体の永続性を補強するものとして機能したが、ガイザック氏の死は皮肉にも共同体内部の真空性を露呈することになった。彼の死後、あたかも判事の空の金庫のように、共同体には人も記憶も崇高性も消失してしまう。実際、ガイザック氏の亡骸を前にして、マッキンタイア夫人は自らの共同体が内破したことを以下のように感じ取る――「彼女はどこかの外国にいるような思いがした。その死体にかがみこんでいる人がその国の人で、死体が救急車で運ばれていくのを彼女は部外者のように見ていた」(*CS* 235)。「ここは私の土地だ」と主張してきたマッキンタイア夫人は、ガイザック氏という「外国人」が死んだ結果、まさにその土地は外国となり、自分が外国人であるかのように感じる。「自らを知るとは、住んでいる地域を知ることだ」(*MM* 35) とオコナーは言うが、自分の農園がどこか知らない外国へと変容したことを体験したマッキンタイア夫人は、今まさに自分が「分からない者」となって、自らの主体性も喪失するのである。

この作品の白人登場人物、とりわけショートレイ夫人とマッキンタイア夫人の二人は、ガイザック氏という外国の脅威に対し、アメリカと南部という二つの想像の共同体を構築し、その内部における主体性を強く護持しようとした。しかし、オコナー文学におけるこのような主体性は必ず打ち砕かれることを担保に存在しており、それは結果として神の啓示の到来を召喚する。「物語の意義は、それらしい動機、それらしい心理、さまざまな決意が使い果たされた段階になって、出現するのである」(*MM* 41-42) というオコナーの言葉を思うにつけ、共同体が崩壊し主体の喪失を経験したショートレイ夫人とマッキンタイア夫人は、別の共同体の道標を「知らない内に」獲得することになる。フリン神父に対して投げかけたマッキンタイア夫人の「キリストはもう一人の強制追放者だ」(*CS* 229) という批判の言葉を下敷きにするなら、共同体から、そして自らの主体から強制追放された人々は、キリストの共同体へと知らない内にその第一歩を踏み始めることになる。かつてショートレイ夫人によって想像された、選ばれし者と見捨てられた者とに分けられる共同体とは違い、「広大な真の祖国」——つまり、強制追放者を歓待するキリストの共同体——の内部と外部を分ける境界線は不可視であり、また「強制労働者」の如く流動的であるがゆえに、人は気づくことなくその敷居を跨(また)ぐことになる。[13] オコナーが想像の共同体と並置する「強制追放者」キリストの共同体は、まさに非—想像の場所、つまりそれがアメリカであれポーランドであれ、常に隣り合わせでありながら「どこか分からない国」なのである。

◉注

(1) Sarah Fodor 16 を参照されたい。

(2) ショーブは、「オコナーが興味を持つのは歴史を正確に表象することより、〔「善人はなかなかいない」の〕祖母が見落とした、歴史とは無縁な精神的真実である」(128) として、オコナーには精神的なものに比して歴史的な意識が希薄であることを指摘する。もちろん、オコナーにとって、「善人はなかなかいない」の祖母に見られる「南北戦争以前への（歴史的な）ノスタルジア」は、批判の対象として存在するに過ぎない。しかし、キャロルの論が示すように、オコナー文学には南部の歴史の亡霊が、たとえ彼女がそれを抑え込もうとしても、不気味に浮上するときがあり、それは彼女自身にとっても理解不能な南部性なのかもしれない。

（3）アメリカと南部の二つのアイデンティティは、テキストレヴェルにおいて明確には示されている訳ではない。しかし、それは逆に、オコナー自身のアメリカと南部に対する曖昧な態度を読み取ることもできる。もちろん、オコナーがグローバルな歴史進行に対する南部の保守的な体系を批判していたことは間違いない。その一方で、ベーコンが、「オコナーは、芸術家として、国家的なレヴェルでは拒絶した役割を地域的なレヴェルでは受け入れた。それは文化の擁護者という役割である」（114）と指摘するように、彼女は南部文化の擁護者の立場を捨てることはなかった。南部の習慣への固執は、ショートレイ夫人とマッキンタイア夫人という二人の女性の頑迷な態度に現われているが、オコナーにとって南部的風習の意義は、その崩れる瞬間にあると言ってよい。オコナーの作品では、それまで培ってきた価値観が喪失するとき、つまり「強制追放」されるとき、神の啓示が出現する。ゆえに、オコナーが『秘義と習俗』の中でしきりに主張する土地の風習の重要性、それがたとえ捩れたものであっても、いや、捩れたものであるからこそ、神の啓示を召喚する上で大事な媒介項なのである。オコナーの南部の人種を巡る曖昧性については、Bacon 108–114、Hoberek 98 を参照されたい。

（4）ベネディクト・アンダーソンも、「偶然を宿命へと変容するのが、ナショナリズムの魔術である」（12）

と指摘する。もちろん、ハイデガーとは違い、アンダーソンは近代のナショナリズムを批判的に解釈してこのような言明を述べたのではあるが。

（5）彼女の高台でのポジション取りは、ベネディクト・アンダーソンの以下の指摘を筆者に思い起こさせる——すなわち、互いに見知らぬ複数の登場人物に対して、超越的な位置から「すべてを同時に眺めることのできる」全知の読者（"the omniscient readers"）を作り出した近代小説の誕生が、名前も知らぬ同国の人々を想像させ、それが「想像の共同体」、つまり国家形成の補助線となった（25–26; 傍点は原文イタリックス）。

（6）具体的にここで彼女が訝しがる、ガイザック氏が知っているかどうかの内実は、夫のチャンシーが農園の一角で秘密裏に行なっているウイスキー醸造のことである。実は、アスターとサルクもこのことを知っているのだが、二人も隠れて醸造所を持っているため、お互いの秘密は保たれている訳である。またこの場面で、ショートレイ夫人は、アメリカは自由の国なので、経営主であるマッキンタイア夫人でさえもこのことを咎めることはできない、と国家的なレトリックを用いる。

（7）ベーコンは、アメリカの田舎の風景が外国の兵士によって破壊される様子を描いた、地方主義の画家トマス・ハート・ベントン（Thomas Hart Benton）の《侵入》（*Invasion*）という絵画を示しながら、被害者の顔ははっきりと分かるのに対し、侵入者の顔はヘルメットに隠されて不可視になっていることを指摘する（19）。ガイザック一家の理解不可能性は、侵入者の不可視性と重なり合うのであろう。

（8）ポール・ボイヤー（Paul Boyer）は、戦後のアメリカにおいて聖書に描かれるアポカリプスの預言の真実性を訴えたウィルバー・スミス（Wilbur M. Smith）の論を紹介しながら、原爆が聖書の預言をキリスト教信者でない者にも考えさせることになったと指摘する。もちろん、「強制追放者」には原爆への言及はないが、聖書の終末的預言がアメリカにおいて流布していたことが、ショートレイ夫人の信仰の熱狂ぶりからも窺える。また、スミスは、世界が核によって終末を迎えることはすでに預言されているので、それを妨げようとする世界政府の働きは神の意志に反すると主張する (Boyer 115–122)。

(9)『ヨハネの黙示録』が提示する、「測る」「測れない」の計測的な問題は、ハートとネグリが指摘する、形而上学の伝統と近代的価値の尺度(計測可能性)の関係に接ぎ木することができる。つまり「分からないもの」とは、超越的統一性——それが神であれ国家であれ——を攪乱する、あってはならないものである。「偉大なる西洋形而上学の伝統は、つねに計測不可能なものを憎悪してきた。〔……〕尺度がなければ、形而上学者が言うように、調和のとれた宇宙もない。宇宙がなければ、国家もない。このような思考の枠組みのなかでは計測不可能なものを考えることはできない、あるいはむしろ計測不可能なものを考えてはならないのである。近代という時代をとおして、計測不可能なものは絶対的禁止、認識論的禁止の対象だった」(ネグリ、ハート 四四五—四六;傍点はオリジナル)。

(10)ここで、アメリカではなく、第二次世界大戦後にアメリカが占領したドイツを舞台にして、アメリカという想像の共同体を人種的な観点から風刺した作品に注目することは、あながち無駄な作業ではなかろう。"D.P." (Displaced Person = 強制追放者、難民のこと) という同じタイトルを持つカート・ヴォネガット (Kurt Vonnegut) の短編は、国籍不明の戦争孤児を題材としたものである。カソリックの修道尼が八十一人もの孤児を連れて外を歩くとき、村の大工たちは子供たちの親の国籍について憶測することを楽しみにしていた。彼らは適当に、「ポーランド人にしちゃ背が高いな」などと、ステレオタイプ的に子供たちの国を推測していくのだが、子供たちも自身の国籍のことなど知る由もない。物語の主人公は、修道尼によってカール・ハインツ (Karl Heinz) というドイツ的な名前を付与された黒人の子供だが、大工たちはアメリカ人でボクシングの元へビー級チャンピオン、ジョー・ルイス (Joe Louis) と人種が重なるため、彼は間違いなくアメリカ人であると見なし、ジョーと名付けていた。そんな折、村に来ていたアメリカ兵の中に黒人がいることを知った大工たちは、彼に父親が来ていると冗談を飛ばす。学校へと向かう途中、自分と同じ黒人の兵士がいることに気づいた彼は、その人が自分の父親であると思いこみ、夜になって彼のいる野営地まで会いに行く。英語を話せないカールは、ドイツ語通訳の中尉を介して黒人のアメリカ兵士が父親であると言い張り、その子の健気さに心を動かされたその兵士は、いつか海の向こうにある家に連れて行ってあげると約束して別れる。自分がアメリカ人だと思い込む黒人の少年の無邪気さは、ショートレイ夫人の崇高な国民国家共同体意識のパロディとして位置づけられるかもしれない。

(11) ショーブは、五〇年代の冷戦リベラリズムの特質の一つである人種、階級を統合する普遍主義 ("universalism") が、オコナーの世界にも脈々と流れていることを指摘する。つまりオコナー文学に描かれる南部の人種と階級の差異は結局消失するがゆえに、冷戦リベラリズムの提唱する人類の普遍主義と重なり合う、とショーブは言う (133)。しかし、オコナーの文学世界に見られる普遍主義は、ショーブ本人も断っているように、やはり彼女のカソリック性に大きく依拠しているように思われる。南部的なものに批判の矛先を向けながら、アメリカに同化できない南部に共感を寄せるオコナーには、当時の冷戦リベラリズム的な考えとは反する要素が多いと言える。その点、ホビレックは、オコナー文学における南部のアイデンティティ・ポリティックスを読み解いており、説得力のある議論となっている。

(12) 南部に人種混淆の可能性をもたらすこと、南部農業の機械化を促進させること、これらのことからガイザック氏というポーランドからの強制追放者を、北部人と読み取ることも可能であろう。

(13) リチャード・ジャンノーネは、最後にマッキンタイア夫人が「不変の神の認識」(*Flannery O'Connor, Hermit Novelist* 138)を獲得したと述べるが、彼女は神の領域に入ったことを「気づいて」はいないだろう。

第八章　生の政治と死の宗教

――『激しく攻める者はこれを奪う』

◉公的なアメリカと私的な南部

『激しく攻める者はこれを奪う』には、戦後の合衆国の政治力学が表出している。オコナーの作品の中であまり評価が芳しくないこの小説を概観するとき、さまざまな瑕疵を感じる読者もいるだろう。オコナー文学の最大の特質は、簡明なリアリズムの世界に突然暴力的に神の啓示が現われることにあるが、『激しく攻める者はこれを奪う』におけるキャラクターの冗長な語りはそれが文学ではなく宗教問答のように思えることから、美学的に大きなマイナス要因となる。また、主人公フランシス・マリオン・ターウォーターがビショップ・レイバー（Bishop Rayber）に洗礼を施す枢要なシーンにおいても、オコナー流の秘義が十分描かれているとは言えず、物語中何度も言及される預言についても、その具体的な意味は曖昧なままである。(1)

しかし、宗教以外の点に注意を向けるなら、このテキスト上には当時のアメリカの歴史的・政治的事象が散見されることに気づくだろう。老メイソン・ターウォーター (Mason Tarwater) がヤング・ターウォーター（フランシス・マリオン・ターウォーター）を、世間の目に届かない自宅にて預言者に仕立てるべく独自の教育を施していた一九三八年から一九五二年の十四年間は、アメリカにとって大きな転換期でもあった。一九三〇年代ニューディール期の福祉政策、四〇年代の第二次世界大戦における徴兵、そして戦後五〇年代の反共政策と資本主義経済の繁栄の中で、国家行政の網の目は合衆国国民一人一人へと拡大、浸透していった。オコナーがこの作品に着手した五〇年代において、国民はアメリカ的なアイデンティティ——自由——を謳歌するようになり、国家の一時代の隆盛を極めるに至る。それを裏書きするかのように、アメリカ的な価値観(ライフスタイル)の下で生きる学校教師ジョージ・レイバー・ジュニア (George F. Rayber, Jr.) が、老ターウォーターの宗教教義に染まった甥のヤング・ターウォーターを再教育するために何度も言及する言葉が自由である。レイバーの言う自由はアメリカ的な生(ライフ)の賛美を意味するが、その対極に位置するのはヤング・ターウォーターの「囚われの中で授かった自由への洗礼」(*VB* 20) であり、この二つの「自由」の差異は政治と宗教の差異でもある。

このような時代背景の中で書かれた『激しく攻める者はこれを奪う』において、老ターウォーターの宗教教義はアメリカの政治への抵抗として機能する。彼自身、神から選ばれた預言者であることを疑わず、自身の後継者に仕立て上げるために甥であるレイバーのそのまた甥にあたるヤング・ターウォーターを強引に奪い取る。彼はレイバーの妹と神学を専攻する大学院生の間で生まれた私生児だが、その父親をピストル自殺で、母親を祖父母と共に交通事故で亡くした孤児でもあった。彼が大伯父によって連れてこられた南部テネシー州のパウダーヘッド（Powderhead）は、「土の道路から外れているだけでなく荷馬車の道や歩道からも離れた」（*VB* 12）、行政の目から完全に遊離した僻地であり、そこでヤング・ターウォーターは公教育を受けることなく、老ターウォーターによる私的な宗教教育——アダムの楽園追放から最後の審判の日までの歴史（*VB* 4）——を施されたのである。

ここで物語の内容を概観しておこう。自称預言者の老ターウォーターは八十四歳で亡くなったが、生前彼は必ず以下の二つを行なうよう、ヤング・ターウォーターに指示（預言）していた。一つは最後の審判の日における復活に備え火葬ではなく土葬にすること、そしてもう一つはレイバーの息子で知的障害者のビショップに洗礼を施すことである。大伯父の死後、ヤング・ターウォーターは外にあるイチジクの木の下に墓を掘っていたが、そのときから自身の内に潜む他者——オコナーはこれを悪魔と呼んでいる（*HB* 367）——が話しかけてくるのを感じ始める。この他者は老ターウォーターの教義を一笑に付し、その預言がいかに無価値なものであるかをヤング・ターウォーターに諭す。彼は墓を掘る途中で大伯父——老ターウォーターはアルコールを密造していた——が隠していたアルコールを飲んで泥酔し、結局他者の蠱惑に負けて老人の死体を家と一緒に燃やしてしまう。その後、家から最も近いハイウェイにて通りがかりの車に乗せてもらい、伯父レイバーの家まで送ってもらう。彼を訪ねたのは真夜中だったが、レイバーは甥を家に入れ、彼に叩き込まれた狂信的な教義を公教育により匡正することを画策する。しかし、彼はレイバーの言うことに耳を貸さず、公教育を受けようともしない。その一方、ヤング・ターウォーターも、ビショップに洗礼を施すことの無意味さを説く内なる他者の声に抗論しながら大伯父の預言を実行すべきか沈思していた。最終的に彼は湖でビショップに洗礼を行ない、そのまま彼を溺死させてしまう。その後パウダーヘッドに足を向けるが、その途中に車に乗せてもらった若い男にウイスキーを勧められ、酔って寝ている間にレイプされる。道路の脇の森で目覚めた彼はその一帯を不浄と考え焼き払い、そして自らつけた火によって灰と化した家跡を見に行く。森の切れ目からかつて老人と暮らした土地を睥睨し、あたかもそこを浄化するかのように彼は周囲の森にも火をつける。その後、家があった場所に下りていくと、彼が目にしたのは近隣に住む黒人ビューフォード・マンソン (Buford Munson) が、密かに老ターウォーターを埋葬した墓だった。結局、大伯父の指示（預言）はヤング・ターウォーターの意に反して成就されたのだが、自身の周りで燃える炎を聖書に書かれた預言者たちを包む炎に見立て、彼は預言を伝えるべくその脚を町の方へと向けるのであった。

従来のオコナー批評――聖と俗の二項対立的な解釈――に鑑みれば、俗の世界から隔離されたパウダーヘッドは聖なる土地であり、そこに住む二人のターウォーターは選ばれし預言者であると見なされる[2]。逆に彼らの逸脱ぶりを指摘し再教育しようとする親類たちは合理主義的な存在であり、彼らが住む町は俗の象徴という構図が成立する。その一方で、この作品を当時の歴史的、政治的なコンテキストから読み解くとき、前述したように国家的な行政管理とそれへの抵抗という異なる二項対立が浮上する。もちろん、これはどちらが善でどちらが悪という倫理的な構造に還元できるものではないが、老ターウォーターの宗教的な生活が行政の管轄外で行なわれているのに対し、彼の親類の暮らしがそれと深く関わっていることには注意を払うべきであろう。老ターウォーターの義理の弟、ジョージ・レイバー・シニア (George F. Rayber, Sr.) は保険の外交員、[3] 甥のレイバーは学校教師、さらにレイバーの妻バーニス・ビショップ (Bernice Bishop) は行政の福祉係であることは、老ターウォーターの環境に対し国家の網が張り巡らされていたことを示唆する。実際、老ターウォーターの妹は彼を強制的に精神病院に収容させ、「まともな人間」に矯正しようとする。その結果、彼は四年間そこに閉じ込められたのだが、この出来事は行政の内部と外部をめぐる攻防が一つの家系の中で行なわれていたことを明示するものだ。老ターウォーターは、「エゼキエルは穴に四十日入っていたが、私の場合は精神病棟に四年間だ」(*VB* 62) と言い、この出来事を行政による精神の規律化とは見なさず、聖書的な預言の物語へとすり替える。彼は自身の預言者としての生に行政の権力が参入するのを認めない。そして家系の中での行政を巡る対立構造が最も現前化するのは、学校教師のレイバーと福祉係のバーニス・ビショップが、老ターウォーターによる私的な宗教教育を止めさせるべくパウダーヘッドに乗り込んでくるエピソードである。作品の冒頭部分で語られるこの事件の中で、自身の地理的、そして精神的な私的領域を守ろうとする老ターウォーターは、甥のレイバーの片足と右耳めがけて銃を発射する。結局これが原因でレイバーは耳が聴こえなくなり補聴器を付ける仕儀となったが、老ターウォーターがパウダーヘッドへの親類の侵入を拒否したことは、彼が政府による行政介入を拒絶したことと同義である。

一九五〇年代はパクス・アメリカーナを確固たるものにした。第二次世界大戦後に世界の覇権を取ったアメリカは、ソ連との冷戦構造の中でその政治体制を海外へと波及していった。占領政策を通して大きな影響力を受けた日本もその例外ではなく、『激しく攻める者はこれを奪う』においてもバーニス・ビショップが夫レイバーと知的障害の息子ビショップからできるだけ距離を置くため、「日本で福祉の仕事をしている」(*VB* 180) ことが書かれている。その一方で、海外だけではなく国内においてもアメリカ政府は行政管理を拡大しようとしていた――その矛先は、南北戦争以降統治するのが困難であった南部である。冷戦構造の枠組みでオコナー文学を捉えるジョン・ランス・ベーコンが『激しく攻める者はこれを奪う』に焦点を当てるとき、連邦政府と南部を「公教育」と「私教育」の対立軸で捉えているのは興味深い。その解釈の基盤となるのが、一九五七年に起こったアーカンソー州でのリトルロック高校事件である。その前年にアメリカ最高裁が人種分離政策に違憲判決を下したことを踏まえ、リトルロック・セントラル高校に九名の黒人生徒が入学した。教育における人種統合政策を阻止しようとする地域住民、さらには州知事に対し、当時の大統領ドワイト・アイゼンハワー (Dwight Eisenhower) はその九名を保護すべく連邦政府軍を発動したため、連邦と南部の対立を深める事件へと発展した。ベーコンは、当時の南部が連邦政府を共産主義に譬えながら、アメリカ的民主主義は南部にあり、そして地域で培われた伝統、文化を守るため、連邦政府の「公教育」に対抗すべく南部独自の「私教育」を興していたことを指摘する。「私教育」は連邦政府の画一性に対抗すべく南部の個人主義を守ろうとするものであり、社会から分離した老ターウォーターの家は「個人主義の砦」となる訳だ (Bacon 98)。

物語のプロットの一つであるレイバーと老ターウォーターの対立、それは公と私の対立であり連邦政府と南部の対立でもあるが、それに付随して生と死の力学が鬩ぎ合っていることも我々は看過してはならない。老ターウォーターの教義は、「世界は死者のために作られたのだ。〔……〕生きている人の数より死者の数の方が遥かに多く、生者が生を全うする時間より遥かに長く、死者は死の状態にある」(*VB* 16)とあるように、生ではなく死にその力点が置かれている。彼にとって生の時間より死の時間の方が長いという訳だが、死を生との断絶というより延長として考えていることには注意を払うべきだろう。そのことは、『激しく攻める者はこれを奪う』において何度も彼がヤング・ターウォーターに説諭する、最後の審判の日における死者の復活と関係があるのは間違いない。思い起こせば、『激しく攻める者はこれを奪う』が老ターウォーターの死とその埋葬についてのエピソードを始点としていることから、この物語全体は死を中枢に据えていることが窺える。その死の思想に対蹠(たいしょ)的なのが、教育者レイバーの考えである。彼は人間の自由と尊厳の意義に触れ、「死んだ人間が役に立つなんてことはないだろう?」(*VB* 104)と言い、ヤング・ターウォーターの内なる声も「死者ほど哀れなものはない」("You can't be any poorer than dead")(*VB* 24)と大伯父の教義における死の不毛性を説諭する。教育における北部と南部の対立は公と私の対立であるが、『激しく攻める者はこれを奪う』においてはさらに生と死のそれへと発展する。

死の重要性は、『激しく攻める者はこれを奪う』の第一章が一九五五年の『ニュー・ワールド・ライティング』(*New World Writing*)誌上に、先ほど引用した内なる他者の台詞、"You Can't Be Any Poorer Than Dead" という題で掲載されていることからも窺い知れる。このタイトルは、逆説的に、本当にあわれなのは死者か生者かとオコナーが密かに問いていると考えられ、テキスト上の死を巡る主題を表面化する。作者の家族事情に目配りするなら、『激しく攻める者はこれを奪う』はオコナーの父エドワード・フランシス・オコナー(Edward Francis O'Connor)に捧げられているが、彼に彼女と同じく紅斑性狼瘡を患い、本書が上梓されたときにはすでにこの世にいない。もちろん、著作を亡父に捧げるのは珍しいことではないが、主人公Francis Marion Tarwaterの名前が父のそれと部分的に重なっていることは、この二人が異なる人格をもつにせよ、死んだ父の存在が執筆中のオコナーの脳裏にあったことの証左となる(Kirk 145)。と同時に、父の生命を奪った紅斑性狼瘡が自らの命を浸食していくのをオコナーが意識していた可能性も否定できない。彼女は『激しく攻める者はこれを奪う』が出版された四年後、一九六四年に亡くなっている。

◉生の享受と死の洗礼

話を作品の政治性に戻す。作品における公と私、生と死の二項対立に触れたが、これは歴史家・思想家のミシェル・フーコー(Michel Foucault)の指摘した、近代以降の政治の特徴である生政治のキーワードでもある[4]。彼の言う生政治の特質は、国民を殺すことなく生かすことで権力の統治機構を増殖させる政治形態にある。かつては死を通して権力を示すことで国民の統治を実践した王権政治に代わり、近代以降の国家は国民を生かすことで国への隷属化(規律と調整)を図ってきた——もちろん、国民には知られないようにこの隷属化は行なわれるのだが。それは国民が生を享受していると思わせる統治方法であり、国民を統治する機構——家族、軍隊、学校、警察、病院、保障制度、等々——が発達することになる。生政治の目的は、人間の剝き出しの生を政治化された生に、テキストの言葉を使えば「良き市民の義務」(*VB* 108)を遂行できる人間を生産することにある[5]。その一方で、生政治にとって大きな弊害となったのは、個人の単独性と関わる死だとフーコーは言う。「死は権力の限界であり、権力の手には捉えられぬ時点である。死は人間存在の最も秘密な点、最も『私的な』点」であり、生政治の公的な統治にたいして私的な権限の死はその対極に位置するもの、それゆえ権力は「ひたすら死から目を外そうとしてきた」(6)(『性の歴史』一七五)のである。国民を管理し、生かすことによって権力の網を拡大していく政治にとって、死という私的な主権はそこから網が破られる可能性を持つがゆえに秘匿されねばならない。この文脈で老ターウォーターの死の宗教観を再考すれば、それは彼の狂信性と相俟って、近代以降の生政治とは相容れないものとなる。生政治にとって死という「私」の領域は何としても抹殺(統治)する必要があり、公的な行政管理は老ターウォーターの「死」と「私」を封じ込める必要性があった。

老ターウォーターの死の宗教は生政治とは異なるベクトルを持つがゆえに、彼が私的領域に隠棲するのは当然の成り行きである。いや、単に閉じこもるに留まらない。彼は甥であるレイバーに、そしてレイバーの甥のヤング・ターウォーターに、それぞれの親の許可なしに洗礼を施し、私的領域を拡大しようとする。もちろん、公的な牧師、司祭の資格を持たないことから、彼の洗礼には制度的な効力はなく、突きつめて言えば、彼のキリスト教もきわめて私的なキリスト教である。この点については、オコナー自身も「老ターウォーターは明らかに南部バプティストの信者ではなく、どの宗派にも属さない人で、本当の意味での預言者なのである。本当の預言者は聖霊によって命を吹き込まれ、必ずしもその地域の主流派の教義によって感化されているわけではない。〔……〕彼は預言者であり、教会の一員ではないのだ」(*HB* 407)と述べ、彼の教義が制度化された宗教と一線を画していることを強調する。自身の私的な領域を公的な領域に浸食させる老ターウォーターの行為は、作品のタイトルである『激しく攻める者はこれを奪う』（『マタイの福音書』一一・一二）を彷彿とさせるが、生政治の理念と対立する彼の教義が最も表面化するのは、「ビショップを洗礼せよ」という命令・預言により彼が溺死へと至った瞬間である。

洗礼という秘跡の目的は、罪ある自身に死が与えられ新しい命を得ることにあるが、それについて触れている『ローマ人への手紙』の一節を取り上げてみよう。「キリスト・イエスにあずかるバプテスマを受けたわたしたちは、彼の死にあずかるバプテスマを受けたのである。すなわち、わたしたちは、その死にあずかるバプテスマによって、彼と共に葬られたのである。それは、キリストが父の栄光によって、死人の中からよみがえらされたように、わたしたちもまた、新しいいのちに生きるためである」（『ローマ人への手紙』六・三―四：傍線は筆者）。洗礼によって古き自己はキリストと共に十字架につけられ、キリストと共に新しい命を手にすることを右の引用は示しているが、興味深いのは再生と結び付く洗礼において死が強示されていることだ。洗礼には死の影が見え隠れするような暴力性が漂う（Micheals 59）。確かにフランシスの施した洗礼は文字どおりビショップに物理的な死をもたらし、彼がこの世で新しい生命を得る機会を奪うことになる。しかし、「あの殺人を神は気にも留めていない」（*HB* 343）という言明を読むにつけ、オコナーにとって殺人という罪が神の審判を受けることはないようだ。オコナーの文学世界において、生と死は両極に位置するものではなく、むしろキリスト教の生とは死を経由して獲得されるものであり(7)、以下の聖書の文言はそのことを明示している。「しかし、ある人は言うだろう。『どんなふうにして、死人がよみがえるのか。どんなからだをして来るのか』。おろかな人である。あなたのまくものは、死ななければ、生かされないではないか」（『コリント人への第一の手紙』一五・三五―三六）。『激しく攻める者はこれを奪う』のビショップへの洗礼の場面において死が生をもたらす秘義の感覚はないが（この作品の瑕疵の一つはここにある）、死を伴う暴力的な洗礼の瞬間に神の聖寵が湧き出る具体例として「川」を挙げてもよい（Michaels 63）。もちろん、ヤング・ターウォーター自身、「お前は生まれ変わることなどない」（*VB* 209）という言葉を吐いているようにビショップの復活を考えて洗礼を行なった訳ではない――そうはいいながらも、死の意義を説く老ターウォーターの教義に沿った結果となったのである。

生前、大伯父は「囚われの内に生まれながらも」、「主の死への洗礼、主イエス・キリストの死への洗礼」により「自由」になれることをヤング・ターウォーターに訓戒しているが（*VB* 20）、それは先ほどの『ローマ人への手紙』の一節と呼応するように、罪ある自身の死と復活による再生を謳ったものであり、彼の教義の中心はここにある。「自由への洗礼」とは「死への洗礼」を意味するものだが、自由が生の享受と結び付く五〇年代のアメリカのスローガンとはあまりにも対蹠的である――老ターウォーターにとって「自由」とは死の謂いに他ならないのだ。この対立構造は生命の糧であるパン」についてもあてはまり、彼は「イエスという生命のパン」（*VB* 21）を生命維持の物質的基盤ではなく、死との関連性において述べている。「老人は言った。私が死んだらすぐにガリラヤ湖〔イエスの布教が行なわれたところ〕へと急いで行き、主が増やしてくれたパンや魚を食べるだろう。『永遠に?』と恐れながら少年は尋ねた。『永遠にだ』と老人は言った」（*VB* 21）。ヤング・ターウォーターが言うように「大伯父の狂気の核心」とは「イエスという生命のパン」への渇望であり、これが作品のタイトルである『激しく攻める者はこれを奪う』へと直結する。「イエスという生命のパン」は、老ターウォーターの言葉に従えば、逆説的ではあるが死の世界――つまり、復活を待つ世界――において初めて食することができるのだ。『激しく攻める者はこれを奪う』には食事の場面が多く[8]、ヤング・ターウォーターは伯父レイバーによって出された食事で満たされることがない上に、時には食べること自体を拒絶するが、それは物質的に満たされた当時のアメリカの生の中で「イエスという生命のパン」を得ることの不可能性を示している。実際、右記の引用に呼応するように、作品の掉尾においてヤング・ターウォーターは大伯父の墓の十字架から、死者の群れがイエスのパンと魚を食べる光景を神の啓示として垣間見る。

彼が眺めていると、群がっている人たちが一つの籠から食べ物を与えられているのが分かった。あたかも探している人を見つけることができないかのように、彼の目は長い間その群がっている人たちを見つめていた。それから彼は大伯父を見つけた。老人は地面に腰を下ろそうとしていた。しゃがんでその大きな体が安定したとき、大伯父は前かがみになり、顔を籠の方に向け、それが彼の方に来るのを我慢できないかのようにじっと見ていた。少年もまた前かがみになると、彼の飢えが何を求めていたのかようやく気づき、それは老人と同じものであり、この地上では何も彼を満たしてくれないことを悟った。彼はとても飢えていたので、主が増やしてくれたパンや魚を残らず食べてしまえるほどであった。(*VB* 241)

すべての死者たちを包み込む十字架の世界、「地上」のアメリカでは満たされることのなかった飢えが生命のパンにより満たされる世界、ヤング・ターウォーターがそこに入ることはまだ許されていない。しかし、死者の憩いの世界は「時間と闇を通り、幾世紀も貫く潮」(*VB* 242)となって彼の中に湧き起こるのを感じ、大伯父を媒介にして「激しく攻められる世界」、公的な国家が介入することのできない死的かつ私的な領域である最後の審判を待つ世界、と物語の最後で彼は対峙する。[9]

思い起こせば、ヤング・ターウォーターは母親とその両親——つまり、彼の祖父母——が交通事故で亡くなったときに出生した子供であった。その事故のため父親がピストル自殺をしたことを考えれば、彼の生には常に死の匂いが付きまとう。彼自身、事故での誕生を誇りにしていたが(*VB* 41)、死こそ生命を得る道という考えは先ほども言及したようにオコナー文学のライトモチーフの一つである。自作の『賢い血』を引きながら、「ヘイゼル・モーツの盲目が死の中の生の象徴のように、車は生における死の象徴のようなものである」(*MM* 72)と彼女は言うが、失明状態となった主人公ヘイズの死の場面、「一点の光となった」(*WB* 232)という末尾の文は、まさしく彼が死の中に生を獲得したことを示唆している。『激しく攻める者はこれを奪う』も死の可能性について論じた作品であるが、預言者として生まれ変わったヤング・ターウォーターの未来について、「生きて使命を果たすのではなく、死して使命を果たさなければならない」(*HB* 342)とオコナー自身が言うように、テキストの道標は生ではなくまずは死へと向けられるのである。[10]

◉アメリカの市民宗教、ターウォーターのキリスト教

ここまで『激しく攻める者はこれを奪う』が生政治とは相反する私と死のベクトルを内に孕んでいることを指摘したが、当時のアメリカの宗教的事象を補助線に、老ターウォーターの狂信性についてもう少し吟味したい。第二次世界大戦の勝利によりアメリカへの国民信仰は、五〇年代において否応なく高まっていったのは周知の事実である。もちろん、マッカーシズムによる弾圧はあったが、それも共産主義という反アメリカ的と思われていたイデオロギーが標的だったため、国家の精神的価値観の基盤が崩れることはなかった。そのような国家隆盛の時代における宗教について顧みるとき、重要な論考と思えるのがロバート・ベラの「市民宗教」(“Civil Religion in America,” 1967)である。

彼の言う「市民宗教」とは、アメリカ人が共有する宗教観、それはプロテスタントに限定されず、カソリックやユダヤ教を包み込む統合的な宗教思想である。その特質を、ジョン・F・ケネディ(John F. Kennedy)の大統領就任演説において、彼が個別の宗教(カソリック)に触れず「神の概念」だけに言及したことに注目しながら、ベラは以下のように巧みに概説する。

> 事実、彼が唯一言及したのは神の概念についてであり、ほとんどすべてのアメリカ人が受け入れることのできる言葉であるが、多くの異なった人々に異なった意味を与えるので、その言葉はほとんど意味のない記号でもある。このことは、アメリカにおいて宗教とは漠然と良きものであるが、人々はそれにたいして注意を払わないので、宗教の中身などは完全になくなってし

まったことをも暗示しているのではなかろうか？

右記の引用において、市民宗教とはアメリカ人全体の宗教観を包括するがゆえに具体的な宗教の教義が不問に付せられることをベラは指摘する。それは何も個別の宗教を否定することではない。彼が指摘するように、アメリカ人にとって宗教（キリスト教）自体は必要不可欠なものであるため、歴代の大統領就任演説は必ず「神」に言及することになる。その「神」に対し、それぞれの宗教、それぞれの宗派は自らの神を投影するが、市民宗教の「神」は単一の実体ではなく、教義的に相容れない宗教、宗派の複合的な概念を内に孕むため、現実として「空虚な記号」となる。言ってみれば、市民宗教とは「神」について考えることではなく、アメリカがいかなる国家なのかを示す価値体系、アイデンティティの問題となる。ゆえに、ベラは、「我々の政府は強い宗教的信仰に基礎づけられていなければ意味はないが、それが何であるかは気にしない」というアイゼンハワーの言葉を用いながら、市民宗教とは「現実のいかなる宗教も完全に否定する」のではないのかという疑問を呈するに至る。そのため、少なくとも国家の政治的レヴェルにおいて、市民宗教の力学が強くなると個別の宗教はそれに包括されることで境界が曖昧となり、公ではない私的な存在と化していく。[11] あるいは、個別の宗教の教義を追求すれば、私的領域に隠逸（いんいつ）せざるを得ないのであろう。

市民宗教が出てきた背景には、宗教の生政治化がある。一つの国家が多くの宗教を内包することはあっても、一つの宗教も持たない国家はおそらく存在しないことを考慮するなら、国家における宗教の重要性は等閑視できない。冷戦の時代、アメリカ人は自国の制度、文化、民族の卓越性を信じていたが、とりわけその中でも宗教への信頼は強かった[12](Kirby 3)。そのため、生権力としては宗教を管理することで国民を統治する必要があるが、政治的宗教の側面を持つ「市民宗教」は、さまざまな宗教、宗派を包含することで、単一の意味内容を持たない記号として国民の精神に巣食うことになる。国家統治は宗教に目をつけることをフーコーも指摘するが、それは「教義上の真理性を問題にするのではなく、人生の道徳面での質を問題にする」(「全体的なものと個的なもの」三五〇)のである。その統合的で単一の教義を持たない国家的宗教を、宗教学者の森孝一は「見えない宗教」(三七)と命名している。フーコーの指摘した生政治が人の目に見えない権力統治——たとえば、パノプティコンという監獄の監視システムを想起してもよい——を目指したことを念頭に置けば、「見えない宗教」である市民宗教が隆盛する時代は、生政治が宗教をも統治していることを意味するだろう。市民宗教とは暗々裏(あんあんり)にアメリカ精神の肯定、アメリカの生の肯定を感化するからだ。エイミィ・ハンガーフォード(Amy Hungerford)が『ポストモダンの信仰』(*Postmodern Belief*, 2010)で述べるように、特に戦後においてアメリカの宗教観は、「教義に基づく具体的な信仰や偏見」から「アメリカの市民宗教として信仰を信仰すること("faith in faith")の確立」(5)へと移行していく。ベラの主張もそうであったが、市民宗教とは「神の信仰」ではなく「信仰の信仰」であり、さらにはアメリカ的な倫理や価値体系への信仰でもある。一八六四年には硬貨に印字されていた文言、「我々は神を信じる」("In God We Trust")が一九五六年、アイゼンハワーの時代に国是として採択され、翌一九五七年に紙幣に載って国内に流通したことは宗教の政治化を例示している。一九五〇年代においてて宗教とはアメリカン・ナショナリズムと同義なのだ(Whitfield 87)。

市民宗教と『激しく攻める者はこれを奪う』の関係性を考える際、後者とほぼ同時期に出版されたJ・D・サリンジャーの『フラニーとゾーイ』(*Franny and Zooey*, 1961) を伏線に置きたい誘惑に筆者は駆られてしまう。[13] イエス・キリストの名が頻出するこの作品において特定の宗派の教義は確認されず、むしろ多くの人が投影しやすいキリストのイメージが描写されているからだ。それを象徴的に示すのが、社会の偽善に辟易（へきえき）するフラニー・グラス (Franny Glass) に兄のゾーイ・グラス (Zooey Glass) が、自殺した長兄シーモア・グラス (Seymour Glass) から教えられた「太ったおばさん」("The Fat Lady") の逸話を紹介し、彼女に精神的な癒しを与える物語末尾の場面である。ラジオ番組に出演するため靴を磨けという兄の説諭を聞くが、観客もアナウンサーも無能だからそんなことをする必要はないと主張するゾーイに対し、シーモアは姿こそ見えないが彼らの番組を聴いているであろう「太ったおばさん」のために靴を磨けと言う。その「太ったおばさん」についてゾーイは、「とてもはっきりした太ったおばさんのイメージが、心の中で出来上がったんだ。彼女は一日中玄関のポーチに座っていて、蠅を叩きながら、朝から晩までラジオを大音量で流しているんだ。たぶんすごい暑さで彼女は癌にかかっていて、しっかりとは分からないけど」という具体的な心象を作り上げる。さらに「そこではシーモアが言う太ったおばさんでないような人は誰もいないんだ」という統合的な「太ったおばさん」像へと発展させ、それはイエス・キリストに他ならないと結論付ける (*Franny and Zooey* 130–131; 傍点は原文イタリックス)。「太ったおばさん」＝イエス・キリストの図式は、特定の宗派の教義を示すものではなく包括的で倫理的なものであり、それは曖昧ではあるが誰もがイメージを共有できる、どこにでもいる隣人的存在のキリスト像である。ここに『フラニーとゾーイ』の市民宗教的な要素が表われており、老ターウォーターのキリスト像とはあまりにも懸絶していることが分かる。後者にとってキリストは死と絡み合うのに対し、前者の「太ったおばさん」に譬えられるキリストは生と結び付く。それを裏書きするように、フラニーは「太ったおばさん」の逸話に心を癒されたところで『フラニーとゾーイ』は幕を閉じる。

もう少し率直に言えば、『フラニーとゾーイ』はキリストを通して人間的倫理や道徳について考えるテキストではあるが、たとえ随所にキリストの言葉が散りばめられていてもキリストの教義そのものについてのテキストではない――実際、それは仏教やヒンドゥー教など他の宗教への言及も包含している。つまり『フラニーとゾーイ』はアメリカ社会への抵抗の書でありながら、アメリカ人が人としていかに生きるべきかを書いた道徳書であり、捩れを伴いながらもアメリカ精神を称揚する可能性を内に秘める。それに対し、老ターウォーターの教義は「キリスト教の祈り『汝の隣人を愛せよ』を実行されない状態に据え置く」(Stevens 263) のであり、そこに倫理性はない。『フラニーとゾーイ』と『激しく攻める者はこれを奪う』を比較するなら、前者は道徳に付随する高揚感を読者にもたらすが、後者の宗教的狂信性はより目立ったものとなり、「イエスという生命のパン」を求める死者たちはグロテスクな共同体として前景化され、生政治の価値観の下で生きる国民には敬遠されることになる。「今日のグロテスクな登場人物たちは目に見えない使命を背負っている。彼ら／彼女らの狂信的な振る舞いは、単に変わり者ということを意味するのではなく、ある非難を示しているのだ。思うに、それは預言者的なヴィジョンから生まれ出る」(*MM* 44) というオコナーの言明を顧みれば、老ターウォーターは見えなくなった「私的なキリスト教」を人々に突きつける預言者として、時代の中で屹立することになる。もう少し敷衍して考えるなら、老ターウォーターの狂信性から距離を取ろうとする物語中の「良き市民たち」と『激しく攻める者はこれを奪う』というグロテスクなテキストを受けつけないアメリカ人の構図は重なるのである。

サリンジャーが今でも人気のある所以の一つは、戦後アメリカ文学の中で家族を描くのにきわめて長けたところにある。ホールデン・コールフィールド (Holden Caulfield) をはじめサリンジャーの登場人物は、たとえ社会に反抗的であっても家族愛が強い。対照的にオコナーの登場人物からそれは感じられず、むしろ家族の崩壊、消滅が描かれる場合さえある。もちろん「パーカーの背中」のような結婚と妊娠に絡んだストーリーもあるが、「善人はなかなかいない」はそれこそ一家全員が脱獄犯に殺される話だし、『賢い血』は家族だけでなく故郷さえも喪失したところから物語が始まる。そして、『激しく攻める者はこれを奪う』もその例外ではない。この物語は家族の消滅の話であり、家族内での殺人の話でもある。ヤング・ターウォーターによるビショップへの洗礼（溺死）が血縁内で行なわれたことは、等閑視すべきではないだろう。フーコーが指摘するように「家族」とは身体の規律化、人口の調整機関であるがゆえに、生政治にとって必要不可欠な装置であるが、洗礼が一つの家系の終焉を意味するなら、それは生政治（国家）の網に微弱ながらも綻(ほころ)びを作ることになる。物語上の家族についてもう少し分け入って考えるなら、レイバーは日本にいる妻と別居中で、今後以前のような夫婦の関係に戻ることはないであろう。また、息子が溺死させられるところをホテルの一室から眺め、あたかも自分もそこにいて息子の殺人に加わったかのような錯覚を抱いたことを考慮すれば、レイバーが再び子供を持つことも想像できない。今後預言者として生きていくヤング・ターウォーターにしても、生涯独身を通した老ターウォーターの生き方を踏襲するなら家族を持つことはなく、洗礼という名の殺人はターウォーター家、レイバー家といった家系の終焉をもたらすことに帰結する。(14)

実際、キリスト自身、この世での家族を否定する言葉を残している。『激しく攻める者はこれを奪う』は『マタイの福音書』から取られた言葉であるが、同じ福音書の第十章には以下の文言が異彩を放ちつつ記される。

> 地上に平和をもたらすために、わたしがきたと思うな。平和ではなく、つるぎを投げ込むためにきたのである。わたしがきたのは、人をその父と、娘をその母と、嫁をそのしゅうとめと仲たがいさせるためである。そして家の者が、その人の敵となるであろう。わたしよりも父または母を愛する者は、わたしにふさわしくない。わたしよりもむすこや娘を愛する者は、わたしにふさわしくない。また自分の十字架をとってわたしに従ってこない者はわたしにふさわしくない。自分の命を得ている者はそれを失い、わたしのために自分の命を失っている者は、それを得るであろう。(15)（『マタイの福音書』一〇:三四―三九：傍線は筆者）

これまで見てきたことからも、右のキリストの台詞と老ターウォーターの行為が同系であることが了解できる。この世での生を賛美する生政治的国家を横目で見つつ、あるいは家族という生を育む共同体を離れ、十字架という剣の下で最後の審判の日における復活に備え死に続ける老ターウォーター。しかし、「この朽ちるものは必ず朽ちないものを着、この死ぬものは必ず死なないものを着ることになる」(『コリント人への第一の手紙』一五・五三)とあるように、死は永遠にあるのではなく、キリストと共にある生の胚胎となる。物語末尾で、十字架を通して大伯父が属する死の共同体を垣間見たヤング・ターウォーターは、「激しく攻められる」国をそこに見、自らが預言者として生まれ変わるのを体験する。そう考えるのなら、『激しく攻める者はこれを奪う』はまさにヤング・ターウォーターを取り巻く死――老ターウォーター、ビショップ、そして両親と祖父母の死――から生まれ出た彼自身の洗礼、再生の書と言えるのである。

◉注

(1) オコナー自身、『激しく攻める者はこれを奪う』がなかなか思うように進まず「牢獄からの脱出」("escaping from the penitentiary" *HB* 127)という比喩を用いながら短編への逃避傾向を手紙で書いている。他にも *HB* 65, 177 を参照されたい。また『激しく攻める者はこれを奪う』出版後の批評動向については Whitt 85–87, Kirk 131–132.

(2) リチャード・ジャンノーネは「老ターウォーターは、悪の時代に神聖な人間であり続ける、という不可能なことを成し遂げた」(*Flannery O'Connor, Hermit Novelist* 150–151)と述べ、老ターウォーターの神聖さを強調する。

(3) フーコーは生政治における人口の調整装置の一つとして「保険」を挙げている(『社会は防衛しなけ

ればならない』二四四)。レイバーの父にあたるレイバー・シニアは老ターウォーターに「〔レイバー・シニア〕もまた預言者、ただし生命保険の預言者である。というのは、正しい考えを持つクリスチャンは、不測の事態においても、家族を守り養うのがその責務であることを知っているからだ」(59)と言っているが、「正しい考えを持つキリスト教信者」とは「良識を持つ国民」の謂いであり、彼の台詞から宗教の政治化が読み取れる。

(4) ウィリアム・モンロー(William Monroe)はフーコーの『狂気の歴史』を援用しながらオコナーの作品を解釈するが、フーコーを単なる社会転覆のロマンティストと捉えリアリストのオコナーとの差異を強調するその論は、ともすれば短絡的な印象を与える。

(5)「良き市民」の一例として、銅パイプのセールスマン、ミークス(Meeks)がいる。ヤング・ターウォーターに仕事と隣人愛がこの世での幸せをもたらす(*VB* 55–56)と説く、ある意味名前どおり国家に「従順な」男はレイバーと近接な位置にあり、老ターウォーターからは最も遠い存在である。また、「良き市民の義務」をヤング・ターウォーターに教示するとき、レイバーは美術館、映画館、デパート、スーパーマーケット、上水道、郵便局、駅、市役所、といった公的施設を見せている(*VB* 108)。

(6) 他にフーコー『社会は防衛しなければならない』二四六―四七を参照されたい。

(7) キャスリン・スパルトロ(Kathleen Spaltro)は、オコナーが敬愛したピエール・テイヤール・ド・シャルダンを引きながら、彼女における死の意義について論究している。

(8) オコナーが『激しく攻める者はこれを奪う』のドイツ語版において『激しく攻める者の糧』(*Food for the Violent*)というタイトルを考えていたことは、物語における食の重要性を裏書きする(*HB* 481)。

（9）ジェイソン・スティーヴンズ（Jason W. Stevens）はオコナーとビリー・グラハム（Billy Graham）における預言の類似性に触れつつ、前者が後者のようにアメリカの神性を擁護する態度を取ってはおらず、その文学世界が表出するのは「国民国家の概念などではなく、キリスト復活の啓示において、カソリック教会と地上にある政府を分けるような終末的二元論」（258–259）だと指摘する。

（10）その意味で、オコナー文学の死は同じ南部文学の巨匠であるフォークナー文学の死、たとえば、神聖な教会のオルガンの調べに合わせながら、哀れな自分たちを造った神への復讐に死を求めるジェファーソンの人々の思い（*Light in August* 322）、とは大きく異なるものである。

（11）その著作『ポストモダンの信仰』で現代アメリカ文学の宗教性を論じたハンガーフォードは、「カソリックとは私的なことであり、公的な人物の公的な決定においてそれと関係を持つべきではない」というJ・F・ケネディの宗教観を紹介している（6）。

（12）また、一九五〇年代は、二十世紀アメリカにおいて最も教会の会員数が多かった時代でもある（Whitfield 83）。

（13）ハンガーフォードも『フラニーとゾーイ』を『ポストモダンの信仰』の中で扱っているが、その作品における最大の宗教的特質は、折衷的な宗教観が最終的に「光をと言う前に神と共にあるような、無心の境地」（*Franny and Zooey* 43）へと収斂することにあると言い、具体的にはフラニーがゾーイとの会話の後に聞いた「原始の静寂の代わりとなるような電話の発信音」（*Franny and Zooey* 131）に示現されると指摘する。ハンガーフォードは戦後アメリカ文学に表象されるポストモダン的な宗教性として、教義内容ではない形式としての祈り、あるいは祈る対象のない信仰のための信仰を挙げているが、教義内容を超越したような無心の境地はそれと通底するのであろう。Hungerford 8–14を参照されたい。

(14) それに付随することとして同性によるヤング・ターウォーターのレイプが挙げられる。オコナーの作品において車はネガティヴな意味で使われることが多く、運転手によるレイプはそれこそ不浄な出来事として解釈できるだろう。あるいは、その出来事は、彼がビショップを殺したことへの報いなのかもしれない。また、この奇妙な場面を、ヤング・ターウォーターの異性愛の不可能性として捉えるのは行き過ぎであろうか。もっともオコナー自身、老ターウォーターとヤング・ターウォーターの近親相姦について一笑に付す見解を示しているが(*HB* 457)。

(15) 柴田元幸は「善人はなかなかいない」を解釈するにあたり、この聖書のフレーズを引用している(一一五)。オコナー文学の全体像を捉える上で引用した箇所はきわめて重要であり、それゆえ柴田の炯眼(けいがん)は注目に値するが、しかし、このキリストの言葉がよりあてはまるテキストは、家系の観点からして「善人はなかなかいない」より『激しく攻める者はこれを奪う』だと筆者は考える。

第九章　偽善と暴力の相補
――「奴隷解放宣言」と「高く昇って一点へ」

「人類にあっては形式がすべてなのだ、節度のある形式がね」
ハーマン・メルヴィル『ビリー・バッド』

◉奴隷解放宣言、神話的暴力、神的暴力

南北戦争時におけるエイブラハム・リンカン（Abraham Lincoln）の奴隷解放宣言という政治的出来事を文学的に考えるとき、それは隷属された民族の抵抗と解放の物語であるアポカリプスが合衆国において実現されたと考えてよいかもしれない。しかし、アポカリプスの原義――「覆いを取り払う」――を下地に考えれば、以下の文章は奴隷解放宣言以後の黒人の状況を巧みに、そして皮肉に表象している。

するとと僕の心の目には、大学の創設者の銅像が浮かぶ。それは冷たい父の象徴のようでもあり、

両手を伸ばし、ひざまずく奴隷の顔の上で硬い金属質のひだとなりはためいているヴェールを、はっとさせる仕草ではずそうとしている。僕は、よくわからず立ちつくしている。ヴェールは本当に外されようとしているのか、元の位置にしっかりと降ろされようとしているのか、あるいは自分が啓示を目撃しているのか、はたまたより効果的な目隠しを見ているのか。(Ellison 33–34)

アラバマ州のタスキーギ大学にあるブッカー・T・ワシントン (Booker T. Washington) の銅像を模したこの記述を奴隷解放宣言に照射するとき、黒人にとって神の啓示とも見なされるその法令は実際何であったのかという問い、つまり黒人の未来は開かれたかどうか、隷属状態からの救済は実現されたかどうかの問いを、ラルフ・エリスン (Ralph Ellison) は突きつけているようだ。とりわけ、「冷たい父」(the cold Father) を「建国の父」と見なすなら、リンカンを含む「父たち」の黒人に対する政治的行為の欺瞞をエリスンは文学的に表象していると見なすことができる。

奴隷解放宣言が急進的な理念先行ではなく戦争に纏わる政治学によって引き出されたものならば、その後憲法修正十三条へと発展しながらも公民権法が成立するまでの百年もの間黒人の人権が実質上無視されてきた事実を考慮するなら、その記念碑的な宣言は後代の人々——とりわけ黒人指導者たち——にとって幾分偽善的なものとして映ることは否めない。たとえば、南北戦争以後の人種問題に対し何ら効果的な処置を施してこなかった合衆国政府を糾弾（きゅうだん）するマルコムX (Malcolm X) は、「その手から黒人の血が滴り落ちているアンクル・サム〔アメリカ政府の俗称〕こそ、地球上で一番の偽善者だ。自由世界の指導者として振る舞っているやつらほどあつかましい者はいない」(35)と言い、アメリカ民主主義とは標語と中身の乖離した偽善政治以外の何ものでもないことを力説する。

当の本人が南北戦争直後に暗殺されたことを差し引いても、その後の人種差別が解消されなかったことを考えれば、リンカンの奴隷解放宣言とは内実が空洞化した言葉だけの法と非難される余地はあるのかもしれない。黒人を奴隷制という頸木(くびき)から解放することになったその法は、実際には一瞬ですべての奴隷を解放したわけではなく、四つの南部境界州やウエスト・ヴァージニア州、そして北軍がすでに占領したテネシー州などの区域の奴隷を適用範囲に定めておらず、また人権の尊重というより軍事上の必要性から出た向きもあり、一般に思われている正義の宣言とは幾分乖離している側面は確かにある。よく知られているように、リンカンは急進的な奴隷制廃止論者ではなく、奴隷解放宣言前年の一八六二年に黒人代表団と会合した際、合衆国では白人と黒人が平等に扱われることはない故、両民族の分離――黒人の合衆国外の植民――を提案し、また黒人のせいで南北戦争が起こったという発言をしたため、「一貫性のない態度、黒人への軽蔑心、もったいぶった偽善心」の持ち主であるとして、フレデリック・ダグラス (Frederick Douglass) の激怒を買っている (Foner 224–225)。

しかしながら、たとえその後の歴史的変遷を概観しても、リンカンによる奴隷解放宣言自体を否定することもできない。それは、独立宣言に表記されている自由と平等の理念を合衆国国民に再提示するきっかけとなり、遅まきながらも百年後の公民権運動の時代において合衆国が採択すべき正義の法として回帰し、国家の舵を大きく変えることになったからである。

政治的な文脈で奴隷解放宣言という出来事を振り返るとき、ヴァルター・ベンヤミンが「暴力批判論」（一九二一）で書いた「神話的暴力」を筆者に想起させる。それは国家において法を措定・維持する起源と支配の暴力だが、リンカンの奴隷解放宣言は、カンザス・ネブラスカ法（新しく連邦に加入したカンザス、ネブラスカの準州を奴隷州にするか自由州にするかは住民の意思に委ねるとした、一八五四年の法律）などそれまでの奴隷制をめぐる一連の曖昧な法を破壊し、合衆国の新たな法の基礎づけとなる暴力的な出来事であった。その「神話的暴力」にベンヤミンは「神的暴力」という謎めいた暴力を対置しており、ジャック・デリダはその著作『法の力』の中でそれを人間の認識や確信を超越した形而上的な「正義の暴力」と命名している。[1]「神話的暴力」と「神的暴力」、この二つは融合というより対立する暴力のようであり、後者の純粋性が前者の法の欺瞞性を暴き転覆するという文脈で引用されることもある。

奴隷解放宣言が合衆国の一つの神話を形成し、今なお国家の基盤となっている規範＝法であると見なすなら、それが南北戦争後の南部では百年間、そして考え方によれば現在でもその意図する正義は未だ結実していないことへの黒人の怒りを神的暴力として捉えることも可能だろう。そこには当然、白人の欺瞞的な法に対する黒人の抑制不能な怒りという、法を巡る人種の対立構造が炙り出される。しかしデリダは、正義の暴力である神的暴力とは、「これは正義ではない」という「否定」を通してしか表象できないと指摘する。「法／権利とは計算の作用する場であるが、正義とはそれを計算することが不可能なものである」（三九）という彼の言葉を使えば、「これは正義である」と主張するときの正義とはすでに計算可能なもの、「この上なく奸智にたけた計算に固有のものとして把握し直すことが可能なもの」（七二）へと変容する危険性を併せ持つことになる。ゆえに、デリダは結論づける、正義、神的暴力とは「不可能なものの経験である」（三八）と。端的に言えば、白人の欺瞞性に対する黒人の正義とは、キング牧師(Martin Luther King, Jr.)の言う非暴力主義か、あるいはマルコムXの言う目には目を、歯には歯をという復讐の詩学なのか、黒人と白人が共に手を携え国家を形成するべきか、黒人は偽善に満ちた白人国家から距離を置く共同体をもつべきなのか、どれが正義なのかという解決不可能性——アポリア——と対峙することでもある。そうであるならば、正義の暴力である「神的暴力」とは、いかなる解釈、いかなる計算をもすり抜ける暴力のため、「『それとして』認識することは決してできない」（デリダ　一七〇）のであり、奴隷解放宣言という法的欺瞞を破壊する神的暴力は、その法を否定することでしか表面化され得ないものとなる。

ならば、人種的な正義は表象不可能なものとして閑却すべきであろうか。それもまた不可能である。デリダは「計算不可能な正義は計算するよう命令する」（七三）、つまり正義は常に表象されるよう呼びかけを行なうため、それへの応答性という倫理的な問題が突きつけられると主張する。もちろん、正義の計測が不可能である以上この応答を成就させることはできない訳だが、正義を名目に確立された法の領域こそ正義の要請が浮上する磁場となる。つまり、法とはその都度正義が回帰し、変容する形式のようなものだと言えよう。ゆえに、デリダは法の暴力である「神話的暴力」と正義の暴力である「神的暴力」を対立項として捉えるのではなく、むしろ前者を後者の到来の条件と見なしており、そこにデリダによる「暴力批判論」の脱構築のエッセンスがある。そして、リンカンの奴隷解放宣言が、応答を常に喚起する人種的正義をその内部に捩れを伴いながらも包蔵するなら、その神話的な宣言、神話的暴力は常に神的暴力が浮上する可能性をもった法として、合衆国の政治と歴史の中で反復されることになる。

以上の準拠枠から、奴隷解放宣言以後の黒人と白人の正義を巡る攻防において、善や正義を装う――逆に言えば、善や正義を装わない法には、善や正義が浮上する可能性はすでに排除されている――白人の欺瞞的な法、制度、あるいは規範とは、黒人の「これは正義ではない」という神的暴力が前景化される条件になっている可能性を、オコナーの「高く昇って一点へ」を通して検証していく。奴隷解放宣言を実施した歴史に名を残す大統領と、人種的にリベラルではない南部の白人作家には何の接点もないように見えるが、その法令が内包する偽善性をオコナーが文学的に神の啓示の、そして正義の顕現の可能性として描いたと結論付けることが本章の見取り図である。

◉オコナーの曖昧な人種態度

オコナーの人種的な立ち位置は微妙な具合である。ロバート・ブリンクメイヤーは、「キング牧師が社会的なものに力を加えるため精神的なものを喚起したのに対し、オコナーは精神的なものに力を加えるため社会的なものを喚起した」("Taking It to the Streets" 109)として、オコナーにとって社会的・政治的なものは最終的に神の啓示の道標に過ぎないという見解を示唆している。その論の中でブリンクメイヤーが指摘するように、「作り物の黒人」においては、孫のネルソンに黒人のことを教え諭そうとした自らの傲慢な態度をヘッド氏が罪として自覚する一方で、彼の黒人への偏見が不問に付されている事実は、オコナーの黒人への配慮が幾分欠如していると思われても止むを得ないのかもしれない。また、孫のネルソンにしても、アトランタで祖父の裏切りを経験した後に都会を嫌悪するようになるが、その対象にはそこで邂逅した黒人も間違いなく含まれているだろう（"Taking It to the Streets" 108）。

オコナーが黒人とはある一定の距離を保つ作家であることは間違いない。彼女の人種意識は、批評家のセアラ・ゴードンやラルフ・ウッドが指摘するように、友人マリエット・リー（Maryat Lee）との手紙の文面から垣間見ることができる。リーは南部ケンタッキー州の出身でニューヨークに移住したバイセクシュアルな劇作家であり、公民権運動を支持するリベラルな人物であったため、人種を巡りしばしばオコナーと対立する意見を表明している。当時、公民権運動が激化する中、オコナーの黒人についての見解はその一部だけ見ると過激なレイシストと思われかねない危険性を孕んではいる。ラルフ・ウッドが指摘するように、リーとの書簡の中でオコナーは彼女を黒人好きのリベラルなニューヨーク人と揶揄しつつ、黒人への嫌悪を率直に綴っている箇所がある。さらに、解決策が見出されない公民権運動への苛立ちから、オコナーは「神のことを考えるとこのような公表はできないが、黒人はアフリカに帰るべきである」（Wood, *Flannery O'Connor and the Christ-Haunted South* 99）との発言をリーにしてもいる。

その一方で、オコナーが本当に人種差別主義者だったかといえばそのようなことはなく、くじで獲得した車がだまし取られそうになった黒人女性の話に怒りを表わしているし、アイオワ大学大学院に在学中、同じ大学院生の黒人女性と友人になり、伝統的な南部規範を持つ母親から異人種間の交流はやめるよう諭されると友情に人種の問題は関係ないと答えている (Wood, *Flannery O'Connor and the Christ-Haunted South* 101–102)。オコナーが南部も人種統合を目指すべきだと考えていたのは間違いないだろう。リーは白い南部が宿痾として抱え込むジレンマへの苛立ちや無力感をオコナーと共有できればと、嘆願にも似た節で述べている。それに対し、オコナーの友人で批評家のサリー・フィッツジェラルドは第三者的立場から、「オコナーはもちろんリーのそのような感覚を共有していたが、彼女のような活動家が唱える早急な解決ではなく、時間をかけた南部の人種統合を希望していた」と語り、「白人と黒人双方の慈善に基づいた習俗、古い習俗の最も良き部分を基に形成された新しい習俗」が確立されることをオコナーが望んでいたと言及している (*HB* 193–194)。

オコナーが人種をめぐる議論の中で最も批判の矛先を向けるのは、早急に人種統合を進めようとする人々と急進的な動きに反発し伝統的な習俗を頑なまでに固持しようとする人々、双方の陣営が正義を誇示するその道徳的意識であり、また人種統合に反対する南部だけが悪であるという一方向的な見解である (Wood, *Flannery O'Connor and the Christ-Haunted South* 96–97)。それはリーのような友人に対してだけでなく、当時のアメリカの急進的な思潮全体に抵抗するものであった。たとえば、ノーマン・メイラー (Norman Mailer) の「白い黒人」("The White Negro," 1957) において以下に書かれていることは、オコナーの考えとは対蹠的と言える。

ヒップスター[2]の将来について、はっきりと述べることはもちろんできない。しかし、ある程度の可能性があるのは間違いなく、そして最も重要なのはヒップスターの有機的成長は、黒人がアメリカにおいて支配的勢力となるかにかかっているということだ。〔……〕黒人が平等の権利を獲得したら、すべての白人の心理、性、そして道徳的想像力に、大きな変化を引き起こすだろう。

黒人の台頭により、ヒップスターは精神的に武装された反乱として暴発し、その性的な衝動はアメリカのあらゆる組織的権力の反セックス的基盤に跳ね返り、嫌悪、反感、新しい利害の衝突を生み出し、卑劣で空虚な大衆順応主義の偽善など、もはや役に立たない。そうしたなら、暴力と新しいヒステリー、混乱と反乱の時代が順応主義の時代にとって代わるだろう。(309)

時代の反逆者である「ヒップスター」はアメリカの中で死と隣り合わせの危険な生/性を生きる黒人に具現化されており、白人は黒人のように生きることで「大衆順応主義の空虚な偽善」など消散するとメイラーは声高に叫んでいる。だが、彼の黒人賛美はアメリカ政治の欺瞞の告発でありながら、白人による黒人の偶像化――体制に抵抗する黒人像――を孕んでいることは間違いない。その一方で、オコナーの黒人に対する政治的態度は、距離を保つことで曖昧でどこか歯切れの悪い印象を与える余地があるのもまた否定できない。

オコナーの作品の中で白人と黒人の接触を描いた主要な作品は、第五章においても分析した「作り物の黒人」と「高く昇って一点へ」だが、二つの作品に共通するプロットは、人種に関して見高な態度を持つ白人に神の啓示がもたらされることである。その章において、「作り物の黒人」は黒人の像という虚構の媒介物を設置することで、黒人の怒りを回避し神の救済が浮上すると指摘したが、「作り物の黒人」に見られないとある道徳的要素が「高く昇って一点へ」には組み込まれ、作中の人種的緊張を高めている——それは偽善である。[3] 本章においては第五章とは違った政治的な視点から、否定的に見なされることの多いこの徳の文学的可能性について、改めて吟味したい。

◉偽善という神話的暴力が生み出すもの

「高く昇って一点へ」はバスを舞台に黒人と白人の対峙を描いていることから、この物語を白人にバスの座席を譲ることを拒否したローザ・パークス(Rosa Parks)の事件に関連させたい誘惑に駆られるが、オコナーはこの話の着想を友人のリーから得ている。一九六〇年のイースターの頃、リーがジョージアからニューヨークにバスで帰る道中、南部でとある黒人女性と相席になった。途中バスの乗り換え時に、リーは南部という事情も考慮し、彼女のために席を取っておくことを申し出た。しかし、そのことには特に答えもせず、また乗り換えたバスで隣に座るよう手を振ったリーを無視して後方の席に座ったその黒人女性に対し、リーは「かわいそうな女性」("poor bitch")で「イースターの週末で最も失望している女性」と言い、この女性への憐れみと自身の親切心を踏みにじったことに対する憤りをオコナーへの手紙で表わしている(Gordon, "Maryat and Julian and the 'not so bloodless revolution'" 32)。

オコナーのような作家からすれば、友人の逸話はそのリベラリズムを批判する上でも格好の題材だったに違いなく、明らかに「高く昇って一点へ」はリーの人種的見解に対する文学的応答となっており、彼女の偽善性を舌鋒鋭く批判しているように見える。事実、リーの隣に座った黒人女性は

「紫がかった赤色のイースターハット」を被っていたのだが、これはジュリアンの母親と黒人の母親の二人が被っていた紫の垂れ縁がついた緑色の帽子に反映されていることは想像に難くない。「高く昇って一点へ」を読み終えた後、おそらく多くの読者はジュリアンと彼の母親、この似たもの白人親子の黒人への偽善的な振る舞いに怒りを覚えるだろう。だが、ジュリアンの黒人への配慮は単に母親への嫌悪と復讐心から来るものであり、彼の一見リベラルな人種観は想像上の範囲から出ることはないがゆえに、彼が現実において黒人と交流することもない。実際、彼は母親への見せしめのため、黒人の教授か弁護士など階層の高い人物と親しくなることや、一見黒人には見えない混血の美女を母親に紹介することなど夢想しているが、現実にはそれまで黒人の友人さえ作ったことがないのである(*CS* 414)。一方、ジュリアンの母親は現実世界において黒人と接しており、第五章において分析したように、それが彼女にとって命取りとなったことは間違いない。しかし、よく考えてみると、白人同士の会話の中では黒人への軽蔑的言葉を発しても母親の現実の行動はレイシストのそれとは異なるものである。実際、ラルフ・ウッドは、ジュリアンの母親が黒人の子供に一セントを渡した行為は侮辱にあたるかもしれないが、「彼女は出会った個別の黒人にひどい振る舞いをしてはいない」し、「彼女の行為は完全に黒人の子供への愛情から来ている」と主張することで、親切心と人を見下す態度の区別がつかない黒人の母親にむしろ批判の矛先を向けている(*Flannery O'Connor and the Christ-Haunted South* 117–118)。ウッドのこの見解に筆者は賛同する訳ではないが、彼女が自身の子に愛情を注ぐように黒人の子に優しい眼差しを送っているのもまた事実である。ジュリアンの母親の内奥は「自分より劣っているものに対する優しさ」(*CS* 417)であるかもしれないが、黒人／白人にかかわらず、子供にお金を渡すこと自体それほど声高に糾弾されることではなく、仮に彼女が白人の子供に一セントを渡していたら、この話の結末と読者の反応はまったく別のものになっていただろう。

その一方で、ジュリアンの母親は優しさを黒人に見せつける行為を通して旧南部的な規範、法を回帰させたこともまた間違いない。つまり、黒人の子供に見せる優しさの基底にあるのは旧南部的な価値観――黒人に白人の徳を見せること――であり、公民権運動の時代でもその規範を維持しようとすることに他ならない。つまり、黒人への優しさという振る舞いは、白人の人種的優位性を強固なものにする旧南部的な暴力、デリダの言葉を使えば旧南部的な規範を反復する神話的暴力と結び付く可能性は確かにある。母親の示す善は良くも悪くも南部の習俗に色濃く染まっているが、それに対しまったく同じ帽子を被った黒人女性がジュリアンの母親の善の振る舞い、神話的暴力に力の一撃を加えることになる。黒人親子がジュリアンと母親のバスに乗ってきたとき、黒人の母親の形相は何か緊張感を漂わすものだった。とりわけ、「私に干渉するんじゃないよ」（"DON'T TAMPER WITH ME," CS 415; 傍線とイタリックスは筆者）と警告しているように見える下唇の仕草から、彼女が白人との接触に殊の外注意を払っていたことが窺える。しかし、本当のところは、白人との接触を拒否するというよりも、「彼女の顔は、敵対するものに対処しようとするだけでなく、敵対するものを探し出そうとしていた」（CS 415）という表現が示すように、黒人の母親は何か怒りを吐き出す場を求めていたことが了解できる。そこにジュリアンの母親の善の行為、つまり一セントを通して旧南部的な善の規範が提示されたとき、それを否定するかのように「彼は誰からも一セント玉なんかもらわないよ」("He *don't* take nobody's pennies!")と黒人の母親は叫び、「黒い拳」を白人の偽善行為に振り落とすことになる(CS 418;傍線とイタリックスは筆者)――あたかも、一セント硬貨の価値しかない白人の善など不要であると言うかのように。

ジュリアンの母親が振る舞う善の規範に対し、「否定」を通して行使される黒人女性の暴力は、その瞬間においてのみ顕現すると同時に「計測不可能なもの」であり、形式化され、規範化されることのない神的暴力であり、オコナーがその文学世界で描こうと止まなかった神の暴力的な啓示と合致しているように思える。だが、糾弾されるべき彼女の偽善を再考するなら、旧南部の規範を見せつける行為は結果的に黒人の母親が求めていた抵抗の暴力的契機を引き出し、黒人と白人の一つの接触を生み出したとも言える。想像の世界で黒人に配慮するジュリアンと異なり、彼の母親は現実に(偽)善を振る舞い黒人の怒りの暴力を引きだすことで、結果的には黒人女性の欲求を満たしたことになる。オコナーが「高く昇って一点へ」において誰の偽善行為を最も批判しているかといえば、それは間違いなくジュリアンである――なぜなら彼は想像内に耽溺するだけでなく、自身の黒人への対応は「正しい」と確信していたのだから。途中バスに乗車してきた黒人親子の母親が自身の母親と同じ帽子を被っていたことに対し、彼は「運命の女神がこのような訓戒を母に突きつけた」(CS 416)として心の内で歓喜する。この帽子は七ドル半もするため、彼の母親は買うかどうか散々悩んだ挙げ句購入したものだが、黒人女性が同じ帽子を所有している事実は、彼女とジュリアンの母親が階級において同列であることを示している。そして、黒人の地位向上により母親の精神の基底である旧南部の価値観が崩壊するのを感じたジュリアンは、「正義が彼に笑う資格を与えた」(CS

416）と考えるに至る。しかし、実際には黒人への配慮などしていない彼の正義が黒人の正義と交差することはなく、その想像可能な正義は想像不可能な黒人女性の暴力とあまりにも遊離している。

歴史における人種の罪を顧みるなら、白人が何もなかったかのように手ぶらで黒人に近づく、つまり何事もなかったかのように二つの人種が近接することは不可能であり、贖罪を可能にする何らかの媒介が必要とされることをこの物語は示している。これは、カソリック作家のオコナーが直接神と対峙するのではなく、常に何かを介して恩寵の瞬間を描いた作法と通じるものがある。偽善とは反道徳的な響きがするが、行為における「偽」が打ち砕かれるとき、人はその内部に包み込まれた善の秘義（ミステリー）ともいえる何かを体験することになる。白人の「偽」の行為を打ち砕くのは黒人の母親が振るった「黒い拳」だが、それは計測可能な白人の正義の規範・法を否定する「計測不可能な正義の暴力、神的暴力」でもある。しかし同時に、白人の「偽善」めいた法や習俗、行為がなければ正義の暴力の顕現もないことを考慮すれば、ジュリアンの母親の偽善と黒人の母親の暴力は対立するものというより、二人が同じ帽子を被っていたことに例証されるように表裏一体の関係として捉えてもいいだろう。ジュリアンの母親が死を引き換えに得た啓示とは、偽善というメッキが剥がれた後の善／正義という摂理の感覚であり、それはオコナーが求めて止まなかった、作品を読み終えた後に残る「いかなる人間の方式を持ってしても説明されえない秘義の感覚」（*MM* 153）に他ならない。旧南部の習俗に黒人の正義の暴力が加わること、それは後者による前者の完全な破壊というより、「古い習俗の最も良き部分を基に形成された新しい習俗」（*HB* 194）となる可能性をオコナーは夢見ていたと言える。母親による黒人の子供への偽善とジュリアンの想像内における黒人への偽善を分かつのは、前者の行為が南部の習俗に基づいたものであるのに対し、後者はそのような行動規範となる習俗を持っていないことである。つまり、ジュリアンには良くも悪くも規範がなく、彼の計測可能な正義にも規範がない。人種の優劣を基盤にした旧南部的な習俗の悪しき部分は否定されるべきものだが、そこには何らかの善の要素、それこそジュリアンの母親が黒人の子供に見せた無邪気すぎるほどの優しさも内包していたはずだ。

◉計測可能な正義の危険性

善／正義を計測可能なものとして振りかざす政治行為は、その刃を他者に突きつける恐怖政治への陥穽を併せ持つ。フランス革命時のジャコバン派の政治形態がそうであり、文学的にはたとえばドストエフスキーの『悪霊』(一八七二)における社会主義の革命共同体の末路を想起してもいいだろう。黒人思想家コーネル・ウエスト(Cornel West)も推薦の序文を書いている『道徳的人間と非道徳的社会』(*Moral Man and Immoral Society*, 1932)において、アメリカ知識人のラインホールド・ニーバー(Reinhold Niebuhr)は以下のような見解を発している。

> 最も完全な正義というのは、個人の道徳的想像力が相手の必要性や利害を把握しようと努めないならば、確立されることはない。また、正義のいかなる非合理的な手段も、それが道徳的な善意のもとで行なわれないのなら、社会に大きな脅威をもたらすことになる。単に正義だけという正義は、すぐにそれ以下のものに退化していくのだ。正義は正義以上のものによって救わ

れねばならない。政治家の現実的な見識は、道徳的見解をする人の愚かさの影響がなければ、本当に愚かなものに変容してしまうのだ。道徳的な人の理想主義は、集団的生活の現実と交錯することなしには、政治的不毛に、そして時には道徳的混乱へと陥ることになる。道徳的、政治的洞察を融合する必要性と可能性は、しかしながら、道徳における二つのタイプ、内的なものと外的なもの、個人的なものと社会的なもの、の和解不可能な要素を完全になくすことはないのだ。これらの要素は常に混乱を生み出すが、しかし人間生活の豊かさを増すものでもある。(257–258)

「単に正義だけという正義は、すぐにそれ以下のものに退化する」という言葉は、正義を計測可能なものとして主張する危険性を改めて認識させてくれる。ニーバーは、個人的道徳と社会的現実、相反する要素を正義という名の下で完全に一致させようとする営みは危険であり、むしろ不一致による混乱に可能性を見ているが、大事なのは両者を対峙させる媒体を持つことだろう――「高く昇って一点へ」においては、母親の偽善がそれである。

以上、リンカンの奴隷解放宣言を出発点にして、公民権運動時に書かれた「高く昇って一点へ」を梃子に偽善の可能性を論じてきた。本章において、奴隷解放宣言とジュリアンの母親の行為が同じものだということを論じようとしたのではない。奴隷解放の急進派の主張に耳を傾けながら保守派の声も考慮し、そのインターフェイスで人種という倫理に関わる政治のパフォーマンスを行なってきたリンカンは、両陣営から偽善者という批判を受けやすい宿命にあった。当時の政治状況について、フレデリック・ダグラスは、「誠実な奴隷解放論者から見れば、リンカンの行動は遅く、冷淡で、無関心のように見える。しかし、政治家として考慮することを求められる国民的感情からすれば、彼の行動は素早く、熱意があり、急進的で、決然としたものである」(qtd. in Manisha Sinha 195–196) と相反するリンカン像を示している。そうでありながら、両陣営から時には欺瞞に映る彼の政治行為こそが、アメリカが「分裂した家となって立つことができない」状態となるのを回避したのだろう。

もちろん、一介の南部白人に過ぎないジュリアンの母親の偽善は、影響力という点からしてリンカンの政治的なそれと比ぶるべくもない。さらに言えば、彼女の偽善は奴隷解放宣言の趣旨とは正反対の旧南部の規範を基盤にしており、またオコナー自身の南部の人種統合に関する考え方も、「高く昇って一点へ」にある「ローマは一日にして成らず」(CS 406) という格言をうべなうかのように、南部の習俗を考慮した時間をかけたものであることから、リンカンの理念と比較して保守的と言わざるを得ない(4)。しかし、アメリカの歴史において複雑化した人種問題と向き合うとき、偽善的な法なり行為は白人/黒人の垣根を作るというよりも、むしろ批判の空間を形成することで互いに向き合う契機を作り出す可能性があることを「高く昇って一点へ」や奴隷解放宣言は示している。奴隷解放宣言という人種的なエポックメイキングの出来事に纏わりつく偽善という否定的な要素、人種について考える際最も忌避される要素を、オコナーは滑らかにすることなく読者に衝撃を与える形で提示したところに「高く昇って一点へ」の魅力はあるのだ。ジュリアンの母親は確かに善を見せつけてはいるが、それはラディカルなものではなくナイーヴなものであり、またオコナー自身、母親の行為を偽善として読者の目に映るよう配慮しつつ彼女が最終的に啓示を得る設定にしているのは、人種間における偽善の可能性を多少なりとも付与していたことの証左ではないだろうか。なるほど、たとえジュリアンの母親がいかに黒人の正義の拳による啓示を受けようと、その死において彼女と黒人の母親の交流の可能性は現実的に閉ざされてしまう。しかし、目の前で「黒い拳」が母親に行使されるのを直視したジュリアンは、今後その暴力の意味を考える宿命を背負って生きねばならず、そう考えるなら、いみじくもアリス・ウォーカー(Alice Walker)が指摘するように、この物語は話の半分でしかないのかもしれない(75)。

本章の冒頭、マルコムXを引きながら、黒人の逆鱗(げきりん)に触れるのが白人の偽善であると指摘したが、それは黒人の怒り、デリダの言葉でいえば神的暴力を喚起し、その拳を白人の偽善者/為政者に振るう契機を提供するがゆえに、さらにはそこに白人と黒人の対峙と交錯の可能性を生み出すがゆえに、一概に唾棄すべきものではないことを述べてきた。フレデリック・ダグラスは、一八四五年に出版された『自伝』において、南部白人のキリスト教に基づいた偽善的行為をイエス・キリストが非難したパリサイ人のそれと重ね合わせて指弾している。実際、一八五二年の「独立記念日記念式典」において、彼はアメリカの奴隷にとって七月四日の祭典など、「単なる大言壮語・欺瞞・ごまかし・不敬・偽善」("What to the Slave Is the Fourth of July?" 118–119)以外の何物でもないと論難している。ダグラスの言葉は鋭利な剣となり独立記念日の式典を聴いていた人の心を貫いただろうが、彼はそう言いながらもこの演説の末尾において、合衆国憲法は奴隷制擁護などではない「輝ける自由の文書」(127)であると言い、アメリカの将来を希望的観測と共に謳いあげている。しかし、南部連合の奴隷に対し解放を宣言する法令を発しながら、第二次就任演説に表われているように奴隷制という邪悪な習俗を生み出した南部に配慮を示す、リンカンの曖昧で時には偽善にも映る政治こそがアメリカの分裂を回避し、ダグラスが夢見たアメリカの将来を可能にするものではなかったか。アメリカの理念と現実は建国時の起源において常にすでに乖離しているのだが、その理念を偽善として完全に斥けたとき、代わって君臨するのは自由と平等の世界ではなくデモクラシーの負の側面である理念も形式もない暴動（demo）、あるいは暴動のための暴動の嵐である。政治や法には必ずどこか言行不一致の側面が付きまとうが、それこそが逆に「現実が決して、あるいは必ずしも、正義に適ったものであるとはいえない」（布施 一六八―一六九）告発を呼び込むこともあり得るのだ。

リンカンの奴隷解放宣言、アメリカの一つの起源であり神話でもあるこの法は、理念と現実の乖離が吟味されることでその偽善性が告発され、そこに正義を喚起する言説を呼び込むがゆえに、国家が維持・存続していくために必要な神話的暴力なのである。役者のジョン・ウィルクス・ブース（John Wilkes Booth）の放った「致命的な弾丸があけたのは奴隷の解放と巨大なブラックホールさ」（189）というのは、スーザン＝ロリ・パークス（Suzan-Lori Parks）の『アメリカ・プレイ』（*The America Play*, 1995）における黒人の偽リンカンの台詞だが、リンカンの奴隷解放宣言は当時においてもそして現代においても、さまざまな批判、称賛を呑み込みつつ、良きにつけ悪しきにつけ、アメリカを支える必要不可欠なブラックホールのようなものだと言える。[5] ダグラスは理念と行動の一致しないパリサイ人を引き、アメリカの偽善性を鋭く喝破したが、彼の信仰の拠り所であるイエス・キリストが福音書の中で以下のように法と偽善者たちの意義を語っている箇所がある。それを引きつつ、本章を終えることにしたい――「律法学者とパリサイ人とは、モーセの座にすわっている。だから、彼らがあなたがたに言うことは、みな守って実行しなさい。しかし、彼らのすることには、ならうな」(『マタイの福音書』二三・二―三)。

◉注

(1) 本章におけるデリダの引用は『法の力』のみとする。

(2) 反逆的な精神の持ち主で、カウンター・カルチャーを愛する若者。

(3) 本章で述べる奴隷解放宣言と「高く昇って一点へ」における偽善の議論枠については、布施 一四〇―二〇五を参照した。

(4) オコナーの人種に対する考えは、キング牧師が「バーミングハム獄中からの手紙」("Letter from Birmingham City Jail," 1963) で、南部の白人を刺激して状況を悪化させないように諭した白人聖職者たちへの弁駁を思い起こさせるかもしれない――「正直に告白しますが、この数年の間、私は白人の穏健派にとても失望してきました。私はほとんど以下のような残念な結論を抱くに至っています。黒人にとっての最大の躓き(つまづ)の石は白人市民会議〔南部の白人優越主義団体〕でもクー・クラックス・クラン〔白人至上主義の秘密結社〕でもなく、正義よりも『秩序』("order") を重んじる白人穏健派、正義のある積極的平和ではなく、緊迫感もない消極的平和を好む白人穏健主義者である」(295)。キング牧師の言う「秩序」――特に治安の維持――と本章で取り上げた「法」や「習俗」のニュアンスは大分異なるが、どこかで重なる部分もあるかもしれない。ただし、繰り返し言うが、「高く昇って一点へ」のエッセンスは法や習俗が正義を呼び込みつつ破壊されることにあり、オコナーやジュリアンの母親はキング牧師の批判した白人穏健主義者と同類である、ということには必ずしもならないと思う。

（5）「偽善」(hypocrisy) の語源は「演技をする」だが、リンカンが演劇を好んで観ていたことを考慮すれば、リンカンの偽善的な政策はより一層文学的意味を持つことになる。実際、彼は暗殺時に『われらがアメリカの従妹』(*Our American Cousin*, 1858)を観劇していたのだが、暗殺者の職業が役者であったことは、偽善と演技の関係性をさらに照射することになる。リンカンに致命傷を負わせた後、舞台上に飛び降りたブースは、「専制君主の運命はかくのごとし」という正義の台詞を茫然自失の観客に向かって叫んだと言われている。舞台というフィクションの場で自身の正義を声高に示すブースと、政治という現実の場で本意を秘匿しつつ行動（演技）するリンカンは、暗殺という両者が対峙する瞬間においてまったく対照的である。結果的に、リンカンの頭を貫いたこの男の正義は、合衆国の歴史に大きな混乱と影をもたらすことになった。

あとがき

読者がある作品をいつ最初に手に取ったか思い出そうとしても、なかなか思い出せないことの方が多いだろう。私がこれまでに読んだ大抵の作品もそうなのだが、ただフラナリー・オコナーについては、いつどこで購入したか、未だ記憶にはっきりと残っている。四年間の大学生活も終わろうとしていた三月、さまざまな動機も絡み合い、それまで個人的趣味で読んできたアメリカ文学を大学院で本格的に勉強したいと考えていた頃だった。大学時代に傾倒した文学の潮流は、ドストエフスキーやカミュなどの実存主義で、アメリカ文学にも似たような作品がないか探していた矢先だった。まだフォークナーやメルヴィルの奥深さは分からず、バーナード・マラマッドの温もりの世界もF・S・フィッツジェラルドの哀感漂う世界も漠然としか理解できず、サリンジャー以外に何か自己の内面に深く入っていけそうなアメリカ小説はないかと新宿のとある本屋で探していると、青い表紙に笑みを浮かべながら、少し厳(いか)めしい感じのする女性の顔が映っている文庫本が偶然目にとまった。今はもう何回も読んで擦り切れてしまった須山静夫訳の『オコナー短編集』（新潮文庫）だが、あまり期待もせずに近くの喫茶店で読んだ後の何とも言えない奇妙な感覚が、結局本書を書く原動力になったのだと思う。それまで培ってきた実存主義特有の文学と人間倫理を結び付ける感性が崩れ落ち、精神性の欠如した茫漠とした世界が読後の時空を支配していた。精神の高揚と孤高をもたらすものこそ「文学」なのだという価値観が、表紙のオコナーの顔とともに、一笑に付された感覚を抱いたことも鮮明に憶えている。

修士課程に入り心の隅に引っかかっていたこの作家を扱わなかったのは、もちろんオコナーが南部という特殊な地域の作家という理由もあったのだが、つまるところ、当時の私では最初に読んだ後のあの奇妙な感覚を説明することができなかったからだと思う。博士課程に入った当初は、ポストモダンの主体性に関心があったことからポール・オースターを研究していたが、主体を主体たらしめるものは何かということを考える中で、アメリカ文学における神の表象の問題に取り組むことを決意したとき、今一度オコナーと向き合いたいと思うようになった。その後博士課程において、さらには就職した後も、オコナー研究を続けてきたが、博士論文はオコナーだけではなく複数の作家を扱った方が良いと思い、ナサニエル・ウエストとトマス・ピンチョンの終末的世界と併せて、オコナー文学における現代の神的意義について論じた。当初はこの博士論文を本として刊行しようと思い、もう少し幅を広げるため、他のほぼ同時代の作品、たとえばラルフ・エリスンの『見えない人間』やフォークナーの『響きと怒り』を終末の観点から論じたのだが、どうしてもオコナーだけ浮いてしまう感覚が抜け切れず、まずはオコナーだけで一冊の本に纏めようという考えに至った。その結果が本書なのだが、以下に各章の原型となった論文の初出を記載しておきたい。

序章　書き下ろし。ただし、一部は“The Power of Passivity in Flannery O’Connor——A Comparative Analysis of O’Connor and Two Japanese Writers”というタイトルで口頭発表(South Atlantic Modern Language Association, Nov. 4th, 2018, at Sheraton Birmingham)。

第一章　「彷徨（さまよい）の身体——*Wise Blood* における不安定な神の表象」『中部英文学』二一号（日本英文学会中部支部）、二〇〇二年二月、四五—五八頁。

第二章　“Things, Nature, and Sacramental Realities in Flannery O’Connor’s Fiction”『関東学院大学文学部紀要』一二六号（関東学院大学人文学会）、二〇一二年十二月、一九五—二一六頁。

第三章　「倫理、暴力、非在——Flannery O’Connor の二つの“good” storiesと神の他者性（ミスフィット）」『アメリカ文学研究』三九号（日本アメリカ文学会）、二〇〇三年二月、六九—八四頁。

第四章　「アクチュアリティとグロテスク——Flannery O’Connor の作品における行為、融合、再創造」『関東学院大学人文科学研究所報』三四号（関東学院大学人文科学研究所）、二〇一一年三月、一〇一—一一九頁。

第五章　「不可解な黒さと虚構の力学——Flannery O’Connor の“The Artificial Nigger”と“Everything That Rises Must Converge”の差異と終りの意識」『多元文化』二号（名古屋大学大学院国際言語文化研究科）二〇〇二年三月、一一三—一二五頁。

第六章　「故郷・煉獄・飛翔——Flannery O’Connor の境界侵犯と時間の詩学」『広島経済大学研究論集』三〇巻三—四号（広島経済大学経済学会）、二〇〇八年三月、九一—一〇四頁。

第七章　「農園から共同体へ——Flannery O'Connor の "The Displaced Person" におけるアイデンティティの構築と崩壊」『関東学院大学人文科学研究所報』三六号（関東学院大学人文科学研究所）、二〇一三年三月、九—三〇頁。

第八章　「生の政治と死の宗教——Flannery O'Connor の *The Violent Bear It Away*」『名古屋アメリカ文学・文化』一二号（名古屋アメリカ文学・文化研究会）、二〇一三年三月、四三—五八頁。

第九章　「偽善と暴力の相補——リンカンの『奴隷解放宣言』とフラナリー・オコナーの『高く昇って一点へ』」『アメリカ文学』七五号（日本アメリカ文学会東京支部）、二〇一四年六月、一六—二三頁。

各論文を本書の各章に仕上げていく段階で英語論文を日本語にしたもの、ほぼ全面改稿したものもある。当然というべきだろうか、大学院生時代に書いた二つの論考（第一章と第三章）については、多くの部分で加筆・修正を施す必要に迫られた。

三、四年前に本書を上梓できるだろうと高を括っていたが、実際は以前に書いた論考を修正するため、また私自身の怠惰な性格も加わって、多くの時間を要することになった。その過程で多くの方から叱咤・激励をいただいたのだが、以下に謝辞を記していきたいと思う。

まず、名古屋大学大学院の博士課程でご指導いただき、就職した現在も大変お世話になっている長畑明利先生に深く御礼申し上げたい。大学院生時代、「論文の最後の仕上がりが良くない」とよくご指摘いただいたこともあり、本書の纏め具合に一抹の不安を感じてはいるが、これまで先生から多くのご助言をいただいたお陰で本書を完成することができたと思っている。また、本書の三章分（第一章、第三章、第五章）は名古屋大学大学院国際言語文化研究科（当時）に提出した博士論文もその基になっているが、主査の布施哲先生、副査としてご指導いただいた田野勲先生にも、深く御礼申し上げたい。

ご指導いただいた先生方以外にもお世話になった方々が多いことを実感している。退職される際に、それまで保管していた貴重なオコナー研究の批評書や論文を私にくださった南山大学名誉教授のデイヴィッド・メイヤー (David Mayer) 先生は、以前に同僚のヴィー・イン・ティー (Ve-Yin Tee) 先生と三人で食事をした際、出来上がった暁には贈り物をしたいと本書の完成を気にかけて下さっていた（メイヤー先生は二〇一八年十二月にシカゴで逝去された。本書をお届けすることができず、とても残念である）。また現在の職場の南山大学外国語学部英米学科の先生方、特に学科長の鈴木達也先生、国際地域文化研究科長でもある上村直樹先生、先ほどもお名前を挙げたイギリス文学・環境文学の研究者のティー先生には、本書を書き上げる上で何かとお世話になった。そして、前の職場の関東学院大学文学部英語英米文学科（当時）の方々、とりわけ金沢文庫駅付近で深夜まで酒を飲みながら文学談義を交わした仙葉豊先生（大阪大学名誉教授）、西原克政先生（関東学院大学名誉教授）、本村浩二先生（駒澤大学教授）からは、本書を作り上げる過程で多大な影響を受けたと感じている。

本書の出版は南山大学学術叢書出版助成金の交付を受けて可能となった。改めて南山大学・南山学会に御礼申し上げるとともに、出版助成の審査をしていただいた三名の研究者——匿名審査なのでお名前を挙げることはできないが——からは修正すべき点など貴重なご意見を頂戴した。もちろん本書の瑕疵の責任は筆者にあり、またご指摘いただいたすべての点が修正されていないのは心残りだが、それでも本書が少しでも良いものに仕上がっているとしたら、それは間違いなく三人の先生方のお陰である。改めて、感謝申し上げたい。また、筆者が研究活動の拠点にしているアメリカ文学会中部支部の先生方にも大学院時代から大変お世話になっており、大きな学恩を感じている。そして、本書の刊行を引き受けてくださった彩流社、特に本書を担当していただき、細やかな助言を下さった真鍋知子さんにも深く御礼申し上げたい。

以上に書き記したように、これまで多くの方々のご指導があって本書を書き上げることができたのだが、最後にもう一人お礼を申し上げたい方がおり、本書はその方に捧げたいと考えている——元一橋大学教授の三浦玲一先生である。三浦先生は二〇一三年十月に亡くなられた。四十七歳という若さであった。生前先生から教わったことは多く、大学院時代はもちろんだが就職した後も、「書いたものを読むよ」という言葉をかけていただいたこともあり、抜き刷りなどをお送りしていた。名古屋大学に勤められていたときから何かと口にされていた、「(広義の意味での)文学性はどこに、どのように浮上するか」という問題は、本書を纏め上げる際に改めて筆者が考えてみたいと思ったことなのだが、先生からいただいたご指摘は、これまでも、そして今後も、私の研究に何がしかの影響を及ぼすだろうと考えている。先生と交わしたやり取りで特に記憶に残っているのが、拙論への批評をいただき、「お忙しい折にありがとうございました」という趣旨のお礼を述べた際によく返ってきた、以下の言葉である——「いやいや、あなたの業績は私の業績だから」。これは三浦先生らしい、私に気を遣わせないための心配りだと思っていたし、今でもそう思っている。その一方で、研究者の共同体を重視していた先生は、もしかしたらどこかでそう思われていたかもしれないと考えるときもあり、本書は三浦先生の業績にわずかながら値するものだろうか、と自問することがある。おそらく答えは否であろう。実際、先生に拙著をお送りしたらどんな批評が返ってくるのかと思うと慄然とするが、しかしそれでも、師の業績に少しでも値するものを書きたいのが弟子の心情であり、たとえ文学批評の方法論が異なるとしても、そのような心持ちで次の研究に邁進していきたいというのが、本書を書き終えた直後の率直な感懐である。

最後になるが、今は亡き両親の理解があったからこそ、これまで研究を続けることができたのであり、深く感謝の意を表したい。また、日ごろ仕事のことで何かと迷惑をかけている妻の寛子と娘の詩乃にもこの場を借りて御礼申し上げたい。

二〇一九年一月

山辺 省太

デガー』谷口博史訳，未來社，1997 年.
ルカーチ，ジェルジ『小説の理論』原田義人・佐々木基一訳，ちくま学芸文庫，1994 年.
レヴィナス，エマニュエル『全体性と無限　上・下巻』熊野純彦訳，岩波文庫，2006 年.

竹西寛子「広島が言わせる言葉」『広島が言わせる言葉　自選竹西寛子随想集 1』岩波書店, 2002 年. 88–95 頁.
ダンテ, アリギエーリ『神曲　煉獄篇』平川祐弘訳, 河出書房新社, 1992 年.
デリダ, ジャック『法の力』堅田研一訳, 法政大学出版局, 1999 年.
――「暴力と形而上学――エマニュエル・レヴィナスの思想についての試論」『エクリチュールと差異〈新訳〉』合田正人・谷口博史訳, 法政大学出版局, 2013 年. 153–307 頁.
ナンシー, ジャン＝リュック『イメージの奥底で』西山達也・大道寺玲央訳, 以文社, 2006 年.
ニーチェ, フリードリッヒ『権力への意志　上巻』原佑訳, ちくま学芸文庫, 1993 年.
ネグリ, アントニオ, マイケル・ハート『帝国――グローバル化の世界秩序とマルチチュードの可能性』水島一憲・酒井隆史・浜邦彦・吉田俊実訳, 以文社, 2003 年.
野口肇『日本におけるフラナリー・オコナー文献書誌』文化書房博文社, 2007 年.
ハイデガー, マルティン『存在と時間　III』原佑・渡邊二郎訳, 中公クラシックス, 2003 年.
バタイユ, ジョルジュ『内的体験』出口裕弘訳, 平凡社, 1998 年.
フーコー, ミシェル『社会は防衛しなければならない――コレージュ・ド・フランス講義 1975–1976 年度』石田英敬・小野正嗣訳, 筑摩書房, 2007 年.
――『性の歴史 I　知への意志』渡辺守章訳, 新潮社, 1986 年.
――「全体的なものと個的なもの――政治的理性批判に向けて」北山晴一訳,『フーコー・コレクション 6　生政治・統治』小林康夫・石田英敬・松浦寿輝編訳, ちくま学芸文庫, 2006 年. 303–361 頁.
布施哲『希望の政治学――テロルか偽善か』角川学芸出版, 2009 年.
ブーバー, マルティン『我と汝・対話』植田重雄訳, 岩波文庫, 1979 年.
フロイト, ジークムント「不気味なもの」藤野寛訳,『フロイト全集 17』藤野寛他訳, 岩波書店, 2006 年. 1–152 頁.
ベンヤミン, ヴァルター「一方通行路」『ベンヤミン・コレクション 3　記憶への旅』浅井健二郎編訳, 久保哲司訳, ちくま学芸文庫, 1997 年. 17–140 頁.
マリオン, ジャン＝リュック『存在なき神』永井晋・中島盛夫訳, 法政大学出版局, 2010 年.
宮沢賢治「なめとこ山の熊」『風の又三郎』角川文庫, 1996 年. 86–100 頁.
森孝一『宗教からよむ「アメリカ」』講談社, 1997 年.
ラクー＝ラバルト, フィリップ『経験としての詩――ツェラン・ヘルダーリン・ハイ

UP, 1996.

Whitt, Margaret Earley. *Understanding Flannery O'Connor*. Columbia: U of South Carolina P, 1995.

Wood, Ralph. *Flannery O'Connor and the Christ-Haunted South*. Grand Rapid, MI: William B. Eerdmans Publishing, 2004.

——. "The Scandalous Baptism of Harry Ashfield: Flannery O'Connor's 'The River.'" *Inside the Church of Flannery O'Connor: Sacrament, Sacramental, and the Sacred in Her Fiction*. Ed. Joanne Halleran McMullen and Jon Parrish Peede. 188–204.

Wray, Virginia. "The Importance of Home to the Fiction of Flannery O'Connor." *Renascence* 47.2 (1995): 103–115.

Yaeger, Patricia Smith. "The Woman without Any Bones: Anti-Angel Aggression in *Wise Blood*." *New Essays on* Wise Blood. Ed. Michael Kreyling. 91–116.

Yeats, William Butler. *Yeats's Poetry, Drama, and Prose*. Ed. James Pethica. New York: W. W. Norton, 2000.

芥川龍之介「黒衣聖母」『奉教人の死』新潮文庫, 1968 年. 75–82 頁.

荒このみ編訳『アメリカの黒人演説集』岩波書店, 2008 年.

イーグルトン, テリー『文学とは何か——現代批評理論への招待』大橋洋一訳, 岩波書店, 1985 年.

井上一郎『アメリカ南部小説論——フォークナーからオコーナーへ』彩流社, 2012 年.

エックハルト, マイスター『エックハルト説教集』田島照久編訳, 岩波文庫, 1990 年.

遠藤周作『沈黙』新潮文庫, 1981 年.

——『私にとって神とは』光文社文庫, 1988 年.

大江健三郎『人生の親戚』新潮文庫, 1994 年.

越智博美『モダニズムの南部的瞬間——アメリカ南部詩人と冷戦』研究社, 2012 年.

カイザー, ヴォルフガング『グロテスクなもの——その絵画と文学における表現』竹内豊治訳, 法政大学出版局, 1968 年.

佐伯彰一「あとがき」『フラナリー・オコナー　烈しく攻むる者はこれを奪う』新潮社, 1971 年. 200–203 頁.

柴田元幸『アメリカ文学のレッスン』講談社, 2000 年.

ジャンソン, H. W., ビアウォストツキ『イコノゲネシス——イメージからイコンへ』西野嘉章・松枝到訳, 平凡社, 1987 年.

Sosna, Morton. "Introduction." *Remaking Dixie: The Impact of World War II on the American South*. Ed. Neil R. McMillen. xiii–xix.

Spaltro, Kathleen. "When We Dead Awaken: Flannery O'Connor's Debt to Lupus." *Flannery O'Connor Bulletin* 20 (1991): 33–44.

Srigley, Susan. *Flannery O'Connor's Sacramental Art*. Notre Dame: U of Notre Dame P, 2004.

Stevens, Jason W. *God-Fearing and Free: A Spiritual History of America's Cold War*. Cambridge, MA: Harvard UP, 2010.

Streight, Irwin Howard. "Is There a Text in This Man?: A Semiotic Reading of 'Parker's Back.'" *The Flannery O'Connor Bulletin* 22 (1993-94): 1–11.

Sykes, John, Jr., *Flannery O'Connor, Walker Percy, and the Aesthetic of Revelation*. Columbia: The University Press of Missouri, 2007.

Taylor, Mark. *Erring: A Postmodern A/theology*. Chicago: The U of Chicago P, 1984.

Teilhard de Chardin, Pierre. *The Divine Milieu*. New York: Perennial, 2001.

——. *The Phenomenon of Man*. Trans. Bernard Wall. New York: Harper Perennial, 2008.

Tillich, Paul. *The Courage to Be*. Second Edition. New Haven: Yale UP, 2000.

Vonnegut, Kurt. "D.P." *Welcome to the Monkey House*. New York: Dial Press, 2010. 161–172.

Walker, Alice. "Beyond the Peacock: The Reconstruction of Flannery O'Connor." *Critical Essays on Flannery O'Connor*. Ed. Melvin J. Friedman and Beverly Lyon Clark. 71–81.

Watkins, Steven R. *Flannery O'Connor and Teilhard de Chardin: A Journey Together Towards Hope and Understanding about Life*. New York: Peter Lang, 2009.

Westarp, Karl-Heinz. "'Parker's Back': A Curious Crux Concerning Its Sources." *The Flannery O'Connor Bulletin* 11 (1982): 1–9.

——. "Teilhard de Chardin's Impact on Flannery O'Connor: A Reading of 'Parker's Back.'" *The Flannery O'Connor Bulletin* 12 (1983): 93–113.

Westling, Louise. "Fathers and Daughters in Welty and O'Connor." *The Female Tradition in Southern Literature*. Ed. Carol S. Manning. Urbana: University of Illinois Press, 1993. 110–124.

——. *Sacred Groves and Ravaged Gardens: The Fiction of Eudora Welty, Carson McCullers, and Flannery O'Connor*. Athens: U of Georgia P, 1985.

Whitfield, Stephen J. *The Culture of the Cold War*. 2nd ed. Baltimore: The Johns Hopkins

Orvell, Miles. *Flannery O'Connor: An Introduction*. Jackson: U of Mississippi P, 1991.
Paffenroth, Kim. *The Heart Set Free: Sin and Redemption in the Gospels, Augustine, Dante, and Flannery O'Connor*. New York: Continuum, 2005.
Parks, Suzan-Lori. *The America Play and Other Works*. New York: Theatre Communications Group, 1995.
Pollack, Eileen. "Flannery O'Connor and the New Criticism: A Response to Mark McGurl." *American Literary History* 19. 2 (2007): 546–556.
Prown, Katherine. *Revising Flannery O'Connor: Southern Literary Culture and the Problem of Female Authorship*. Charlottesville: U of Virginia P, 2001.
Ragen, Brian Abel. *A Wreck on the Road to Damascus: Innocence, Guilt, and Conversion in Flannery O'Connor*. Chicago: Loyola UP, 1989.
Rahv, Philip. *The Myth and the Powerhouse*. New York: Farrar, Straus and Giroux, 1965.
Raiger, Michael. "'Large and Startling Figures': The Grotesque and the Sublime in the Short Stories of Flannery O'Connor." *Seeing into the Life of Things: Essays on Literature and Religious Experience*. Ed. John L. Mahoney. New York: Fordham UP, 1998. 242–270.
Randles, Beverly Schlack. "Flannery O'Connor: The Flames of Heaven and Hell." *Poetics of the Elements in the Human Condition: The Airy Elements in Poetic Imagination*. Ed. Anna-Teresa Tymieniecka. Dordrecht: Kluwer Academic Publishers, 1988. 237–256.
Russell, Shannon. "Space and the Movement Through Space in *Everything That Rises Must Converge*: A Consideration of Flannery O'Connor's Imaginative Vision." *The Southern Literary Journal* 20.2 (1988): 81–98.
Salinger, J. D. *Franny and Zooey*. New York: Penguin, 1964.
Schaub, Thomas H. *American Fiction in the Cold War*. Madison: U of Wisconsin P, 1991.
Seel, Cynthia. *Ritual Performance in the Fiction of Flannery O'Connor*. New York: Camden House, 2001.
Sessions, W. A. "Real Presence: Flannery O'Connor and the Saints." *Inside the Church of Flannery O'Connor: Sacrament, Sacramental, and the Sacred in Her Fiction*. Ed. Joanne Halleran McMullen and Jon Parrish Peede. 15–40.
Sinha, Manisha. "Allies for Emancipation?: Lincoln and Black Abolitionists." *Our Lincoln: New Perspectives on Lincoln and His World*. Ed. Eric Foner. New York: W. W. Norton, 2008. 167–196.

Essays on Wise Blood. Ed. Michael Kreyling. 51–70.

Melville, Herman. "Hawthorne and His Mosses." *The Piazza Tales, and Other Prose Pieces 1839-1860*. Ed. Harrison Hayford, Alma A. MacDougall, and G. Thomas Tanselle. Evanston and Chicago: Northwestern UP and The New Berry Library, 1987. 239–253.

Michaels, J. Ramsey. "Eating the Bread of Life: Muted Violence in *The Violent Bear It Away*." *Flannery O'Connor in the Age of Terrorism*. Ed. Avis Hewitt and Robert Donahoo. Knoxville: The University of Tennessee Press, 2010. 59–69.

Monroe, William. "Confinement and Violence, Flannery and Foucault." *Flannery O'Connor in the Age of Terrorism*. Ed. Avis Hewitt and Robert Donahoo. 213–230.

Montgomery, Marion. "Fiction's Echo of Revelation: Flannery O'Connor's Challenge as Thomistic Maker." *Flannery O'Connor's Radical Reality*. Ed. Jan Nordby Gretlund and Karl-Heinz Westarp. 122–137.

Morrison, Toni. *Playing in the Dark: Whiteness and the Literary Imagination*. New York: Vintage, 1993.

Muller, Gilbert. *Nightmares and Visions: Flannery O'Connor and the Catholic Grotesque*. Athens: U of Georgia P, 1972.

Niebuhr, Reinhold. *Moral Man and Immoral Society: A Study in Ethics and Politics*. New York: Charles Scribner's Sons, 1932.

O'Connor, Flannery. *The Complete Stories of Flannery O'Connor* (*CS*). New York: Farrar, Straus and Giroux, 1999.

——. *Conversations with Flannery O'Connor*. Ed. Rosemary Magee. Jackson: U of Mississippi P, 1987.

——. "The Displaced Person." *Sewanee Review* (October 1954): 634–654.

——. *The Habit of Being: Letters* (*HB*). Ed. Sally Fitzgerald. New York: The Noonday, 1979.

——. *Mystery and Manners: Occasional Prose* (*MM*). Ed. Sally and Robert Fitzgerald. New York: The Noonday, 1962.

——. *A Prayer Journal* (*PJ*). New York: Farrar, Straus and Giroux, 2013.

——. *The Violent Bear It Away* (*VB*). New York: Farrar, Straus and Giroux, 1960.

——. *Wise Blood* (*WB*). New York: The Noonday, 1995.

Olschner, Leonard M. "Annotations on History and Society in Flannery O'Connor's 'The Displaced Person.'" *The Flannery O'Connor Bulletin* 16 (1987): 62–78.

University of Chicago Press, 1984.
LeMahieu, Michael. *Fictions of Fact and Value: The Erasure of Logical Positivism in American Literature, 1945-1975*. Oxford: Oxford UP, 2013.
Llewelyn, John. *Appositions of Jacques Derrida and Emmanuel Levinas*. Bloomington: Indiana UP, 2002.
Mailer, Norman. "The White Negro." *Advertisement for Myself*. London: Flamingo, 1994. 290–311.
Malcolm X. *Malcolm X Speaks: Selected Speeches and Statements*. Ed. George Breitman. New York: Grove Press, 1990.
Malin, Irving. "Flannery O'Connor and the Grotesque." *The Added Dimension: The Art and Mind of Flannery O'Connor*. Ed. Melvin J. Friedman and Lewis A. Lawson. New York: Fordham UP, 1966. 108–122.
Maritain, Jacques, and Raïssa Maritain. *The Situation of Poetry: Four Essays on the Relations between Poetry, Mysticism, Magic, and Knowledge*. Trans. Marshall Suther. New York: Philosophical Library, 1968.
Martin, Carter W. *The True Country: Themes in the Fictions of Flannery O'Connor*. Nashville: Vanderbilt UP, 1970.
Mayer, David. *Drooping Sun, Coy Moon: Essays on Flannery O'Connor*. Kyoto: Yamaguchi, 1995.
McGill, Robert. "The Life You Write May Be Your Own: Epistolary Autobiography and the Reluctant Resurrection of Flannery O'Connor." *The Southern Literary Journal* 36.2 (2004): 31–46.
McGinn, Bernard. *Antichrist: Two Thousand Years of the Human Fascination with Evil*. New York: Columbia UP, 2000.
McGurl, Mark. "Understanding Iowa: Flannery O'Connor, BA., M.F.A." *American Literary History* 19. 2 (2007): 527–545.
McMullen, Joanne Halleran. "Christian but Not Catholic: Baptism in Flannery O'Connor's 'The River.'" *Inside the Church of Flannery O'Connor: Sacrament, Sacramental, and the Sacred in Her Fiction*. Ed. Joanne Halleran McMullen and Jon Parrish Peede. 167–188.
——. *Writing against God: Language as Message in the Literature of Flannery O'Connor*. Macon: Mercer UP, 1996.
Mellard, James. "Framed in the Gaze: Haze, *Wise Blood*, and Lacanian Reading." *New*

Hoberek, Andrew. *The Twilight of the Middle Class: Post-World War II American Fiction and White-Collar Work*. Princeton: Princeton UP, 2005.

Hungerford, Amy. *Postmodern Belief: American Literature and Religion since 1960*. Princeton: Princeton UP, 2010.

Jackson, Robert. "Region, Idolatry, and Catholic Irony: Flannery O'Connor's Modest Literary Vision." *Logos* 5.1 (Winter 2002): 13–40.

James, Henry. "The Art of Fiction." *The Critical Muse: Selected Literary Criticism*. Ed. Roger Gard. Harmondsworth: Penguin, 1987. 186–206.

Jones, Dale W. *Aesthetics of Apocalypse: A Study of the Grotesque Novel in America*. Diss. The University of Wisconsin at Madison, 1984.

Kahane, Clair. "The Maternal Legacy: The Grotesque Tradition in Flannery O'Connor's Female Gothic." *The Female Gothic*. Ed. Juliann E. Fleenor. Montreal: Eden Press, 1983. 242–256.

Kermode, Frank. *The Sense of an Ending: Studies in the Theory of Fiction*. Oxford: Oxford UP, 1967.

Kessler, Edward. *Flannery O'Connor and the Language of Apocalypse*. Princeton: Princeton UP, 1986.

Kilcourse, George. *Flannery O'Connor's Religious Imagination: A World with Everything Off Balance*. New York: Paulist Press, 2001.

——. "'Parker's Back': 'Not Totally Congenial' Icons of Christ." *Literature and Belief* 17 (1997): 34–46.

King, Martin Luther, Jr. "Letter from Birmingham City Jail." *A Testament of Hope: The Essential Writings and Speeches of Martin Luther King, Jr*. Ed. James Washington. New York: HarperCollins, 1991. 289–302.

King, Richard. *A Southern Renaissance: The Cultural Awakening of the American South, 1930-1955*. Oxford: Oxford UP, 1982.

Kirby, Dianne. "Religion and the Cold War—An Introduction." *Religion and the Cold War*. Ed. Dianne Kirby. New York: Palgrave, 2003. 1–22.

Kirk, Connie Ann. *Critical Companion to Flannery O'Connor: A Literary Reference to Her Life and Work*. New York: Facts On File, 2007.

Lake, Christina Bieber. *The Incarnational Art of Flannery O'Connor*. Macon, GA: Mercer UP, 2005.

Le Goff, Jacques. *The Birth of Purgatory*. Trans. Arthur Goldhammer. Chicago: The

Psychoanalysis, and History. New York: Routledge, 1992.

Fodor, Sarah J. "Marketing Flannery O'Connor: Institutional Politics and Literary Evaluation." *Flannery O'Connor: New Perspectives*. Ed. Sura Rath and Mary Shaw. 12–37.

Forner, Eric. *The Fiery Trial: Abraham Lincoln and American Slavery*. New York: W. W. Norton, 2010.

Gallop, Jane. *Thinking through the Body*. New York: Columbia UP, 1988.

Gentry, Marshall Bruce. *Flannery O'Connor's Religion of the Grotesque*. Jackson: U of Mississippi P, 1986.

Getz, Lorine. *Flannery O'Connor: Her Life, Library and Book Reviews*. New York: Edwin Mellen Press, 1980.

——. *Nature and Grace in Flannery O'Connor's Fiction*. New York: The Edwin Mellen Press, 1982.

Giannone, Richard. *Flannery O'Connor, Hermit Novelist*. Urbana and Chicago: University of Illinois Press, 2000.

——. *Flannery O'Connor and the Mystery of Love*. New York: Fordham UP, 1999.

Gordon, Sarah. *Flannery O'Connor: The Obedient Imagination*. Athens: The University of Georgia Press, 2000.

——. "Maryat and Julian and the 'not so bloodless revolution.'" *The Flannery O'Connor Bulletin* 21 (1992): 25–36.

——. "Seeking Beauty in Darkness: Flannery O'Connor and the French Catholic Renaissance." *Flannery O'Connor's Radical Reality*. Ed. Jan Nordby Gretlund and Karl-Heinz Westarp. Columbia: U of South Carolina P, 2006. 68–84.

Graff, Gerald. *Literature Against Itself: Literary Ideas in Modern Society*. Chicago: The University of Chicago Press, 1979.

Haddox, Thomas F. "'Something Haphazard and Botched': Flannery O'Connor's Critique of the Visual in 'Parker's Back.'" *Mississippi Quarterly* 57 (Summer 2004): 407–421.

Hardy, Donald E. *The Body in Flannery O'Connor's Fiction: Computational Technique and Linguistic Voice*. Columbia: U of South Carolina P, 2007.

Hawkes, John. "Flannery O'Connor's Devil." *Critical Essays on Flannery O'Connor*. Ed. Melvin J. Friedman and Beverly Lyon Clark. Boston: G. K. Hall, 1985. 92–100.

Hays, Peter L. "Dante, Tobit, and 'The Artificial Nigger.'" *Studies in Short Fiction* 5.3 (1968): 263–268.

Carroll, Rachel. "Foreign Bodies: History and Trauma in Flannery O'Connor's 'The Displaced Person.'" *Textual Practice* 14.1 (2000): 97–114.

Carson, Anne Elizabeth. "'Break forth and wash the slime from this earth!': O'Connor's Apocalyptic Tornadoes." *The Southern Quarterly* 40.1 (2001): 19–27.

Cash, Jean W. *Flannery O'Connor: A Life*. Knoxville: The University of Tennessee Press, 2002.

Cobb, James C. "World War II and the Mind of the Modern South." *Remaking Dixie: The Impact of World War II on the American South*. Ed. Neil R. McMillen. Jackson: U of Mississippi P, 1997. 3–20.

Desmond, John F. "Flannery O'Connor and the Displaced Sacrament." *Inside the Church of Flannery O'Connor: Sacrament, Sacramental, and the Sacred in Her Fiction*. Ed. Joanne Halleran McMullen and Jon Parrish Peede. 64–76.

——. *Risen Sons: Flannery O'Connor's Vision of History*. Athens: U of Georgia P, 1987.

Di Renzo, Anthony. *American Gargoyles: Flannery O'Connor and the Medieval Grotesque*. Carbondale: Southern Illinois UP, 1993.

Donahoo, Ronald. "O'Connor's Ancient Comedy: Form in 'A Good Man Is Hard to Find.'" *Journal of the Short Story in English* 16 (1991): 29–39.

Douglass, Frederick. *Narrative of the Life of Frederick Douglass, an American Slave, Written by Himself*. Ed. William L. Andrews and William S. McFeely. New York: W. W. Norton, 1997.

——. "What to the Slave Is the Fourth of July?" *The Oxford Frederick Douglass Reader*. Ed. William L. Andrews. Oxford: Oxford UP, 1996. 108–130.

Driskell, Leon V., and Joan T. Brittain. *The Eternal Crossroads: The Art of Flannery O'Connor*. Lexington: UP of Kentucky, 1971.

Eliot, T. S. *Notes Towards the Definition of Culture*. London: Faber and Faber, 1948.

——. "Religion and Literature." *Selected Prose of T. S. Eliot*. Ed. Frank Kermode. New York: Farrar, Straus and Giroux, 1975. 97–106.

——. "Tradition and the Individual Talent." *Selected Prose of T. S. Eliot*. Ed. Frank Kermode. 37–44.

Ellison, Ralph. *Invisible Man*. New York: Penguin, 1965.

Faulkner, William. *Light in August*. New York: Modern Library, 1959.

——. *The Wild Palms*. New York: Vintage, 1990.

Felman, Shoshana, and Dori Laub. *Testimony: Crises of Witnessing in Literature,*

◉引用文献一覧◉

Anderson, Benedict. *Imagined Communities: Reflections on the Origin and Spread of Nationalism*. Rev. ed. London: Verso, 2006.

Andretta, Helen R. "The Hylomorphic Sacramentalism of 'Parker's Back.'" *Inside the Church of Flannery O'Connor: Sacrament, Sacramental, and the Sacred in Her Fiction*. Ed. Joanne Halleran McMullen and Jon Parrish Peede. Macon, GA: Mercer UP, 2007. 41–63.

Asals, Frederick. *Flannery O'Connor: The Imagination of Extremity*. Athens: U of Georgia P, 1982.

Bacon, Jon Lance. *Flannery O'Connor and Cold War Culture*. Cambridge: Cambridge UP, 1993.

Bakhtin, Mikhail. *Rabelais and His World*. Trans. Hélène Iswolsky. Bloomington: Indiana UP, 1984.

Beckett, Samuel. "Dante... Bruno. Vico.. Joyce." *Our Exagmination Round His Factification for Incamination of Work in Progress*. Samuel Beckett et al. New York: New Directions, 1972. 3–22.

——. "Proust." Samuel Beckett and Georges Duthuit. *Proust and Three Dialogues*. London: John Calder, 1965. 11–93.

Bellah, Robert N. "Civil Religion in America." *Daedalus* 96.1 (1967). Web. 23 Dec. 2012.

Berdyaev, Nicolas. *The Beginning and the End*. Trans. R. M. French. London: Geoffrey Bles, 1952.

Boyer, Paul. *When Time Shall Be No More: Prophecy Belief in Modern American Culture*. Cambridge, MA: The Belknap Press of Harvard UP, 1992.

Brinkmeyer, Robert H. "Asceticism and the Imaginative Vision." *Flannery O'Connor: New Perspectives*. Ed. Sura Rath and Mary Shaw. Athens: U of Georgia P, 1996. 169–182.

——. "'Jesus, Stab Me in the Heart!': *Wise Blood*, Wounding, and Sacramental Aesthetics." *New Essays on* Wise Blood. Ed. Michael Kreyling. Cambridge: Cambridge UP, 1995. 71–90.

——. "Taking It to the Streets: Flannery O'Connor, Prophecy, and the Civil Rights Movement." *Flannery O'Connor Review* 4 (2006): 99–109.

【ラ行】

【事項】

【マ行】

【ナ行】

【ハ行】

【サ行】

【タ行】

【カ行】

◉索引◉

【人名・作品名】

【ア行】

◉著者紹介◉

山辺 省太（やまべ・しょうた）
1971年愛知県生まれ。現在、南山大学外国語学部准教授。名古屋大学大学院国際言語文化研究科博士後期課程単位取得退学。博士（文学）。専門は現代アメリカ小説。共著書に『ノンフィクションの英米文学』（金星堂、2018年）、『「1968年」再訪——「時代の転換期」の解剖』（行路社、2018年）など。

【南山大学学術叢書】
フラナリー・オコナーの受動性と暴力——文学と神学の狭間で

2019年3月25日 発行　　定価はカバーに表示してあります

著　者　山辺省太
発行者　竹内淳夫

発行所　株式会社　彩流社
〒102-0071　東京都千代田区富士見2-2-2
電話　03-3234-5931　FAX　03-3234-5932
http://www.sairyusha.co.jp
sairyusha@sairyusha.co.jp
印刷　モリモト印刷㈱
製本　㈱難波製本
装幀　桐沢 裕美

落丁本・乱丁本はお取り替えいたします
Printed in Japan, 2019 © Shota YAMABE, ISBN978-4-7791-2573-7 C0098